毒胭脂

丘晓玲 著

浙江文艺出版社

CONTENTS

目录

妻胭脂

【第一章】胭脂画卓妍

日头挂上来时,整个苏州城便晴光朗然了,晨雾浓白化开,却结成了花草叶上的水珠子,滴滴濡湿衣裳。

街上铺子陆续开张,伙计吆喝,市集也就渐次热闹了。前线战火尚未燃烧到苏州城,这苏州城依旧深闺里的女子般,宁静祥和过自己的小日子。茶楼酒肆仍不乏饮客,只是饮客口里的江山天下不复了以往高谈阔论里的蔚然大气。日本鬼子铁蹄践踏东三省,苏州离前线尚远,但城里的老少爷们已觉气短胸闷,戏楼里唱起《穆桂英挂帅》,一曲唱罢,烈烈掌声四起,似雄心壮志找到破口子倾泻。

女子们仍是听戏、嗑瓜子、唠街头巷闻,或者拿了碎银围着胭脂摊子唧喳个不消停。

街角卖胭脂的老实瘸子,被四五个女人围着,好生手忙脚乱。

"杜瘸子,上次买你的胭脂直掉色,害得我!"少妇杏眼圆瞪。

杜瘸子只是一直嘿嘿笑,道:"家里婆娘熬的胭脂成色是差了些,但是……便宜是不是?"少妇啐了他一口:"还便宜?一盒就花了我一吊。"

杜瘸子还是笑:"一吊还不便宜?看看人家小桃红的,一盒普通的金花胭脂得卖一锭银,那个……才叫贵。"

旁边的小姐道:"小桃红的成色多好,我用过,从不掉色脱妆的。"说罢,四五个女

子一致称赞。这一边说了，便将手里挑拣的货色——放下了，弃了杜瘸子的摊子，结伴往小桃红的铺子袅袅而去。

小桃红胭脂的铺子与四邻的铺子便不同了，从不开店门，只是支了一个小窗口做买卖。铺子掌柜是个女子，从未出来过，连唯一的小伙计出门都戴了低低的宽檐帽，怎地神秘。这便有了传闻，传有人见过那小桃红女掌柜，丑如夜叉，鬼面吓人。

店里那小伙计其实是掌柜胞弟，偶尔有见，清瘦苍白的模样，脸上左边长有暗红蝴蝶斑，好似是生下便有的胎记，只是突兀了些，说丑倒还算不上的。

那些女子来到小桃红铺前，铺面上金粉勾勒了端正楷书"小桃红"三个字，怎么看都是雅趣。一人嘭嘭拍响那小窗口，随即小窗"呀"一声支开，从里面传来小伙计那清朗的少年男声："姑娘，要买哪款胭脂？"为首的女子也不答，只凑近了窗口往里瞧，一片漆黑，如是窟窿。伙计又道："姑娘，你要哪一款我拿给你吧，你这样也看不着。"那女子知是自己偷窥不成，面容有了尴尬颜色，轻咳了几声，道："可有新近的胭脂款？"

伙计回答道："新近出的款式是石榴晕，色浅了些，但水头足，适合秋冬天的燥皮肤，姑娘要不要来一盒？"

女子听得心动："拿来看看？"

不消多时，伙计一双白净净的手便捧了一个墨绿锦盒伸出窗外，盒上绣的正是颗颗石榴，针线精致得堪称一绝。打开盒子，幽香阵阵，那抹檀红喜得几个女子爱不释手。都说小桃红胭脂了得，再丑的女子，抹了小桃红的胭脂瞬间便可艳丽灼目，真真不晓得这小桃红铺子用的是什么绝技熬得出这艳色无双来。

"这盒石榴晕可值多少钱？"

"还是老价，一锭银。"

女子里头年纪稍长的，面露不屑："这么薄薄一块脂，也要一锭！太黑了！"

那伙计也不恼，笑道："这位姑娘，小桃红那也是一百多年的老字号了，你可说值不值这个价？"

拿着胭脂盒的女子已喜得脱不了手，便咬咬牙，将一锭银塞进小窗子里。其他几个只是揣了几个铜钱，买不下这名贵胭脂，一时争相看着那锦盒，那女子便得意起来,道:"这小桃红可是真没得说的,听说上海钱庄的掌柜都来买,送给小情人的。"众人啧啧声起。

这当口,一女子腋下却钻来一张嬉皮笑脸的涎脸:"杏春姑娘,你给我做小情人,我也送你小桃红卖的胭脂,如何?"众人皆吓一跳,原来是那出名的混混苟兴。

那唤作杏春的姑娘啐了他一口:"呸,就你?没饿死在街头算你走运了!"说罢,随了众姐妹扬长而去。

铺里的那少年伙计也暗笑着把窗子放下。方才转身便听到屋内的惊黛唤他,忙放下手中银锭进去。只见屋里那炉上的罐子已然咕嘟地响,白气飘散,罐内膏脂沸腾。惊黛上前拉了他的手凑近看,道:"赤英,你看这罐牛脂煮到这时便刚刚好了,拿银匙搅拌的程度是以提起银匙可将牛脂拉成丝为准,再煮便不行了。"说罢,她拿了一只银匙将那牛脂舀起倒下,果然倾下如细丝玉线般。赤英笑道:"姐,苏州城的胭脂就数咱们小桃红最好,亏得小桃红百年字号还有人嫌贵呢!"

惊黛便是小桃红掌柜。身着软烟色襟衫,乌黑青丝随意绾起,全无任何装点,格外素净。她的模样完全不是外界所传的夜叉般不堪入目,也生得明眸皓齿,但不幸,同赤英一样,脸上亦有一片绛色蝴蝶斑,只是生在右颊。因着这蝴蝶斑,惊黛便与美人之名无缘。由于做的是胭脂生意,为避谣言,她干脆大门不出,躲世隐居。

惊黛只是一笑了道:"赤英,就是因为最好,买卖要做成也便要学着乖顺些,咱俩姐弟如何立世,低调总是没错的。你要好好学如何制作胭脂才是,但凭了姐姐一个人,总是力不从心去管这铺子。"说着便拿起一旁被捣碎成汁的玫瑰倒入罐内,继续搅拌,"方才说这牛脂,煮到这个火候便刚好了,再煮水分失了太多,这样胭脂敷在脸上便容易脱落,水分太多了又不行,令人觉得油腻。"顿了顿,又道:"一罐这牛脂,加入二十瓣玫瑰花瓣捣碎的汁便够,这样便匀了。"

赤英仔细看了,一一记下。惊黛又将银匙细量,仍是以拉丝为准,这时才加入红蓝花捣碎的汁,又一同加入朱砂末。赤英问:"姐,这红蓝花有红黄颜色,如何沥净呢?"惊黛道:"红蓝花控制色泽,便是控制胭脂的颜色了。如要明亮些,便将黄色放多点,这胭脂色便是浅绛;如要浓些,便将黄色沥得干净,胭脂便成了赤贞色。赤贞胭脂浓艳,戏楼与青楼方才要,一般人家的小姐奶奶,极少要这样的,都偏爱素些

的浅绛。沥净两色法子倒也简单，你可曾看到红蓝花汁沉淀后是红黄两色分了上下层的？黄上红下，便可拿了一块白纱布将黄色汲去也就是了。"

最后放了葵花油与桂末，又咕嘟了一阵，惊黛忙灭了火，将罐子不断浇以冷水，那一罐膏脂便嗞嗞冒了气迅速冷却凝固。赤英帮手着将那半凝固了的胭脂舀进锦盒内，一一排列着，等其风干。桌上满是幽香粉红，生生好看。

赤英把玩着那些锦盒，惊黛弄清了炉灶，方才出得屋来，对赤英道："赤英，你仔细收拾了，晚上我们上山，今儿季候的紫苏可以采摘了。"

赤英听罢，雀跃而起："姐，真的？晚上我们要上山？"

惊黛见弟弟兴奋如孩童，笑道："看把你美得，你可是忘了？下个月彭府小姐出阁，已经订下咱们的胭脂水粉了。现在的紫苏正是最美的，我是想做一式紫苏胭脂给人家呢。"

赤英扁扁嘴，道："要是天天都能上山就好了，在这小铺子里头，真是憋闷死人了。"

惊黛不无惆怅："赤英，姐又何尝不想也能像人家小姐姑娘那样，逛街游玩，但，我们这般模样的，只怕是赶走了小桃红的客人了。你说，哪有做胭脂的人长成这样的？岂不是自砸了招牌？"

赤英吐了吐舌头："姐，我知道的，我这就收拾去。"说罢便出去了。

待暮霭浓灰近黑时，惊黛与赤英便背了包袱出门，两人脸上均是一张薄蝉丝织就的面罩，不可辨五官表情。

夏末初秋时节，山上景致正渐次萧瑟，各种小山果却簇拥而结。惊黛见紫黑的山捻果颗颗饱满，便摘了两颗扔进嘴里，只觉得甘甜无比，唤了一旁正拨衣服上棘刺的赤英帮忙采摘。赤英见了一蓬一蓬的小野果，也不顾衣服上的棘刺了，摘了果子便往嘴里送，大呼爽口。惊黛笑道："别只记得吃了，这些山捻果也是极好的胭脂材料呢。摘了这些我们要赶紧往山腰去，月落的时分我们便要回去，夜里山中终究是不安全。"赤英拭去流在嘴边的紫红果浆，笑道："姐，有我保护你，怕什么！"

半弦月渐升至山腰，起了夜风，瑟瑟地吹着平添凉意，姐弟两人一路往山腰去。

紫苏如惊黛所言,果然开得喜人。虽然那些紫红花儿并不及白日里艳丽,但是浓夜里的露水重,紫苏花吸收了月夜里的露水,极显水灵。惊黛细细看了这些花蕊,便对赤英道:"晚上秋露浓了,这紫苏花吸足了水分,是极养皮肤的。"

赤英却不理会那些,只笑道:"姐,你可知道我此刻想的是什么?"

惊黛自然不知:"大夜里的山上,你能想什么? 我可只想摘了花便快快回去,别遇见什么野东西才好。"

赤英嗔道:"姐,你也太不浪漫了,只想着摘花做胭脂。我在想,我们能不能遇上狐仙什么的,也好长长见识,看狐仙是不是真的长成绝世模样。"

赤英终究是孩子气的。惊黛一边忙着摘那紫苏花,一边道:"就你脑子成天不着边地想些杂事。你想想,这大晚上的山里,真有什么狐仙来,看你我这般模样还不给吓跑了?"说罢,两人都噗地笑了。

两人正说笑着摘花,忽地一阵风送来一声呻吟!惊黛压住赤英双手,一动不敢动,只是侧耳听到底什么动静。赤英瞪大了双眼,表情似惊似笑,若是在说:"看吧,狐仙真的来了。"风一阵呻吟声亦一阵,两人便拿了家伙,蹲身在紫苏丛里,悄然往前去。

姐弟俩一前一后地慢慢挪动,边往前边四下里仔细张望。只可恨那及膝高的野花野草,纵使月光清明,也难看明周围有何物事。这般走了不远,忽而风止,呻吟声消失。两人停下静听,却再无声息,恍若方才那声响只是如梦似幻。

惊黛站起来环顾,喃喃道:"难道刚才听错了?"赤英也起身,踢着蹲得酸痛的腿,道:"姐,看来狐仙真被我们吓跑了。"话音刚落,他便觉着踢到了什么,再踢,只觉那黑糊糊的东西踢上去软绵绵,断不是石头。赤英上前,弯下身,扒开草,凑近了瞧……"哎呀妈呀!"赤英惊呼一声,一下跌坐在地。

惊黛见状,慌忙上前拉起赤英,急问:"发生何事? 你看到什么?"赤英满脸惊恐,伸手指着前方草丛间一团黑影,张口却说不出话来。惊黛定神,拾一木枝在手,缓缓拨开那丛杂草。"姐,小心!"赤英躲在惊黛背后,紧紧抓住她的胳膊。

借着月光,只见地上躺着一个衣衫破烂、血迹斑斑的人!惊黛倒抽一口冷气,险险将手中木枝甩脱。不知多久,惊黛方才压住几欲狂跳出胸膛的心。她拿木枝轻戳

了地上那人几记，却毫无反应，于是便壮胆上前，将那人半俯了的身翻过来：一脸的血，早干了，糊在脸上甚是吓人。惊黛将手试在他鼻息处，感到微弱呼吸，可见并非死尸。惊黛决意道："赤英，这人伤得太重，救人要紧，先不管那么多，快快背回去救命！"

一路上姐弟两人轮流了将那人背回。夜色作掩，也并无人撞见。敲更漏的喊声远远传来："天干物燥，小心火烛。"

这喊声令这初秋之夜如是不醒的梦境般恍恍惚惚。

惊黛拧干了毛巾，一盆清水已成血污。那人脸上的血水泥浆被细细擦去，渐露出不凡样貌来，薄唇刚毅，鼻梁英挺，浓眉如剑，但双眼受了伤；身上衣物依稀可辨是军服，掩着魁梧身躯。惊黛也顾不得许多，一心只念救人要紧，唤了赤英来帮手，将那人一身破烂衣物剥下，擦拭全身后，才换上赤英的长褂。

赤英犹自惊魂未定，看了看那人，道："姐，若是坏人，我们岂不是引狼入室么？"惊黛却不见半点慌张，笑道："你不是说想遇上一回狐仙么？这会还只是个活生生的人呢，看你吓得！"

赤英见惊黛镇静依旧，也不再多想，只觉得那人生生长得好看，仪表堂堂，却不知为何受伤昏迷荒野了。惊黛替他掖好被角，吩咐赤英道："快快去请了城里的郎中来，他伤得太重，容不得耽搁。"赤英应了声，拿了灯便开门出去。

不多时，赤英便请了郎中来。

老郎中把了把那人的脉，捻须道："从脉相上看，他是内伤过重了。内伤如若淤血外流，仍大可救下，如是内伤又无流血，反倒多半无药可救。"说罢，从带来的藤筐里摸索了一阵，由里面抓了一把草药，又拿了纸墨边写边道："我这暂时有草药可缓一时之急，不过终究你还需到药铺去拣成药来，熬了让他喝下。眼伤、内伤，一并如我这方子上说的去开，随餐喝下，休养些时日，大可痊愈。"

惊黛收好药方与那把草药，付过钱，谢送走郎中，便将那草药洗了，放在紫砂罐里煎熬。熬好了药，将那人扶起喝下，又恐怕那人半夜有不适，一宿只是未睡，迷糊了一会又起来看他伤势。

第二天大早,惊黛便支使赤英去药店拣了药,拿回来以文火细细熬来,喂他喝下。又按郎中所说,从隔壁做奶娘的大婶处讨来人乳,拌了沸好的枸杞子水,用纱布蘸湿了去洗拭那人的双眼,待洗罢,又给他敷上药用纱布敷缠好。这一收拾,就已是大半日光阴。惊黛不敢误了胭脂生意,拾掇好那人的伤又忙洗了紫苏花儿,用捣槌将花汁捣出。赤英则照旧支了窗子招呼生意。

这日,赤英由药铺回来,对惊黛扬扬手中报纸,道:"姐,快来看,报上说国军少帅燕又良不久前遭人暗算,逃亡至苏州城一带消失了。"

惊黛拭干了手,拿起报纸细细看,待半晌,放下报纸,看了看躺在屋内的男子。由当初他身上的破军服亦大可对他身份了解一二,便幽幽一叹:"先不管他是何人了,如今遇上也算是缘分,总不能见死不救。咱们平民百姓本不应沾惹了这档子事,待他伤好了,将他打发了走便是。"赤英虽也惴惴,但觉惊黛说得在理,便不再言语。

如此数日,惊黛尽心照料,却仍不见那人醒转,只是可见他手指偶有抖动。

秋意日渐浓了,夜里寒气霜重,银窗纱染了皎洁月色,莹白茫茫。守更人的竹梆敲响,惊黛便在这声声里迷了魂,直掉落了梦之深处。

此时,铺子后门却悄声闪过人影。门闩被轻轻挑起,接着,门"呀"地开了,黑影一闪,进了铺子。

那黑影一瘸一瘸,轻了手脚来到胭脂台前,小手电打开,只是翻那台面物事,像是找什么东西。那黑影太过专注翻找,竟不知身后已有人悄声而来。身后那人走得近前,一个飞身扑向黑影,碰翻了台面,一时间铺内乒乒大响。那人力气大得惊人,双手将黑影反剪,扳住黑影按在地上。黑影竟丝毫动弹不得,只得"哎哟,哎哟",声声求饶。

惊黛被各种嘈杂之声猛然惊醒,忙起身披了衣出去,赤英亦赶来。铺子里灯光大作,两人不由大骇。只见是被纱布缠了双眼的男子正一膝抵在俯在地上的另一男子背部。原来,正是那惊黛赤英救下的英武男子制伏了这鬼鬼祟祟的黑影。

"说!来这里是干什么?"

"大爷饶命,饶命!我……我不是偷钱……不是……"

一旁的赤英见了，也明白了事情的大概，上前帮忙压制了地上的男子："不是来偷钱，那是干什么?!"毕竟只是弱冠少年，声音稚嫩了些，凶不着人。

地上的男子哀道："不是偷钱，我……我只是来找小桃红的胭脂秘方。"

惊黛走近，方才认出是街上摆胭脂摊子的杜瘸子，笑道："杜瘸子，小桃红的秘方可都藏在我脑子里了，你如何寻得着?"

赤英低头细看，果然是杜瘸子！想不到他老实的模样只是表面功夫。

杜瘸子苦笑："掌柜的，求你放了我，我并无恶意，只是……只是想学小桃红的胭脂秘方，也好救救我那快没了生意的摊子。"

男子道："深更半夜的，竟胆敢来偷秘方，还说没有恶意?!"说罢，一用力，便听得杜瘸子双手的骨节咯咯作响，杜瘸子不免又大呼饶命。

惊黛一旁冷了声道："杜瘸子，我念你这般样子养活一家子也不容易，今天之事我不再计较，但若有下次，便不客气了！"

男子听惊黛这般言语，只得放了杜瘸子。杜瘸子语无伦次："不敢……再也不敢了，谢谢，谢谢掌柜的。"便头也不敢抬，一拐一拐夺门而逃。

杜瘸子跑后，惊黛与赤英相视，又看看那男子，都在心里念着，原来真是不凡人物，双眼蒙了纱布仍可手无寸铁搏击。屋子里静了片刻，那男子一笑，道："我方才醒了，便听到屋内动静，心想怕是遭了贼，所以……"

赤英将他上上下下地打量，道："你武功可真真了得，身上负了伤，两眼看不见还可以将杜瘸子擒住了。"

男子朗声一笑："那有什么，都是小意思罢了。"

惊黛一旁道："如此看来，你伤怕是已无大碍了。"却是话音刚落，男子便捂了胸，哎哟一声跌坐在地，表情痛楚："你不说还不觉得痛，这伤恐怕一时半会好不了。"

赤英与惊黛忙扶了他，让他坐在椅上。惊黛支使了赤英去熬药，便低声对那男子道："你这样子骗赤英还可以，骗我，可就不行了。"

那男子尴尬一笑，亦是低了声道："竟被你看穿，那我岂不是马上被你扫地出门?"

惊黛听罢暗惊，原来他早已醒来，只是一直佯装昏迷，不然又如何能将自己与赤英的对话都听得一清二楚？惊黛对此不愿多说，只问："那么，你果真是报上所登的燕又良了？"

他笑："姑娘智慧善良，叫燕某钦佩，不胜感激。"

惊黛咬了唇："我不管你来历，当日我姐弟救你，也不求回报，如今你伤养好了，便奔前程去吧。我这百姓家的小本生意，实在惹不起江湖恩怨。"

燕又良沉吟一会儿，道："姑娘，我明白，我断不会拖累了你。待我眼好了，他日定将厚报于你姐弟二人。"惊黛听他那一席言，只觉得了自己方才过于冷酷了些。这时赤英端了药来，惊黛接了热气翻腾的青瓷碗，撮唇吹了吹，便递给燕又良。

赤英一旁兴奋又好奇问道："哎，你是哪里人？可是有武功？好生厉害啊！"

惊黛道："赤英，你快去睡吧，别问那么多了，让他休养早日康复。"

赤英孩子似的嘟哝着，三步两回头回了屋。惊黛站起身，言语里不辨表情："燕先生，刚才，谢谢你。"

燕又良将药碗放下，道："你背我下山，替我叫来郎中医我伤势，帮我换洗衣物、上药，这又要我如何谢你？"

惊黛惊讶："原来你一直不曾昏迷？"

燕又良笑道："如若不假装昏迷，我怕早已死在荒山野岭了。"

惊黛只是不语，燕又良接着道："我一直沿山路而行，几天几夜未曾休息，太累了。躲过了暗枪，不想却从崖上摔下，眼也被荆棘所伤，所幸是遇见了你。"顿了顿，又道："本来早想道谢与你，只是那日听你所言，我伤好便让我走，所以……只有出此下策……"

惊黛道："就算那晚遇的不是你，我们也一样不会见死不救。燕先生便在我这安心养伤吧，伤好了再议其他，早些歇息才是。"说罢便回了房。

惊黛衣袂簌簌随吧嗒一声灯熄而消隐进这夜的墨黑里。燕又良不禁朝惊黛的方向轻侧了脸，寻那一身袭来幽幽桂花的香气，这些时日养伤下来，竟不觉贪恋了这气味。昔日权倾一世招来的莺莺萦绕，她们只是现世浮华里的金粉一般，闪烁了眼却少了女子家常的娴静贤淑，而这命数里因劫而遇的惊黛，却有那些粉紫乱碧不具的气蕴。隔了蒙眼的纱布，他听得了惊黛静谧如若山花。

待到次日起来，惊黛却觉了不适，恐怕正是昨夜里急起着凉，又受了惊吓，鼻塞声重的。那燕又良已不好再装昏睡，早早自个摸索着起来。赤英一面招呼生意一面熬了粥给惊黛吃下。吃罢清粥，惊黛再睡了回笼觉，醒来便神清气爽许多。她不敢多躺，起身把石臼洗了干净，将采集的花瓣舂成厚浆，用细纱取汁，再把当年新缫就的蚕丝剪成胭脂缸口大小，放到花汁中浸泡，等完全浸透后便候了秋天上好的燥气和骄阳晒干，这样便是上好的胭脂。

燕又良只是倚在门口，虽看不见惊黛在做什么，却听得她忙碌的声响。他一旁笑了笑道："花香袭人，你做得胭脂，也染了一身的花香了，日日给我换药，我也是日日嗅那花香。味道不同时，便知道你做了另外品种的胭脂了。"

惊黛不曾知道他竟留意了自己身上的味道，不禁抬头看他，英朗面容难掩俊逸之气，而忽地想起曾无比亲近地将他的头枕在自己怀中与他上药，便绯霞飞腮，只庆幸他并见不着，便道："燕先生，你眼伤待会仍需换药，待我这活计忙完了便与你取新药来。"燕又良只笑不语，风流如是。

惊黛支使了赤英去隔壁讨来半杯乳水，拿来尚温，用棉花饱蘸了，便仔细地擦在燕又良双眼上。燕又良笑道："只是不知原来牛奶也可治眼的。"

惊黛道："哪呢，这是人乳。"

燕又良吃了一惊："竟是人乳？那我真真的孤陋寡闻，人乳竟可以这般用的吗？"

惊黛笑道："这只是土法子，倒是管用得很，我并用了枸杞水，可以帮助你眼睛恢复得快些。"

燕又良沉默片刻，道："你大约是不知，我其实矛盾得紧，一边是想快些好，一边又不想好。"

惊黛吃笑："哪有不想伤好的？"

燕又良轻叹一声："有的，那傻瓜便是我了。"说罢两人静默良久，燕又良似又不甘心地接下说："伤未好，我便还有留下的理由；伤若好了，我就可看见你的模样了，但也须得离开了。"

惊黛听罢暗自心惊，他这一席言，明明的话中有话，而自己却反而不恼，心却生了惴惴不安的急来。他若是见了自己这般模样会如何？

这样想着惊黛怔忡起来，任由手中棉花滴答着淌下乳水。燕又良突然一笑，自顾自道："不知做胭脂的女子是否也敷胭脂呢？"

惊黛只觉了慌乱，匆匆将他的眼重新缠了纱布，如是怕他猛地睁了眼，看见自己满是蝴蝶斑的脸。惊黛无端了冷道："燕先生，你乃做大事的英雄人物，又何必挂念了这些不足为道之事呢？再且，我救你，并不为什么的。"说罢起身，正欲离去，只听燕又良叹道："英雄人物？罢了，半生戎装疆场只是无可奈何，其实谁不想拥有儿女情长？你误会我是对你抱了救命之恩了。"

自那一席言谈，惊黛心下如植了绵密之针，时时扎得人难以安生。只是燕又良所说的，何尝不是自己想的？谁不渴有儿女情长呢？

深秋寒意越深了，天灰灰着酝酿了雨意，苏州的水上人家都是黛瓦白墙，远远地一望，只觉得是一幅美极的水墨。

青石板路面嗒嗒响着，是两个女子婷婷走来。胖女子撑了伞，口中不住地道："你说你这是怎的好？这般俊的脸却是毁了，如若小桃红有姨娘说的紫罗刹救你倒也罢了，如若没有，你却得被姨娘赶出遇春楼了！"

胖女子身边是个面容蒙了纱巾的少女，她两手不时抚颊，听罢胖女子言，道："你以为遇春楼是一辈子的去处？脸毁了也好，我告辞了众姐妹，回老家去也乐得安生了，省得被姨娘的红人瞅着不顺，撒泼还抓破了人脸。"

"唉，都称是姐姐妹妹的，我看却是险恶人心，都在心里打打杀杀，争势夺利。你这一年风头健些，便招来破脸，像我这般的人物，姨娘冷落了也罢，倒少了这些是非。"胖女子在一旁唉声叹气。

两人这般说着，却是到了小桃红铺子。赤英正要关了窗子，胖女子收了伞，急道："小伙计，先别关，还有生意来呢。"

赤英听罢，又支了窗，探头问："两位姑娘要买胭脂？"

胖女子笑道："可不是，难不成还来你这裁衣裳？"

赤英问："不知姑娘是要什么胭脂？"

胖女子一抬头，便看见赤英的脸，不禁奇怪问道："小伙计，你这花脸可是怎的？

卖胭脂却是这模样?"

赤英笑:"姑娘看你说的,我这脸向来如此。按姑娘说法,难不成卖胭脂的都得美貌? 那卖肉的都必须是个胖子?"

胖女子吃笑:"你这伙计嘴利还不能吃亏,不跟你扯,请问你有卖紫罗刹的没有?"

赤英一听"紫罗刹"三字,不禁背生凉意:"不知你们找紫罗刹是为何? 你们可知这紫罗刹是什么作用?"

胖女子拉了那蒙了面纱的女子,扯去她的面纱给赤英看,道:"你看,这好好的脸给抓破了相。听说敷了紫罗刹可让容颜脱胎换骨,成了绝代佳人。绝代佳人就免了,我们买紫罗刹能让这破相完好如初就行。"

赤英见那破相的女子本也是娇艳容貌,只可惜了那几道血痕,如是狰狞的蜈蚣爬在脸上,毁了那美好面容。他摇了摇头,对那两个女子道:"紫罗刹早期还是罕有的,如今早绝了。这紫罗刹是毒物,早便不做了,我也只是听说过它的厉害,却并未亲见。姑娘,脸毁了便毁了,总是比毁了性命强,紫罗刹是用不得的。"

胖女子撇了嘴,道:"伙计可是吓唬谁呢? 难道敷了紫罗刹能杀人不成?"

赤英道:"差不多是这样了,紫罗刹虽可让容貌脱胎换骨,但也可毒死了自己。"

那一直沉默不语的蒙面纱女子道:"既然如此,那恕我们打扰了。"说罢,便转身离去。胖女子正要说什么,见她离去,便急急地追上去道:"你就这样子回去? 姨娘真的会赶你走!"

面纱少女只管自己走,冷笑道:"不用她赶,我自己走便是。"

赤英只是怔怔看了看她俩离去的背影,唉,又是一个心酸故事,这样想了便关了窗,不由叹气。

惊黛正走前来听了赤英的叹气,不禁问:"好生生的可是叹什么气?"

赤英道:"方才两个女子竟是找紫罗刹呢。破了相了,想用紫罗刹敷脸,这不正是寻死么?"

惊黛听了紫罗刹,心兀自突突地跳,却是为何,连自己也说不上。

赤英却生了好奇心,问道:"姐,我们胭脂铺子以前真做过紫罗刹么? 这紫罗刹敷了真可致死么?"

惊黛瞪他一眼道:"你生这个好奇做甚,做好生意吧。"

赤英却不放过似的:"姐,你可知道紫罗刹的传说? 听说是以前宫里受一个冷落的妃子敷了这粉,神奇般深得皇上的宠爱,但不久却一命呜呼。皇上查明真相,却是这粉作怪,便下了旨,抄斩了做这粉的胭脂商人,所以紫罗刹便有了宫粉一说,父亲在世的时候,我是听过他说过一次的。"

惊黛抚了抚一丝不乱的鬓发,起身离开道:"我对紫罗刹也一无所知,只知做胭脂的,紫罗刹便是禁忌。"

却果真是禁忌么?

【第二章】

繁花几时重

铺子后的小院子里，惊黛早时栽了些胭脂花儿，后来因研得了名贵胭脂，便不再用那些花儿制普通胭脂了，索性让它们在那里蓬蓬勃勃地长着，每季开着鲜艳的花儿，倒是赏心悦目。

这日里，燕又良只是觉得了闷，便自个仔细地摸索了走出屋子，来到院里。外头空气鲜好，飘浮了隐约花香，他却道不出是什么花，只是香得好闻，不禁大口地吸气。

惊黛在小院中淘洗物什，小炉上嗞嗞地迸冒着火星。火候正好了，她便将瓦罐中待蒸的花露放上去。

燕又良慢挪了步子，一面笑道："我再这么着住下去，小桃红的胭脂配方我可全了然了，你可不怕？"

惊黛抬眼看他，小院正是洒落了金色天光，仿佛给他的脸与身体镀了金，微微发出光来。惊黛只觉得他如天神般模样，哪里像是世间的凡胎肉身呢？

却是铺子外的市井声惊醒了惊黛，她回了神，仍些些的恍惚，不禁自笑了。

燕又良又笑道："这眼使不上了，耳朵却灵通了许多，我听到你笑，快说说，是笑什么？难不成是笑我像个黑瞎子？"

惊黛笑了轻语："我笑你一个好好的军官不做，倒是想学我做胭脂这女人的活儿。"

燕又良细细辨了惊黛的嗓音，柔软绵长，如是酝了酒的蜜般醇美，便往了她的方向摸索去。惊黛却是兀地一惊，低喝："小心炉子！"说罢便不顾一切地扑上去，只是差那么一脚，惊黛已然扑倒了燕又良，两人齐齐跌坐在地。

惊黛回头看了看那炉子，火苗正旺着舔了瓦罐，罐内花露咕嘟地响，不由抚了胸惊魂未定："好险，你差点踢了炉子。"

燕又良却是不急不恼地笑："自古只有英雄救美，我燕某却是被美人救了，倒唱了一出美人救英雄。如此算来，你已救了我两次了，呵呵。"

惊黛惊觉两人如此近，忙不迭起身，拍拍衣裳上灰尘，啐道："什么美人救英雄，我只是怕你踢翻了我的花露罢了。"

燕又良亦起了身，拉近了惊黛，似在她耳际轻呼了道："是真心话？我怎的听着不像呢？"

惊黛急了，甩开他，道："我既非美人，也非救你，你……你别是……别是……"

燕又良笑："我别是什么？"

惊黛恼道："你别是自作多情！"

燕又良恍似噎了一口，笑意黯淡了下去，失落却也是倜傥风流。惊黛暗自直恼自己，明明并非真话，却一时情急脱口而出，伤了人。燕又良幽幽叹了气："也罢，兴许真是我的自作多情了。"

惊黛只是急得要跺脚，却无法再启口弥补什么。便眼睁睁地看了燕又良反身离去。

晚上换药时，燕又良只是不语，待弄好时只客客气气地道一声谢。这一声谢，如是藩篱攀长成墙，生生地将两人隔离。

此后，惊黛却时常对着铜镜里的那张脸怔忡了。

终究仍是下了一试的决心。正待了赤英去送胭脂时，惊黛攀上了阁楼，陈年的蜘网尘灰覆没里，木梯子吱吱呀呀地响。惊黛拂了周围的灰吊子，一口樟木箱便显现了它原本的沉香颜色，看它陈旧模样便知是载重了经年藏匿的秘密。惊黛从箱底旧衣堆翻出那本胭脂志来，书已残旧，却是以上好的牛皮纸制成的册子，即便是旧，

仍可辨认书中所记物事。

"重绛、玫瑰、桃花、轻绡、紫泥、渥丹、青油、朱砂、黑锡、发灰。"惊黛忐忑地记下了配方，便轻轻下来阁楼。方子上配料多数已齐，唯独缺了这黑锡和紫泥。

黑锡即是铅华，是野矿洗筛研磨的铅粉，可入与胭脂，配成水粉，敷脸即成白玉般的妆容，但因其剧毒，这野矿早便无人采集了制成胭脂了。

还有这紫泥，是云南蚁虱吸食了人血所分泌的紫色晶脂，极是罕见。蚁虱身带了毒液，故分泌的晶脂亦是毒物，但偏偏这紫色晶脂以三日三夜高火熬后成了紫泥，掺与胭脂中，便成了绝代艳色，敷予肌肤便唤来无上娇媚美艳。但这美色毕竟短暂，必得日日敷用才可保有这般美貌，但这样的代价便是毒侵入了肌骨，日积月累，直至毒发身亡。

这便是紫罗刹遭到禁止的原因。赤英说得没错，相传旧时冷宫里的妃子为了重新得到皇上的宠爱，不惜花重金请胭脂商制作了这毒粉来用，虽如愿得到皇上恩宠，然终只是一命呜呼。谁愿拿了性命作玩笑，惊黛却是苦笑了摇了摇头，天下傻瓜原本多得是。

苏州城的街道多数狭隘，酒幡风里招摇，由宝寿堂的二楼倚着看去，人家的屋瓦檐棚，一色的黛，市井声息却离宝寿堂二楼远了些。

宝寿堂的伙计上了楼来，只见是倚着雕花窗的客人，正面向了窗外，宽檐毡帽并不取下，黑蓝长袍里的身子瘦瘦弱弱，看似读书的公子哥。

伙计走上前笑道："这位先生，掌柜的说了，先生要的黑锡与紫泥如今正是缺得紧，恐怕先生说的价……"

那先生听罢转得头来，伙计却见是蚕丝织就的一张薄金面膜，罩住了他的五官，令人更觉了新奇。

先生道："可是掌柜的嫌我的价出得低了？"

伙计作出了为难脸色："可不是，这事俺们也做不了主。"

先生又道："这样，你请了掌柜的来与我亲自商议便是。"

伙计却是踌躇着不走："这……"

先生见了，从怀中取出一锭银，放在桌上，又转头望向了窗外去。

伙计见了喜上眉梢，连连哈腰："俺这就去，俺这就去。"说罢便咚咚地下了楼去。

不等多时，戴了眼镜的老掌柜掀着帘子出来，双手作拱："先生久候。"

那先生站起身来，亦是双手抱拳朝老掌柜的作拱："烦劳掌柜的。"

待两人坐定，那先生便直接说道："掌柜的，若非家中老母亲病危，我也断不敢冒了风险相求于掌柜的，只求掌柜的怎的都要匀我一些铅粉与紫泥来救我老母一命！"

掌柜的只是脸色不定，四下看了看，压低声道："先生，不瞒您说，如今军阀查铅粉查得紧，即便是药用的铅粉亦严加盘查，就怕落了逛山人的手里做成了炸药，现如今我也是难办。再说那紫泥，云南那地方乱，前阵子流行了毒蛊，害死不少人，所以制蛊的紫泥也严禁了。唉，越是偏的药引，却越是治得疑难杂症，这苏州得多少等着用药的人为这死了呢！"

先生听罢道："掌柜的，正是如此，才敢情冒了天大的胆子来求你，价钱，自然不是问题，你且开出来便是。"说着便取出闪着森森银光的几锭银来。

掌柜的一看笑道："先生可别是误会我的意思，你我都有难处，只是你的难处更重大了些，毕竟是人命关天。这样吧，店铺里尚有些旧年余下的，先生也可解了家里燃眉之急。"说罢，唤来了伙计去拿来那两样东西来，掌柜的又命伙计细细包好，方才递给了先生，先生自然是千恩万谢。

那先生正要走，掌柜的拉住他，道："先生且慢，只是这两味便成了么？ 羌活、独活、桂枝、秦艽、海风藤、桑枝、当归、川芎、木香、甘草这些需配了方才治得呢！"

先生方才恍然大悟："看我急的，掌柜的与我称来便是。"

柜上的伙计便一一称了这些药，细细包了便让那先生提了去。看那先生匆匆忙忙走远，掌柜的不禁喃喃道："不见真容，恐怕是有玄虚。"伙计一旁听了，凑近老掌柜耳边道："掌柜的，你可看这小先生倒是出手宽绰着哩。"掌柜的若有所思。

却说了这先生急急从宝寿堂出来，满手的药，便往了小桃红的铺子赶去。

懒汉苟兴正眯缝了眼躺在黄包车上与车夫有一搭没一搭地侃南北。有一卖烟的小姑娘走在街头兜卖香烟，苟兴唤那姑娘："哎，小娘子，来，给爷一包。"小姑娘看上去只是十五六岁年纪，怯怯递了一包烟过去："先生，是哈德门的，五个铜钱一包。"

苟兴自然意不在香烟,只是唬道:"吓? 一包就得五个钱,小娘子是给自己攒嫁妆不成?"说罢,却不去接那包烟,手直直地伸来捏小姑娘的脸,又道:"嫁与我算了,不用嫁妆了。"

一旁的车夫调笑道:"苟兴发白日梦吧,还想娶老婆!"小姑娘只觉得苟兴并不买烟,掉头便跑,却是跑了几步,迎头生生撞倒了一个人。

众人见了皆笑,苟兴更是如捡了钱似的开心,他忙起身下了黄包车,近前去凑个热闹,瞧个仔细。只见那先生跌倒在地,帽子被撞歪,露出大半脸孔来,然而这脸孔上却盖了一张面膜,叫人不辨真面目。原本手中的药包统统撒了一地,卖烟的姑娘吓得不轻,不住道歉,忙帮那先生将药拾起。

苟兴却围了那先生左右看不停,那先生不理他,只是顾自己捡地上的药。

苟兴忽地大声道:"我看你是女扮男装的吧?"众人一惊,纷纷走得近前来细瞧。

那先生低声道:"先生,我与你并不相识,你是想怎的?"

苟兴是这苏州城一带的混混,谁人皆知。苟兴笑道:"这位爷,何必紧张,我也只是躺在这街上看女人看得多了,你这男人模样的,丝毫不像。身子骨柔弱,走路轻悄,我看着更像是个女子。"

那先生冷笑了道:"你琢磨我是男是女有何贵干?"

苟兴笑道:"不为啥,就是想看看先生真容。若是男的,爷,那对不住了,恕我苟兴冒犯,若真是女子……何必这般遮掩? 难不成是局子里边要请去的人物?"说罢,便趁那先生不备迅疾掀了他脸上的面具,霎时众人惊诧,连同了苟兴亦连连后退。

那先生不等众人回神,拿了药便急急地跑开,正是往小桃红的方向去。

铺子没生意,赤英正坐在板凳上打盹,却见惊黛慌张进得门来,且一身黑蓝袍子。这不正是自己的袍子? 不禁问道:"姐,你这是干吗呢?"

惊黛顿了顿神色,道:"我这是去拾药呢。"说罢,不等赤英再问便回了屋,留赤英一人在屋外觉了纳闷。

惊黛回了屋,便换下那蓝黑袍子,穿回自己衣裳,再将那些药包一一拆了,铅粉与紫泥拿起细细看了,铅粉因是药铺入药用,颗粒总是粗大,不够细腻,而紫泥亦是原原本本的水晶脂状。惊黛拿着它们,心下突突的,却觉了渺渺然透了些光亮来。

紫罗刹虽是毒物,却是有百毒皆有百物解之说,惊黛便会心微微一笑了。

小石磨清了干净,铅粉倒进去,惊黛只是细细研磨,银粒一会儿工夫便成莹白的粉。却是一股木炭味扑鼻而来,是铅粉特有的味道。

只怕赤英走了来,门已被牢牢闩上。

红蓝花煮得浓浆后,用白纱布过滤了黄色,留下的便是重绛。玫瑰和桃花皆为春季的花种,现正值仲秋,早没了它们的花影,惊黛便取出早晒干的桃花与玫瑰来,一泡水,干枯的花瓣在水中舒展开来,与刚采摘时的样子并无差异。

惊黛所用玫瑰是血红近黑的黑玫瑰,极罕的名贵品种,这黑玫瑰在正午时,却能变通了颜色,成为蓝黑的花朵,诡异得很。桃花分五色碧桃、绛桃、紫叶桃、垂枝碧桃等,而宫粉要求桃为垂枝碧桃的撒金花种,惊黛又在其中加了紫叶桃的粉白花型。将它们统共泡了水,待吸足了水分,便取了来一并捣碎取浆。

说来倒也奇,紫罗刹配方中的轻绡,原本只指古时轻薄夏衣,却是如何制成胭脂?惊黛拿了书又看了一通,书中并无详细说明,只是细想来这轻绡本是丝织衣物,薄如蝉翼,古时美人穿了,隐隐约约可见肌肤玉色,便幡然悟了配方中的轻绡原是指轻绡衣上的丝,而轻绡多为蚕丝,惊黛收藏的冰蚕自是用上场。冰蚕并不可热熬,更不可研磨,只有拿了凉水泡。上好的山泉沁凉,一天一夜的工夫便将冰蚕泡成了一摊白色稠液。

再说那渥丹,只是朱红的石头,其质松散,一擦即成粉。朱砂是石晶体,研成粉后还需多道程序。惊黛拿来磁铁,将朱砂内的含铁矿质吸去,又用飞水法将其中的雄黄、磷灰石筛洗干净,这样朱砂才是纯净的粉末。

青油便是蓖麻油,因放得年久,原本的琥珀色变成了墨绿如碧的深色,透了玻璃瓶,看得细透而润。而发灰,便是自己青丝焚成的灰烬了。惊黛将这些材料一一掺加,拌匀,再点点加入月华满盘时所收集的月华露,紫泥与铅粉最后一道加入其中,一钵美艳不可方物的膏脂便制成了。它却不似其他胭脂那般因加了花汁而芬芳扑鼻,只隐约飘来一丝腐木味道。它那颜色连见惯各色上等胭脂的惊黛都叹惊艳至极。那可唤作什么色?姹紫嫣红般,如女娲补天时遗下的娇嫩媚色,又如是水底云

里雾中的仙物，直诧得双眼如见了宝藏。

百毒皆有解法，只是这解法多为制毒者所掌握，而那书中不曾将解法列出，想必只是后人所记录的物事。或者，前人本就未将解法记录在册，传与后人，是有意而为，可是恐紫罗刹毒害了后人？这个便不得而知了。

惊黛捧了那一盒胭脂，只是喜欢，眼帘微抬，镜中的人，那雪白脸颊上刺目的绛色蝴蝶斑，真真的看了触目惊心。惊黛自小便难得揽镜自照，更不曾想去试图改变这张脸，但如今却不同了。

惊黛用珠钗细簪子挑上一点儿胭脂，沾在掌心，细细地推匀了，便轻拍在脸上。颊上微微发热，不知是胭脂的缘故，还是因了自己那激动而忐忑的心。良久，惊黛缓缓抬眼，望向镜中，然而，镜中的人却丝毫不曾变化。惊黛只是不甘心，又挑了一点，再拍在脸上，却仍是那丑陋旧模样。莫不是失败了吧？

赤英却在外面唤道："姐，史府账房的来对送银两了。"惊黛一边忙应了，一边将那紫罗刹藏匿起来，临了开门时又拭了拭手，抚了抚那微乱了的青丝，这才出得门来。

将史府的账房打发了去时，惊黛便觉了头昏眼涨。赤英一旁问："姐，你今儿脸色可并不对，是不舒服么？"

惊黛心里一惊，莫不是脸不对了？忙推托了进得房内照镜，仍是旧模样罢了。惊黛不禁起了怀疑，怕是配方错了吧，或是自己调配得不对？这纷乱的心思只让人觉得屋子逼仄，来来回回踱了步子。惊黛终究只有取笑自己，不是早说心已死了么，不是早对世间姻缘情爱绝了念想么？却不想今日一个燕又良，便让自己动摇了，还痴了心念想要借了紫罗刹把这旧脸皮子揭了去。只是，妄图借了这紫罗刹让自己变成佳丽美人，就为这一个燕又良？

惊黛不免苦了笑，将藏匿在柜内的那盒胭脂拿出，细细地看了看，接着，一手将它扔到里屋床后去了。

再出来时，惊黛细细叮嘱了赤英，明日燕又良的眼睛可重见光明了，让赤英去拆了他眼部的白纱，并让他早早离开铺子，寻他的军队去。赤英一一应下。他见惊黛是一脸灰暗，关切问候了几句，便以为只是忙累了，嘱咐了惊黛早些歇息，便也回房去了。

一宿无话。

惊黛在忽睡忽醒间，恍惚见了一树盛开的艳桃，正欲伸出手去采摘时，那一树的繁花便纷纷落了一地。

翌日一早，赤英便依了惊黛的嘱咐将燕又良眼部白纱拆了。燕又良眼伤痊愈，自然是十分激动，但见只赤英一人在场，便问："今日惊黛可是出门了？"

赤英笑了道："你想见她才是真的吧？"

燕又良脸微微一红，旋即恢复，笑道："你姐弟二人救我一命，我定要当面郑重感谢，不然我这一走，必是一辈子良心难安了。"

赤英轻叹一声，道："她却是不想见你。"

燕又良吃惊："为何?!"

赤英道："你可看我这脸，我姐姐亦是如此，你便绝了这念想吧，她何以毁了自个的清高呢!"

燕又良只是苦笑："赤英，你如此便是取笑了我。我想见她，绝无其他意图。相救之恩，理应当面道谢。人之美丑，总是内心的善良可亲来得更讨人喜爱，你说可是？"

赤英沉吟一会，亦觉不无道理，便去敲了惊黛的房门。惊黛在里慵懒了应了声，赤英便推门进去。惊黛只是素单衣的，可见方刚起了床，正背对着赤英立在窗口前出神。赤英笑了道："姐，那燕先生可是坚持了想要当面向你道谢呢。"

惊黛嘴角懒懒一扯，嗓音亦是倦倦意味："让他走吧，见了又是如何？你与他说我不想见他，什么感谢回报的话便算了，我们救他也并非图他报恩。"

赤英道："这一番话我方才也与他说了，他却坚持了要见你，我这传声筒着实不好做。按我说，姐，见了他又如何，反正我们不欠他什么。见一面或许便绝了他的念想，让他好生离开，不是更好？"

惊黛轻叹了声，转过头来缓声道："赤英，你是不明白的。"

赤英抬了眼看惊黛："有何不明……"话未说完，却当下呆立了，看她如看异物般。

惊黛觉得了他异样,道:"你怎么了?"

赤英目瞪口呆看着她:"姐……你……你这是……"

惊黛越发莫名:"我?我如何?赤英你这是怎么的?"

"你便是惊黛?"两人光顾了说,却不知燕又良已站在门口。"惊黛,你比我想象的更美。"燕又良一双眼已是挪不开,胶在惊黛面上无力自拔。

惊黛听罢,一把揽来了圆镜,镜里面的那张容颜竟不是原来的自己:颊上的蝴蝶斑已淡去,恍若不曾有过,本就莹白的皮肤如今更是粉嫩水灵得直可掐出水来,衬得凤目秋水盈盈,樱唇娇艳欲滴,实为天人之相!那一头青丝乌云般倾泻了一背,虽素衣单单,却毫不消减这绝色之姿。惊黛惊诧不已,简直不敢相信自己的眼睛,细想来定是这紫罗刹的原因了。

燕又良方才回过神来,笑了对赤英道:"怪不得不让我见你姐,原来如此美貌无双,是怕我抢了你姐不成?"说完,他只觉了男子身在未婚女子闺房甚是不妥,便告退出了去。

赤英在一旁仍未缓过劲来,只问道:"姐,是不是紫罗刹?是不是?"

惊黛转身面向窗外,凛然道:"是的,我把紫罗刹做出来了。"

赤英只觉了一身冰凉:"这是为什么?你明知它是禁忌,你明知用了它后果如何,你还亲自试验?!"

惊黛回头,看住赤英,双目灼灼,燃起星星之火:"赤英,你不明白的。"

"我是不明白!你为了什么要这样不顾一切?用了它,你会死的!"赤英急得涨红了脸。

惊黛却微微一笑,从柜中取出一物,对赤英道:"赤英,你且看这是什么?"

赤英看了惊黛手中是一株琼枝,银片叶儿,枝上缀了朵朵硕大的雪白花儿,只不过是一枝晒干的树枝。

惊黛接着道:"这是千果花。紫罗刹的毒亦是可解的,千果花正可解紫罗刹中的铅汞。"

赤英却是抱了狐疑的心:"你尚未用过,怎知就一定可解那毒?"

惊黛笑道:"所以便要一试。赤英,你如今劝也不是了,我已研制成了紫罗刹,今日你也看了我这模样变化,若是千果花真可解了紫罗刹的毒性,让紫罗刹重见天日又何妨?"

赤英只看着惊黛,默不做声,许久,苦笑了道:"姐,怕并不是让紫罗刹重见天日那般简单吧?"

惊黛披了烟灰襟衣,与赤英一道出了来。

燕又良只是等候在外,见他二人出来,忙站起身,沉声道:"我想我须得离开了,已再无留下的理由。只是今日无可酬谢二位,不过他日我必会回来,以报救命之恩。"

惊黛讶然,她不惜以紫罗刹来挽留他的去意,却仍是枉然的,他仍是选择了离去。如此想了不禁悲从中来,苦笑了道:"燕先生言重了,举手之劳,何须挂齿。"说罢,又吩咐了赤英去收拾几件他的半新褂子让燕又良带上。

默默送了燕又良到门口,惊黛茫然地道:"好生保重。"

燕又良却是低了声俯在她耳边道:"我怎的却觉得你竟舍不得我走了呢? 呵呵,我说了我还会回来。"惊黛蓦然一惊,抬眼看他,正对上了他款款情意的眼。却只是一瞬,他恢复了常态,道了声告辞便头也不回地去了。

惊黛呆呆靠在门边,两眼空洞望着燕又良离去的方向。

赤英却在身后沉沉道:"姐,你不惜一切去做紫罗刹,是不是因为他?"

惊黛转身回屋,轻轻关了门,嗓音冷冷:"赤英,如今我不应瞒你什么,我确是为了他。"

赤英苦笑:"所以你哪怕换了自己性命也要去挽留他,对吗? 可是他呢,还不一样头也不回地走了? 姐,你太傻了!"

却是谁不傻呢? 若论情字,真真如同蛊毒,身中了那毒便只有听凭了它的指挥,如何摆脱得去,所以便恨了自己那不美的容貌,无法将他心甘情愿地跪在罗裙之下称了臣。

燕又良一去,便没了踪影声息。惊黛没有再敷紫罗刹,右颊上蝴蝶斑又渐渐浮

【第二章】繁花几时重

现,容貌依旧。一切仿佛又恢复了往昔那般平静,赤英在窗口招呼顾客,惊黛在里屋调制胭脂。

只是,惊黛心内明了,再也回不到从前。她有时仍恍惚了燕又良就坐在那里——静静伴着她,听她淘洗花瓣、捣花汁、蒸花露,或者是有一搭没一搭地与自己说话——他脸上无不带了笑意,呼吸了空气里幽幽花香。

只是一瞬即逝,多像是流金的日影,一瞬即西移了去,日日都是如此,一些浮光掠影都从中缥缈而过。

此时的乱世情势却更加抓紧了人心,世情乱,人心也便惶惶。赤英时时听得外面议论纷纭,说日本人已经攻占了东北三省,又说日本兵很快便会南下。有人只安于现状,道苏州城仍是安全之地,却有人笑了,日本人一来,全中国都不再安稳,何况区区一个苏州。只是过来苏州,仍有南京作了屏障,如若南京不保,便得逃命去了。

这样一来,苏州城虽面上静静如若往常,其实底下有不少有钱的大户渐渐地将家业往南迁移去香港。而全国上下,学校停了课,学生纷纷上街举行示威游行,抗议日本侵略,抗议国民党的迎降,多数工厂也罢了工,与学生一起走上街头,举旗呐喊。更有的是,个个青年都热血沸腾,辞了工作与家人,参加了军队去战斗。

短短数月时间,就已变化得如同沧海桑田。

小桃红的生意顿然冷清了下来,惊黛只是更感叹了世道的反复无常。赤英却跃跃欲试了想要去前线,却始终念了只有惊黛一人留在小桃红铺里,而无法忍下心独自一人走了。

这日,赤英回来,手中一张报,急急地唤来了惊黛:"姐,快看,报上说燕又良又打回来了。"

惊黛夺了报纸,看那头条,醒目红字上书"左右两派相残,燕帅打回苏城"。果然,燕又良自那日一别,又回了南京,与暗杀他的一派殊死搏斗,军部为安内乱,将燕又良派往了苏州作守护驻军。

惊黛只是不敢置信,他当真又回了苏州么?昔日的那人,可仍记得这小桃红的一段时日呢?

却是半月过去,仍是寥落冷清,惊黛不免自嘲了笑,谁仍痴了心念不放下呢,只是自己罢了。

日暮时，惊黛只是怔怔了看外面渐次灰暗的天光，接着正要关了窗子打烊，一个灰袍子的先生却招呼了："掌柜的，来一盒胭脂，我送人呢。"

惊黛收了心神，问："先生要哪款胭脂？"

那先生戴了宽檐帽，低了头，并看不到容貌，只听他道："要最好的便是了。"

惊黛一如往常地隐在了窗后，来人也并看不到她面容。她拿了锦烟云的一款出来，递与那先生，道："这种胭脂是锦烟云，可令女子肌肤如云水般清澈明媚，先生可让您太太试试。"

那先生看了，果然满意，问："多少钱？"

惊黛道："一锭银。"那先生从袍中取了一锭银给惊黛，惊黛接了过去，以为那先生正要提步走了，便想关下窗来，却不料那先生仍是用手挡了窗子，将方才的那盒锦烟云还与惊黛。惊黛自是诧异，那先生含了笑道："送给你。"

惊黛一时未回过神来，却觉得了来人的那副嗓音似曾相识。她不敢断然去接了那胭脂，只是呆立着。

那先生摘了宽檐帽子，露出如丹玉般的五官；即便是灰袍子的，却掩不住他的威仪如风。这不是燕又良么？！

惊黛怔忡里忙掩了脸，一句话未说，便奔回了屋。燕又良好生奇怪，不知是否是自己做错了什么，他上前咚咚地拍了小桃红的铺子大门。赤英后院听了，忙出了来，却见惊黛已将自个锁在了房内，便忙去开了门，见了燕又良亦不免惊呆："燕先生，是你？！"

燕又良在门边放下手中提着的物什，笑了跨进来："可不正是我，难道竟然不认得了么？"

赤英笑了道："怎会呢，快进来吧。"

燕又良坐了，是当初他养伤时日日躺的地方。

赤英忙倒了茶水，招呼他："燕先生，我们都在报上看到你回了苏州了，想不到你竟然还记得我们这小店，亏了你还抽了空来。"

燕又良笑道："怎能不记得？救命之恩呢！早便要来的，天天念日日想的，可却

忙于军务,不得已,方才在今日来了。"

却说惊黛慌忙回了屋,将门闩上,却是心乱如麻,不知所措。日日思君不见君,当真见了他时,却无法面对。自己未敷紫罗刹的本真面貌又怎能让他看到呢?

惊黛迟疑片刻,终下定决心,又将扔到床后的紫罗刹捡了回来。想不到今日需再次用上。惊黛忙自揽了圆镜,将紫罗刹细细匀在脸上。不消多时,惊黛的容貌便又翻天覆地变化了,堪称了仙术。

滞在门前,惊黛踟蹰了,就这么地出去见了么……但却又有何不能的? 一咬牙,推开门去。

赤英见惊黛出来,双眉不由锁上,咬了唇只是不语。

燕又良如看呆了过去,不由得站起身来,手握了方才的那款锦烟云的胭脂,只觉手心都是汗,道:"惊黛,这盒,是我买来送与你的,你便收下。"

惊黛只是低了眉眼,默默地接了过来。

燕又良细细地打量眼前朝思暮想的人儿,秋目如水,脉脉含情,梨涡清浅,若隐若现,真可叫世上男子痴狂了去。自上次一别,他只身投入了明争暗斗的人事倾轧里,头破血流亦不怕,只为了能够回来给她一个惊喜。

燕又良失神了片刻,便又恢复了风采,毕竟是久战沙场的军人作风。他微然一笑,道:"今日我来,一是为道谢,二是为另一重要之事。"

赤英与惊黛不免诧异,不知这重要之事为何。

燕又良顿了顿,继续道:"其实我,是来提亲的。"说罢,站起身来往门外走去,从门边提了两件大红布包裹着的礼品。

一语如抛了炸弹,在惊黛与赤英两人心中都炸得轰隆大响。赤英当即赫然站起身来道:"不,不行,燕先生,若你只是普通人家的男人,我倒是许了,只是你这样的身份,我姐恐难高攀!"

燕又良只是看了惊黛问:"惊黛,你是如何想法?"

惊黛咬了唇,柳眉微拧,只低头不语。

燕又良又道:"燕某也许无法承诺一生一世的甜言蜜语,但我所能给的,我都给你。经历了沙场无数,看惯了生离死别,但我这次却感到了恐惧,唯恐不能再齐整地站在这里,燕某的心意,请你们不必怀疑。"

赤英却仍是急急地道:"不行,燕先生,我们不怀疑你的心意,但你身份与我们市井百姓如此天差地别,我们实在高攀不起!"

燕又良却是笑了:"赤英,不妨听听你姐姐如何说。"说罢,两人目光齐齐转向了惊黛。

惊黛在两人目光里缓缓站起了身,面容沉静如水,如是已下了决心。她望着赤英,平静道:"赤英,你担心的我都明白,只是一切皆有命数,我相信命数,如若我命不好,那是逃也逃不过。"说罢又转向了燕又良,缓缓道:"燕先生,我相信你是个真英雄,我答应你。"

燕又良蓦地站起身,不禁喜出望外,双手紧握了惊黛的手:"惊黛,我定定不会辜负了你!"

赤英却一旁煞白了脸,咬了唇不语。

燕又良当即定下了迎亲的日子,待算来,也不过十日后的事,如此心急便要娶了新娇娘回去,可见也真真是动了心了。

赤英却看着燕又良离去的背影,无不担忧对惊黛道:"他这样的身份,姐,你嫁了他,只怕难有幸福。这紫罗刹能帮你几天呢? 能是一辈子么?"

惊黛微微一笑,道:"赤英,姐自有分寸。"

十日后,燕又良依言而来,一同来的是一顶大红花轿和浩浩荡荡的迎亲队伍,燕又良一身新郎喜服,骑了马嘚嘚地从苏州城而过,非凡得意。

围得水泄不通的人群里苟兴却大声喝开了:"当今世道全变了天了,丑鸭子还能攀上了凤凰枝了,变了变了。"燕又良却在唢呐乐声里听得清楚,当下皱了眉,对旁边的副官说了几句,那副官便将苟兴拧了出来,正举了拳,那苟兴却大呼饶命:"官爷饶命,小的不识时务,坏了官爷的喜事,罪该万死,罪该万死。"

副官喝了道:"方才你是说什么丑鸭子攀上凤凰枝? 胆敢还指我们少帅夫人不成?"

苟兴跪在地上,一脸媚笑:"官爷官爷,我口不择言,实在罪过,但小的可是句句

实情,那个做胭脂的女掌柜,都知道她是个五八怪,却不知燕少帅原来有这样的爱好。"

副官喝道:"你说什么?!"

苟兴吓得趴下:"小的不敢,官爷可饶命,燕少帅喜事当头可不能见红煞了风景呀!"

副官一拳打了下去,苟兴仰头摔了开去,半天爬不起。待那副官走远,苟兴缓了身喘气爬起,一拭脸颊,却是一袖的血,嘴里像是硌了什么,一吐,一颗牙齿带了血丝吐了出来。

副官附在候了小桃红铺前的燕又良耳旁轻语了几句,燕又良又是皱了眉,随即挥手示意他下去。

小桃红胭脂铺子今日是头一回开了大门。惊黛一身红衣,罗帕盖头,袅袅婷婷地由赤英牵着走了出来,燕又良不禁笑逐颜开,将惊黛扶进了轿里。

迎亲队伍便又是一路吹吹打打,好生热闹。苏州城这般大势铺张的喜事却是不多,再加上战乱,办事总是从简了办,银票一概保全了应急用。便在今日燕少帅的娶妻喜事上,人们指指点点观其热闹。因了这喜事的吹打,那些国患忧虑便如同昨夜梦似的远了。

【第三章】
误入花深处

　　惊黛入了燕府，才知燕又良的老父已在战斗中牺牲了，府内只余六十岁老母一同住着。燕母因为身出名将之门，自然心气高傲了些，对惊黛的出处计较得紧，本来便反对这门婚事，因为燕又良一直坚持，相持不下唯有睁一只眼闭一只眼作了罢。待娶回府上，见惊黛果然人间绝色，便不禁心下暗自赞叹了一番，却也做足了家婆的高姿态，好在惊黛并非什么千金小姐，对这些都一一低眉顺眼地容纳了。

　　燕又良从宴上回了新房，醉意趔趄，挑开了惊黛的罗帕，只觉得两眼昏花，不禁奇了，道："惊黛……你的脸……怎么……"惊黛蓦然一惊，别是紫罗刹露了马脚！便慌了神地揽来镜子，晕红如是，艳色芳菲，仍是这般的美，不禁松了神经，笑了道："又良，你喝多了。"

　　燕又良笑道："可不是，我说……看着你，怎么是两个脸呢！且说……今儿大喜的日子，怎么能……不醉呢?"原是如此，惊黛不由定了神。

　　替他解了衣服，燕又良便张了臂拥了过来。一夜春宵，芙蓉帐暖。

　　新媳进门，早起请安必少不得，惊黛更不敢怠慢，便早早起了。燕又良安排了一名小丫鬟侍奉惊黛，名唤劝月，也是楚楚可人的丫头。待劝月奉来洗漱水时，却见惊黛已洗漱上好了妆，齐头整脸模样了，不禁道："太太，往后替你梳头上妆的活计便让劝月做吧，太太身子金贵，不必太早起，仍可睡些时候的。"

惊黛笑了笑,劝月如何知呢。昨日的妆容,已是被面油溶了不少,紫罗刹多少糊了,必得早早起来自己洗了,重再匀上紫罗刹,而洗了脸,那真容是断不得让人见的。惊黛对劝月道:"你可是唤作劝月?真是伶俐的模样。我正是要说呢,除了燕先生的洗漱水你每日仍需奉来,我的便不用了,梳头上妆的活计我自个来便是了。"

劝月一听以为惊黛嫌弃自己手脚不伶俐,不免着急道来:"太太,这如何使得,让先生和老太太知道了,劝月如何交待得了呢?还请太太不怪劝月笨手笨脚的。"

惊黛却是捧了劝月的手,道:"劝月,快别这么说,我原只是普通人家的女子,这些活计自己手熟做得惯,并不是嫌你什么,你切莫那样想。老太太与先生那,你不说我不说,谁会过问这点芝麻子的事呢?"

劝月见惊黛并非骄横了给自己下马威,才不由松了口气。两人见天色尚早,又说了会家常,直至给燕母请安的时刻,惊黛这才唤醒了燕又良,服侍了他洗漱穿戴便往了燕母处请安。

方吃罢了早饭,便有军部燕又良的同僚提了大礼来贺喜。此人是军中统领张正元,一向与燕又良交好,如今燕又良大喜,便老远地赶来,喜酒却没能及时喝上。

燕又良自然欢喜得紧,张正元赴任统领一方后,自此便难得一聚,两人府内喝了茶,张正元只是无比艳羡燕又良娶了美娇娘,少不得感喟一番,却又觉得不过瘾,两人又乘了车往茶园子去。

茶园子此时不比晚上,正少了客,掌柜见来的两人气度不凡,仪表超群,便知是人物,不由上等好茶仔细地招呼了。

茶园的雅厢也是清幽,正是谈话地方,两人叙旧了半天,也渐得疲了下来,燕又良便要点茶园的清倌人弹唱一曲,掌柜的忙击掌唤了新来的清倌人。珠帘轻轻地掀开了,一身翠色染了人眼;珠帘落下,抖抖索索地,碎珠子玲珑声响,那一抹翠色烟霞般地走到茶桌不远的朱漆小圆凳上。燕又良不由定睛了看,那女子烟翠的一身薄裳,领口半高滚绣了花边,袖口处也一同的花样,琵琶把在腿上,那小脸下颌尖了些,眉目却清秀如画,一副可人模样。

她一坐下,便轻启了朱唇,道:"二位客人,小女子牧莺新到茶园,若是唱得不好,还请二位客人担待了些。"

燕又良见她大方落落，不由笑了问："叫什么音？竺音？名字倒是说你唱得好，你且唱来听听，是否名副其实。"

牧莺掩了嘴一笑："先生怕是醉了茶？小女子是牧莺，却不是竺音，二位客人想听什么曲子呢？"

一旁的张正元也哈哈笑来："燕兄怕还醉在洞房花烛夜没醒过来吧，哈哈。"

燕又良不免抚了头也呵呵笑了："牧莺，却是画中玩鸟的人物才是，罢了，你且唱一曲，随你兴子唱便是。"

牧莺又不禁窄袖掩嘴笑了笑，眼内漾了水意的，不待清清嗓音，便开口唱了："春江潮水连海平，海上明月共潮生。滟滟随波千万里，何处春江无月明。江流宛转绕芳甸，月照花林皆似霰。空里流霜不觉飞，汀上白沙看不见。江天一色无纤尘，皎皎空中孤月轮。江畔何人初见月？江月何年初照人？人生代代无穷已，江月年年只相似。不知江月待何人，但见长江送流水。白云一片去悠悠，青枫浦上不胜愁。谁家今夜扁舟子，何处相思明月楼？可怜楼上月徘徊，应照离人妆镜台。玉户帘中卷不去，捣衣砧上拂还来。此时相望不相闻，愿逐月华流照君。鸿雁长飞光不度，鱼龙潜跃水成文。昨夜闲潭梦落花，可怜春半不还家。江水流春去欲尽，江潭落月复西斜。斜月沉沉藏海雾，碣石潇湘无限路。不知乘月几人归，落月摇情满江树。"

琴音叮咚，伴了女音袅袅绕梁，果然一派清丽的音词。待她唱罢，燕又良不禁拍手称好："好！好一曲《春江花月夜》，令人如置秋夜月色中啊！"

张正元也不禁抚掌，又快意地让牧莺再吟一曲，一番旧情伴了唱曲，偶饮清茶，也便消磨了一日工夫。

临行，燕又良不禁另赐了银元给牧莺，因头一遭出唱便得了赏赐，牧莺倒也欢心地收下了。

待燕又良与那张正元走得出茶园子的门，却听得里面一个尖细嗓子的妇人在叫骂道："真真是个狐媚，刚开嗓便让人好生喜欢得不行，哟，我瞧着多长进哪！一个碎银便舍不得交公，亏了老娘将你训得有模有样……"

燕又良一听，怕是园里清倌人的妈妈正索牧莺的银元，不由得气由胸中来，提了脚又回了茶园子。循声找去，燕又良一脚踢了那雕花木门，里面断续传来叫骂："有

本事也像小桃红的女掌柜,长得丑照样嫁给了高官去,我看你是咋样的能耐? 真想反了天了? 没有老娘,你想唱? 没门儿!……"

燕又良虎虎生风地走了进去,果然是一个精瘦模样的老妇正点着牧莺的额在骂,而牧莺只是咬紧了唇,低着头,任其恶毒的言词如鞭打在身。

燕又良大喝一声:"这是干什么?"

妇人与牧莺不由吓了一跳,转身抬了头,牧莺见了燕又良,忍了许久方才一双眸浮出泪影来。妇人放下牧莺上前来,软了声道:"客人可是想听曲儿? 可是走错了呢,二楼雅座候着,姑娘马上就到。"

茶园掌柜的听了一番动静,也闻声赶来了,一旁的张正元拉了掌柜的手,佯装着怒喝道:"你们这茶园子怎的还有收缴客人赏银的规矩?!"

茶园子的掌柜忙堆了笑道:"两位客人勿怪,她们只是来茶园子唱曲的清倌人,与我茶园子不同一处的,我茶园只是按她们出场收月钱,她们怎的如何却是与我茶园无关了。"

燕又良听罢不禁睨了眼看了看那妇人,道:"那么,这姑娘是如何得罪了妈妈?"说话间自是威仪不减。

那老妇人毕竟江湖中人,见多识广,晓得眼前的两个先生虽是一身便服,气度皆是不凡,想必不是市井之徒,便继续软了声,好生好气地道来:"先生,我也只是训训自个不懂事的丫头,不想却是惊动了两位客人……"

燕又良见她只是软索套人,索性道:"方才那银元是我给那姑娘的,难道是妈妈要将那钱要回去? 还是说我这钱给得不是了?"

那老妇人笑道:"哟,先生可就不知了,说唱曲这行的规矩都是拿了客人的赏钱都得交公的,不然我供她们吃好穿好可是为的什么? 先生,你这说的便是外行话,各行的规矩可不是随性子说破便破的,我养她们几十个丫头干什么? 可都指望着唱了钱来好吃喝开销着?"那妇人顿了顿又道:"再且说了,先生,你这钱给了我的丫头,便也是我的家务事了,你再插了一脚来,可就说不过去了,可是这么个说法?"

燕又良听罢,便知这个厉害的角色,却又不便发火,使了个眼色给一旁的张正元,张正元便从身上取来银元丢在桌上,道:"姑娘唱的钱我这给了,方才的是这先生打赏给姑娘的,妈妈若仍是为难,便是与我们过不去,你且看着办吧!"

那妇人见了钱,笑意丛生,道:"既然两位先生如此厚爱这丫头,便是这丫头的福气,我这做妈妈的自然是欢喜,还指望着客人能常来听曲便是。"说罢赶紧收了桌上的银元。

燕又良不禁看向牧莺,她恰也水眼汪汪地递了眼风过来,那眼内,如是千恩万谢了在里面。燕又良对她一笑,便与张正元大步流星地出了去。

两人上了车,燕又良却似想起什么来,又回了茶园子,掌柜的见他又倒了回来,以为又有不周之处,不禁拱手作揖。燕又良抓了他的手,凑近了低声道:"方才那妈妈说小桃红的掌柜长得丑,这是从哪来的流言?"

掌柜的笑道:"先生,我看着你也面生,恐怕是刚到苏州城不久吧?这苏州城都传了小桃红的胭脂乃绝世佳品,但掌柜的偏生得奇丑,这世上流言飞语多得是,谁知可信不可信呢?我所知的是那小桃红的姐弟俩都不大出门便是,我也没见着她真实模样如何。倒是昨儿的,她居然嫁入了燕帅府,都说了人美还不如命好,美人还薄命呢,这福气好比什么都强啊!"

燕又良不待他说完便转身离开,一路上却是有了心事般的,只与张正元有一搭没一搭了聊谈。

燕又良送罢张正元回去,便赶回府中,刚进了大门,便迎头撞上燕母。燕母身后随了提着木屉子的丫头,看样子正想出去。

燕又良问:"母亲,这是去哪里?"

燕母道:"城郊养心寺正安了观音菩萨,这不,我提了些斋品,正要去呢。"

燕又良又问:"惊黛呢?"

燕母道:"出去了,你一走,她后脚也跟着走了,府里净只得我这个老婆子,也真没个趣,我自己去找找事去。"

燕又良送母亲出门,便回了房中。房内香气幽然,碧纱帘子将半月雕花窗外的阳光筛成洒入房门口的一地绿水般,案上茶几、柜里的书、床上的枕被,无不洁净齐整。燕又良在贵妃椅落了座,又回想了那些所听的流言,不禁皱了眉。

当他负伤被惊黛姐弟所救时,之所以佯装昏睡,也便是想了解惊黛姐弟是何人,而几日下来,他便掌握了他们的生活,不过是深居简出的胭脂商人,而第一次看见惊黛容貌,他惊为天人,却为何外面有这般的流传?

正胡想了,惊黛的贴身丫鬟劝月手上捧了物什进得房里来,燕又良问那劝月:"太太去了哪里?"

劝月垂了首:"劝月并不知,太太只道出去一趟。"

燕又良若有所思:"她并未叫你一起去?"

劝月道:"回先生,太太不曾叫我一起去的。"

燕又良问:"太太平日里可是化了妆?"

劝月不禁掩嘴一笑:"先生,太太化不化妆您竟也不晓得,太太是化的。"

燕又良正欲问什么,外面却传了来说话声。细辨了,正是惊黛与府内厨子的声音。

惊黛道:"一日两煎,次日便把药渣倒了,没有药了再跟我取。"

厨子道:"是,太太。"说话间,两人已进了房内。惊黛见燕又良在,不禁吃惊:"又良,今日竟不用去军部么?"

燕又良躺在贵妃椅上,眯着眼,假装了不经意地道:"方才与张正元在茶园子里醉了茶,回来歇歇。"

劝月见惊黛回了来,便将手中的物什交给惊黛道:"太太,你要的东西我已取来。"惊黛接了过去,便转身交给候在门边的厨子,又交代了数声,厨子诺诺应允,拿了药便去了。劝月也退出房去。

燕又良不禁问:"煎药?煎的什么药?你不舒服么?"

惊黛笑了坐在大理石圆桌旁:"方才回了趟铺子,赤英道是从山中采了药,让我服用,说是那药对于妇女是极好的呢,疏活内滞,调血理气,我这才拿了来府中煎服。"

燕又良听罢,只觉自己无端听信了江湖流言,竟对惊黛起了疑心,只是过分了些,便起身来拥了惊黛道:"惊黛,若是无事,你便待在府中吧,如今外面世道乱,你可知现在外人如何说你?"

惊黛笑道:"说我是丑八怪、母夜叉?若真是如此,你还会娶我么?"

燕又良道:"你也已听说?那便是了,平日无事便待在府内吧,若有事需外出,让劝月或是府中的家丁去便是了。"

惊黛却道:"你且放了心,我又不是什么千金小姐的出身,外面如何传,你我心中有数便是。"

燕又良凑近了惊黛耳际,呢喃了道:"我可不想让我美貌无双的妻子无端受人流言。"说罢便轻咬了惊黛白似透明的耳郭。

惊黛嗔笑道:"那如若,我真是丑八怪、母夜叉,你可怎么处置我?"

燕又良亦笑:"如真是,那我就另娶了。怎样?你可答应?"

惊黛听罢,蓦地只觉心落,虽只是那么微微地一沉,却似再也提不起来。脸上笑靥僵硬了些,道:"原来男人可真真是薄情的。如若你另娶了,你不怕我杀了你和你新欢不成?"

燕又良拥住惊黛,一面手游走在惊黛身上,一面在惊黛耳际呵气,道:"你不正是我的新欢么?我哪里还有什么新欢?"说罢,解开了惊黛的盘扣。

人间鸳鸯即是如此,即怨且央的,方才有了双双和鸣的缠绵缱绻,不管了碧波起漾,不管了人间是非,交颈嬉戏,恍处世外瑶池。

时至日暮,燕母方才回府,面容一派喜气。

晚膳上,燕母喜不自禁地对燕又良与惊黛道:"我今儿去养心寺求了一支上上签,说是我们家又将喜事临门,我就想着念着,这喜事是不是说观音菩萨给赐来了白胖小子呢,给我做伴来了。"

燕又良与惊黛不禁对看了一眼,燕又良道:"母亲,您也太心急了,我们这才刚刚成的亲。"

燕母却笑道:"这哪里什么心急,当年你父亲常年在外,回来两次我不就怀上你么?快的快的。"说罢,笑意满脸地看着两人。

燕又良与惊黛对看了失笑,燕母真真的求孙心切。

吃罢饭,撤了桌子,正泡了茶在厅内饮着,下人来报,说是乡绅陈府派了老婆子来与燕母说事。燕母道:"让那老婆子进来正厅吧,我候着呢。"

下人却道:"老太太,陈府老婆子说事儿须亲自与您说。"

燕母嚬了眉道:"这老婆子是什么道理,有事儿与我说却要我出去,她倒是不进来,真个没了规矩。"却是因为心情大好,也不计较这些礼节了,便与那下人去了。

门边的那陈府老婆子在灯下暗着一张脸的,辨不清面目,见了燕母,便鞠躬道:"我这老婆子真是罪该万死,胆敢请了燕老太太在门边儿说话,只是请燕老太太万勿怪罪下来。"

燕母半笑了道:"晓得这个理儿,却是什么事寻我,非得这里说?"

那老婆子方才直了身,凑近了燕母道:"老太太今儿去养心寺上香,与我家老太太正巧碰了面。说来啊,这真是造化弄人,原本我家老太太早想拜访燕老太太的,却是因为前一阵感了风寒,在屋躺了半月,这才起得床来。今儿去养心寺才听说燕少爷又良已娶了新妇,便捶胸顿足,直道失了良缘。原本我家老太太是想与燕府缔结亲事,而我家小姐对燕公子也是早有耳闻,英雄出少年,早倾了心了,却不想迟了半月,燕公子已娶了妻,我家小姐听了不由大哭了,老太太怜惜小姐,便命了我这老婆子来与燕老太太说,我家小姐倒是不嫌了做妾的,只是不知燕老太太的意向如何?若是陈家与燕府合璧,那真是世间和美姻缘了,陈府家财厚帛,燕府权倾一世,这般亲事可真是两全其美,更难得的是我家小姐对燕公子许下了深情。"

好一通剖白之言听得燕母恍惚起来,只是记得白日里去养心寺的半道上遇了陈母,两人也并未谈及各自家事,只是匆忙问候了便擦肩而去,现下却打发了府上的老婆子来说亲,恐怕真如那老婆子所说的,是早想了来结亲门,只是迟了半月便世事已改了。燕母对陈府境况也知一二,那陈乡绅是苏州城里有名的财主,按理说燕府与陈府缔结亲门,才是最和美的亲事,只不奈何燕又良执意要娶惊黛,又匆忙娶进门来,燕母对此本就抱有怨意的。今儿听了陈府那老婆子的一席言,不禁也心猿意马起来,便对那老婆子道:"你且回你家老太太,说心意我燕府是领下了,只是我儿今方新娶,再论纳妾,恐怕遭人非议,待过一段时日,我与我儿提起,看他意向如何,再回复你家老太太去。"

那老婆子千恩万谢了便告辞而去。

燕母回得厅堂内,燕又良放下了青瓷茶碗问:"母亲,那陈府是何事?"

燕母看了看一旁的惊黛，犹豫了片刻，方才道："不过些芝麻事情罢了。"说罢又看了看那两人，只是面容平常，并无异样，燕母便心里打量起如何将方才的事说与燕又良。

燕又良府邸原是一家大户人家修建起的大院子，后来那户人家无缘无故府中起火，带败了生意，便使得家道中落，将大宅子转卖给刚到苏城的燕又良。那宅子修葺一新，大堂抄手廊过去是垂花门，入了垂花门，才是后院的书房、睡房，偏点的是厨房杂房与下人们住的地方，倒也不小。

这日正午，睡意正浓着，蝉噪声声从院中的树枝传了午间的热来。惊黛翻了身，汗印子隐约在席子上，便唤劝月拿了扇子来，劝月却不见踪影，只得自己起身寻扇子。却听得院中的交谈，是燕母与房中的贴身丫鬟碧绿在说话。

燕母道："可怜我儿遭人陷害，才流落到此，若非如此，他怎会娶她？我知道又良的心地善良，是个知恩图报的好孩子，却也固执得像条牛，死活嚷嚷着非她不娶，跟他死去的父亲真是一个样。"

碧绿道："那陈家小姐我倒是见过呢，以前去陈府寻人的，见了陈家小姐一面，可也是漂亮的人物，不过感觉那位小姐不简单，不像太太那般待人温存。"

燕母问："怎么个不简单？"

碧绿答："就是感觉是个厉害人物。"

燕母笑了道："凭她怎厉害了，若真入了我燕府做妾，她能拿我这个婆婆如何？她能拿自己丈夫如何？这个我倒是不担心，我担心是现在眼前的这个，总是过门没多久，就要让又良纳妾，恐怕真有些说不过去。"

碧绿道："老太太真替人着想，但若是老太太亲自开口，太太也不敢说什么，而先生孝敬您，又哪能违抗您意愿呢？"

燕母笑道："碧绿可是越来越鬼了，这样吧，我先不与先生提这事儿，一提就他那性子，恐怕得翻天，也得让太太回避了这事，等生米成炊时，奈何他们也不能怎么样了。就是娶了个小，还不是一样尊她为大？这个家，仍是我说了算的。"

碧绿一旁附和了低笑。惊黛却在房内听得一背的冷汗，这也才不过刚刚开始，

原以为嫁了他，便是最好的去处了，可是哪能呢，还有人盯着这燕太太的名不放。燕母与那碧绿丫头再说些什么，惊黛一字也听不进了，只是抵了腹中的微疼，缓身伏了下去。

待到晚上，燕又良捎回口信，说是有事不回家了。惊黛只是神色里没了平日的安稳，打开紫罗刹胭脂盒，只余一些，恐怕不及日后用了。翌日，便与燕母告了假回了小桃红铺子。

赤英见了惊黛回来，自然欢喜得紧，却又忧心忡忡的模样，一如往常那般拿了报纸与惊黛读来，罢了道："姐，北平沦陷，南京恐怕也不保了，姐，许久了我不敢告诉你我的想法，现在我要说，我想去参军！"

惊黛蓦然："赤英，你要去打仗？不行，太危险了，姐姐怎么能让你去上前线？"

赤英笑了道："姐，如果让日本人踏遍了中国的土地，那才是没命活了呢，我们要抵抗，把他们从中国赶出去！这样我们才能有好日子过！"

惊黛忽而觉得了赤英的成熟，不再是往日那个羞赧少年，他开始胸怀壮志，一心报国。自他时时买报关注战事时开始，惊黛便觉得了他尚稚嫩的心胸已植下那颗伟大的理想种子，如今那颗种子已然长成繁茂之树，正待开花与结果，惊黛又怎的忍心拔了它？或许正如赤英所说，日本人一日在自己国土上横行，便一日不得过上好的生活，只有将他们赶出中国去！

从铺子里出来，惊黛恍惚着走在街上，只觉这苏州城的街已不复往日小日子里的平淡宁静，它隐隐约约藏着什么，如同兽般，蠢动着正想要扑过来。

迎面来了一辆黄包车，那车夫笑了对惊黛道："小姐，坐车吧，前面游行呢，你过不去的。"

惊黛听罢，踮起脚望了望，游行？问那车夫："可是些什么人在游行呢？"

车夫道："学生和工人，罢课的罢课，罢工的罢工，乱的，唉。小姐，你要去哪里？我载你过去吧，那可真乱的。"

惊黛笑了道："不打紧，我自个走走。"那车夫见惊黛并不坐车，便拉了车走了。惊黛一个人提了手里的布袋，缓着步子张望了向前走去。

渐走得前去，越听得了一浪高过一浪的口号声，地上随风卷着一张张标语。惊黛拿起一张，上面写了"要民族不灭，唯抗战到底!"气吞山河般的酬国壮志，惊黛便开始懂得了赤英为何一心要上前线去抗战了，那是因为沸腾在他全部身心内的中国血液!

再走了过去，是一群学生模样的围着一个男子，那男子举了标语，在大声讲道："为什么日本这样一个弹丸大小的国家也胆敢在我们的国土上横行肆虐? 先是东北三省，再下来，他们要干什么? 大家还不明白吗? 他们的目的就是全中国!! 他们要灭我中华民族!! 同学们，我们要觉醒了! 站起来支持抗日! 参与抗日!"学生们跟着一起呼喊："支持抗日!"那声声呐喊真如炉上的沸水，沸腾了万丈雄心，惊黛竟也被感染了。

身后是一队队学生、工人在游行。一个女学生怀抱了一叠标语纸跑过来塞给惊黛一张，急急地说道："请支持抗日。"说罢又跑开了去。

惊黛还未来得及拿起来看个仔细，忽地前面惊慌拥来一群人，有人在高喊："警察来了!"人群轰地乱了，枪声在前面不远处响起，人们左奔右突，惊黛被拥挤乱撞的人群撞跌在地，手中的布袋早被踢得不知何处去了。

惊黛支起身来，揉揉被踩痛的手，正张望了寻那布袋，却是一双双脚立在眼前，不禁抬头，一身黑衣配了枪的警察。为首的警察弯了腰细细打量，对惊黛道："你这小姐，也敢游行扰乱治安?! 不怕进局子吗?"

惊黛道："我只是路过的。"

警察看了看她，笑道："路过吗? 你手里拿的是什么?"

惊黛低了头，手上正是方才那女学生塞给自己的标语，忙道："是刚才游行的学生塞给我的。"

那警察一挥手。"带回局子去! 人赃并获，还想狡赖!"说罢，那人身后的两名警察将惊黛押了起来，送上警车。车子七拐八拐地却不知来了何处，惊黛下得车来，被那两个警察押进了像是仓库的大房子里。

仓库大门呀地打开，出来几个穿了汗衫而不明身份的男子，方才那警察上前去，对那几个男子抱拳道："生哥，人我都带来了。"说罢，一挥手，警察将惊黛押了上前，后面也押出了好几个学生模样的人。原来不只是自己呢，惊黛暗道。

汗衫男子笑道："罗队长辛苦了，进来喝口茶？"

那警察毕恭毕敬地道："不了，多谢生哥一番美意，下次一定奉陪，今儿还有公务在身。"

汗衫男子抱拳道："那罗队长请便。我代表付先生向罗队长表示感谢！"

那罗队长回了礼："不过举手之劳而已，望生哥多在付先生那多美言我几句才是呀，告辞了！"

两人告别，那名唤作生哥的汗衫男子将押来的几个巡视了一回，却见了惊黛，不免盯住了上上下下地打量，道："苏州城出名地出产美女，果不其然呀，连娇媚女子都参加了青年救国团，小女子家的不在房里好好绣花，理什么国家大事呢。"

那男子说着咬了手中的烟嘴，吸了一口烟。旁边的男子，面目猥琐，鼠目溜溜地直往惊黛身上打量，惊黛却看他眼熟，想了想，原来竟是这城里的混混苟兴的。苟兴色眼迷迷瞧了惊黛，不禁对那生哥道："生哥，好动人的娘们，晚上生哥享受享受？咱兄弟也好久不见荤了。"

惊黛听罢大惊，怒喝道："你们敢？！我是燕又良的妻子！"

苟兴听惊黛口气不小，近前来，直逼了惊黛的身上，馋涎欲滴道："小娘子，我们斧头帮有什么不敢干的事？就算你是那燕少帅的老婆，只要我们兄弟想上，没有不敢上的。怎么样小娘子，晚上我们试试？再说了，燕少帅的老婆我可认得，那丑八怪是小桃红铺子里的掌柜，你这么个小美人，怎么会是那丑八怪呢？搬出燕少帅来吓唬人的吧？就算他燕又良来了，还得给我们斧头帮三分薄面呢！"

话音刚落，苟兴却猛地被抽了一巴掌，他捂了红肿的腮帮子刚想发作，定睛一看，却是生哥，便将一腔被抽的怒火生生地压了下去，支吾了道："生哥，怎么……怎么打我？"

那生哥掸了掸烟灰徐徐道："打你是让你长长记性，斧头帮的名声不是让你败坏的！"说罢看了看惊黛，问道："你真是燕又良的老婆？"

惊黛道："是的，我并不曾参与游行，只是那些警察抓错了人，你们放了我吧！"

生哥听罢不禁笑道："放字如何写？哈哈，斧头帮从不知抓了人还要放的。就冲你是燕又良的老婆这点，就更加不能放你了。"说罢转身而去。

那苟兴白眼一翻,却又不死心地对惊黛瞪了两眼:"都给我乖乖待着!"

一行人被押进了仓库的角落蹲着。惊黛听那个生哥说是斧头帮,因一直身在深闺,却不知这斧头帮是何方帮派,抓了这些游行的学生又是为何? 而他们抓了自己不肯放,难不成这些人与燕又良有过冤仇? 如若真是那般,自己落在他们手上恐怕是凶多吉少了! 惊黛暗自想了,这天渐渐地黑下,不知又良见自己未归,可会出来寻找? 得寻夜里的机会逃出去! 而这看似城郊的地方又如何逃得出呢?

约摸了二更时候,惊黛用力挣了挣捆住双手的绳子,又往一边挪去,却在这时忽地听到有人走近,衣袂簌簌。惊黛暗道不好,却又不奈自己手无缚鸡之力,只得屏气凝神地侧耳听。不消一会,一个黑影摸了上来,那人压低了声道:"嘿嘿,小娘子,我来了。"果然是他,贼心不死的苟兴!

惊黛强定了神,道:"你要干什么?"

苟兴的影子欺上来,低笑里满是淫意:"你说我来还能干什么? 反正明天一早你们都得死,不如今晚让爷我高兴高兴。"

惊黛一听,怕是他们明早就要杀了被警察押来的游行的学生,道:"你们要杀了他们? 滥杀无辜可没有了王法了?!"

苟兴道:"不是要杀了他们,是要杀了你们。什么王法,他娘的屁,老子拿了生哥的银票,银票就是法。废话少说,春宵一刻值千金哪,小娘子,临行前咱们……"话未说完,便大手伸了过来,粗暴了扯惊黛的旗袍。

惊黛挣扎了道:"你敢? 你们就不怕死了?"说罢一脚踢到了苟兴的裤裆,苟兴惨叫一声,在地上打了个滚,却一动不动。惊黛慌乱里近前看了看,却见苟兴额头一个弹眼,双目圆瞪,好个煞人死相! 惊黛这才觉得了苟兴尸身旁竟不知何时站了一个黑影,不禁吓得瘫在地上,抬了头看那影子,影子却气定神闲般吹了吹手中的枪,缓声道:"成事不足败事有余。"那嗓音,分明是生哥。

生哥命了守夜的伙计将苟兴拖下去,正要拔腿去,却又站定了对惊黛道:"你放心,我们不会杀你,至多只是打伤你,你好回去,不然燕又良怎知是谁的手笔? 呵呵。"惊黛听罢,不由倒抽一口凉气,听口气,怕是又良的仇家,如今寻上门了。

这样恍惚了一夜,如置游园惊梦般,惊黛只想醒来,它便只是一个梦罢了,醒来

自己仍是待在燕家宅子,即便是燕母并不待见自己,总归仍是平常日子的模样。黎明天色蒙蒙,而肚里却火烧火燎,惊黛只是笑了自己,命都要丢了,这会子肚子可仍惦念着食物呢。

却在这时,惊黛听得外面零星起了枪声,不消一会便枪声大作,听似两方火力比拼。又听得有伙计惨叫:"斧头帮来了!"再便是生哥的声音:"混账东西!"

【第四章】

惊鼓破羽曲

外面的枪声渐次地冷清了，一伙人冲进仓库，将捆绑着的几个学生解了绳索，一个学生愤慨了道："斧头帮，你们演的这出是苦肉计？妄图杀光我们青年救国团，那你们就大错特错了！"

那伙人中一个络腮胡子却笑道："我们救了你们，却反倒成了不是，天下有这样的理？"

那学生道："为何绑了我们，现在又放我们？刚才不是苦肉计是什么？"

络腮胡子恼道："你们可看清了是不是同一伙人？"

"老五，他们自然不知是青帮所为。"一个面皮白净、个子瘦小的青年站了出来，阻止那正欲燃起怒火的络腮胡子。

青年不过二十五岁的光景，斯文白净的书生模样，一身烟灰色的立领短襟，越发见得个子矮小，面容却是光彩夺目，一双凤目流光刹转，笑意隐约的。青年笑了对学生道："上海青帮欲将这起捕杀青年救国团嫁祸于我斧头帮，目的不言而喻，你们这便速速逃去吧，如今苏城的青帮势力也开始拓展了。"

此时外面的伙计押了一名男子来，那男子见了络腮胡子等人，扑通跪地，大呼："爷饶命啊，爷饶命啊！"

青年男子问他道："说，为何假扮了斧头帮杀这些青年救国团？"

那男子面目猥琐，浑身哆嗦了道："这次行动我们也是奉了金爷的命令，终究是什么原因小的也不清楚。"

络腮胡子举枪对准那人脑壳，喝道："说是不说?! 不说一枪崩了你!"

那人软在地上，一番磕头求饶："小的听帮里的伙计说……金爷收了上面的礼，让我们假扮了斧头帮，去杀人越货。"

青年凤眼微眯："上面是谁?"

那男子哭丧着脸："这小的真不知道了，真不知道了。"

青年见状，手一挥，伙计便将他带了下去。

几个学生听罢，见他们果然是被一伙来历不明的人所嫁祸，并无杀意，便一道逃离了仓库。

络腮胡子对青年道："我们一向与金爷井水不犯河水，是什么人竟让金爷不惜与我们斧头帮反目?"

青年俏脸上仍带了笑，道："金爷如今也只是人家手里的一个棋子。"说罢，背了手转身，却不经意看见缩在角落里的惊黛，不禁"咦"一声，便走近细细打量。

惊黛本想趁他们离去再自个逃出去，不料又被那青年发现了，暗道糟糕，唯恐卷入这江湖帮派的明争暗斗里去。

络腮胡子粗声问惊黛："你也是青年救国团的人?"

青年笑道："老五，你眼力还是差些。我看这姑娘分明是大户人家的太太。"

惊黛只得道："我只是路过的，却被他们抓了来。"

话音刚落，一个伙计神色慌张奔进来道："五爷，诚哥，警察来了!"

青年抓住还缩在地上的惊黛，大力提起："快走，苏州毕竟不是我们的地盘，尽量别惹出什么是非才好。"一面说着一面已与同伴逃出仓库。

惊黛惊得不敢睁眼，只听得耳际呼呼风声，想必这人功夫实在了得。待再睁了眼时，却已身在荷湖的渔船上了，四周都是漾漾的碧水。

青年蹲下身，美目里竟也是泛滥了水意，对躺在甲板上的惊黛道："方才太急了，就怕你再落入那帮人手里，这才将你一并带了来，若你想回家，我让船靠岸便是。"一边说了已解开捆住她双手的绳索。

惊黛环顾了四周道:"家? 这是哪里?"

络腮胡子道:"警察恐怕正追上来,姑娘,你先与我们一同走,我们斧头帮虽也杀人,但只杀汉奸走狗,绝不杀好人,你就放心先跟我们去。等过了风声,我们再将你送回来。如何?"

惊黛听他说得也在理,便点了头,毕竟也知那些警察乱抓人,又问:"这是去哪里?"

络腮胡子粗声粗气道:"回上海。姑娘,你别怕,我是斧头帮的五爷,"又指着那青年"他是诚哥,我们不是坏人。"

"我叫王景诚。"那青年温笑了道:"姑娘,你是这苏州人? 家里做什么? 家里都有谁?"惊黛听了,怕这斧头帮与燕又良有过什么结怨,直说自己身份只怕对又良对自己都有不利,便道:"小女子家在苏州,家中只有姐弟二人卖胭脂过生活。"王景诚看她的双眼却蓄满了流光,那锐利的带了智慧的眸里溢出笑,隐有深意,他缓声道:"你先歇着吧。"

一路乘了船又搭上火车,不过一天工夫便到了上海。

惊黛站在车水马龙的南京路,只是怔了神,这便是传闻中繁华如梦的大上海? 它明明在眼前,伸手可及,却恍如海市蜃楼一般,遥在天边。

来往匆忙的提了皮包的西服男子,烟视媚行的旗袍女子,卖花姑娘,叫卖的报童,一列并排着候客的黄包车,叮叮当当驶过的电车,货品琳琅满目的百货公司,绝尘而去的黑色轿车和歌舞升平的百乐门……惊黛只是看不过来。不同于苏州的小桥流水、小家碧玉,和那水墨画般温婉宁静的气质,上海,这个陌生的城市,是奢华的物欲之地,是喧嚣热闹的舞台,霓虹烁烁,灯红酒绿。

五爷手肘碰了碰惊黛,低声道:"姑娘,别愣着了,我们到了。"惊黛这才回了神来,跟着下了车。站定不禁环顾四周,是一处花园洋房,虽是古旧了,但带了欧式的建筑,古旧倒让它的味道更风情了些。

一个老妈子打开雕花铁门,道:"五爷,诚少爷,你们回来了。"王景诚带了笑,对那老妈子点头示意。五爷一旁拉了那老妈子问道:"吴妈,织妹回来不曾?"

吴妈笑道："也才刚到,织小姐一回来见你们不在,正不高兴着呢。"

王景诚笑道："老五就盼着这天了。"

那五爷也不辩解,一溜烟地跑了进去,可见心急了要见那织小姐。景诚对惊黛道："织小姐是我妹,从法国留学回来。"

待大伙进了那洋房,老五正端了一个瓷娃娃般的女孩上上下下地看,那神情分明是说不出的欢喜。瓷娃娃一身粉色礼服,杏眼圆瞪,努嘴嗔道："五爷,我好生回来一趟,你们也不来接我,害我一个人找人搬东西。"

老五只是嘿嘿地笑,王景诚一旁缓声道："老五,你可别太惯着她,不然五年十年都还是现在这个样,永远也长不大。"

瓷娃娃听到,回了头,又嗔怪王景诚:"亏你还是我亲哥呢,我一个人在外面这么多年你也不晓得关心,回来也不接,你便这样对待妹妹的?"那一张千娇百媚的容颜,果真像了几分景诚的模样。

五爷却似羞赧,如说错的人是自己般:"织妹,你也别怪你哥,若非有事,就是你哥不去接你,我也会去接你。"景织的白眼向上翻,惹得王景诚不禁扑哧笑出来。

景织发现仍在门边的惊黛,不禁"呀"一声惊叹,上前拉了惊黛的手,却笑了对王景诚道:"哥,哪里来的女子?是你女朋友不成?"

王景诚唬下脸:"你这张不遮拦的嘴净爱胡说。"

惊黛尴尬了道:"我由苏州来呢,亏了诚哥与五爷相救。"

景织圆圆小脸,无瑕的玉般清透:"你叫什么名字?"

"颜惊黛。"

惊黛话音刚落,景诚手中卷着的烟丝却抖落了几丝,他装作未听见,燃上了烟,眯眼吸了起来。

一晃,便又是数日时候。

燕又良红了眼地将车急刹,跳下来,直奔了警察局去。

罗队长半鞠躬着笑道:"燕帅,今儿又来了?局长方才出去了呢。"燕又良赤红了兔子眼,直逼上罗队长道:"这么巴掌大的苏州城,竟找个人也找不着?"

罗队长欲哭道："哎哟燕帅，整个苏州城差不多都已经翻了过来了，挨家挨户地查了几遍了，可……可仍不见尊夫人，这我们也没法了呀！"

燕又良猛地砸了一拳在桌上，怒喝："找，一日没找着，就继续找下去，活要见人，死要见尸！！"

罗队长一背冷汗淋漓，不住地点头："是，是，我们一定会再搜查下去。"

燕又良只是如那困兽般，团团急转，惊黛莫名失踪，毫无头绪，去赤英的铺子里，而赤英却也万般焦急了一同寻找，自那日一别，惊黛如是人间蒸发般凭空消失了去。

一旁的小警察见燕又良风风火火地又开了车离去，不禁对那仍在擦汗的罗队长道："罗队长，莫不是那日我们抓的，正是燕帅的太太？"

罗队长不等他说罢，便唬了道："小心你脑袋！"罢了，环顾了四周，见并无人，这才低了声道："这事死也不能说出去，若是让燕帅知道了，你我人头不保！"

小警察听罢，不禁两腿哆嗦。

罗队长思想个来回，又自个喃喃了道："极可能是燕帅太太，你说当日她手里揪了那张标语，怎么瞅怎么越像是救国团的？如今却搜遍整个苏州城都不见她人影呢？"

小警察凑近罗队长耳旁，道："那日青年救国团的都跑了，燕帅太太是不是也跑了？"

罗队长道："那日斧头帮死了几个弟兄，必定有人将他们劫去了！只是那斧头帮的九爷一向在上海活动，那日怎的在苏州搞起事来？我瞅着那个从我们手里要人的生哥有点问题。"

小警察道："罗队长，那燕帅太太一直找不着可怎么办？"

罗队长啐了一口痰，道："他能拿咱怎的？他一个当地军阀，纵使位高权重，与我们警察局毕竟也是两回事，人若是死了，查凶手去，也是叫我们调查，总不能自己查到自己头上吧？！人若是没死，找不着也难为不了我们，不看僧面还看佛面呢，我们上面不是还有局长副局长的嘛！再说了，我们听他的还是听局长的？他让我们查我们便查？屁！查个鸟！"

小警察点头笑道："在理，在理。"

燕又良从警局出了来，只是开车横冲直撞，待回了军部，副官见他脸色铁青，不好再说什么。电话铃响，声如蜂鸣，副官忙接听。

"原来是赵局长……燕帅不方便接电话，有何事与我说……呵呵赵局长太客气了，好……好回头我一一转告赵局长的意思。"

燕又良身陷沙发，明明副官近在咫尺，怎的声音却似遥在天边。惊黛失踪多日，这数日便竭尽了精力去寻人，奈何苏州却像魔方，将惊黛零散变去，而声余色泽仍是残留着的，燕又良闻那不散的暗香，听似隐约的言笑，往日如是幕布影画，只可思忆，再无从触摸。

惊黛在他耳际轻唤了道："又良，又良……"

惊黛？燕又良惊起，却原是打了瞌睡罢了，唤他的是副官。那副官见他醒来便道："警局的赵局长约你今晚去园子听戏呢。"

燕又良只是烦得紧，道："替我回了他，不去！"

副官却笑道："军队寻人，总归是不妥。说起这赵局长，若是平日里倒不必见他三分脸色，只是如今，这治安事件还得他警局出面寻太太去，若寻不着，少帅也可公私一起并论了他。"

燕又良噙了眉，苦都说不出，只得摆了手道："罢了，你去安排一下。"

副官一听，便拨回了赵局长的电话。

日暮夕霞渐成浓灰，如一抹玫瑰的灰烬掸落了一天。

戏园子一并的繁杂，嘤嗡不绝于耳，赵局长单手作请，道："少帅，先坐着，我特意点的昆曲，不知少帅喜听不喜听？"

燕又良虽一身疲惫，神色却依然抖擞，军人一贯作风。此时听赵局长那般说来，却忽地想起那日与张正元在茶园子听的苏州评弹来，只碍于赵局长亲点的曲子，不便再说什么，便点头示意。

那赵局长自然是怕因燕又良失踪的太太一事怪罪到自己头上，寻了多日仍不见踪影，也不好交差，毕竟是在自个管辖的地方出的事，唯有讨罪为先，先套下燕又良的软索，毕竟伸手不打笑脸人。

赵局长唤来了戏班主，道："今儿戏场子我包下了，让那些听客都散了去。"班主忙不迭地点头。

听客遭了赶,骂骂咧咧。人散了去,场子立马清静了。

赵局长端了上好的碧螺春,恭敬地递与了燕又良,不禁地一叹:"如今这世道,唉,乱得糟,燕帅方才来我苏州,就出了这乱子,直叫赵某寝食难安!"说罢,观了观燕又良脸色,只见他并无表情,又继道:"燕帅,您放心,您的事就是我的事,我必定加大警力加紧搜寻,务必要将燕太太安然无恙地寻回交还您手上去!"

燕又良听罢,由衷地道:"我约摸也是想到了的,燕某从戎多年,沙场战场,树敌过多,难避一劫啊,只是却不知为何,纵然仇家劫我家人,却又并无要挟之言传于我,让人无从下手! 这便是大伤脑筋之处啊!"

赵局长顺势而下:"燕帅莫过于焦虑,身体要紧,若查到了半点消息,我便命人速速报告您去。"

燕又良闭目,神情若苦。赵局长忙挥手致意那班主,班主忙传命戏开场。

灯骤然暗下,台上梆子嘚嘚敲起。旦角施然踏了梆子的敲击而来,尖细嗓子拖长,听客辨得唱词,原来是唱道:"是谁家少俊来近远,敢迤逗这香闺去沁园,话到其间腼腆。他捏这眼,耐烦也天。咱歆这口待酬言,咱不是前生爱眷,又素乏平生半面。则道来生出现,乍便今生梦见。生就个书生,恩怯生生抱咱去眠。"

一曲听罢,燕又良只是无心欣赏,便觉得了烦乱,不待那戏子唱完,便起身道:"罢罢,下去罢,唱得烦乱。"

副官见状,伏了身在赵局长耳边说了几句。那赵局长恍然大悟般,招来班主,道:"昆曲撤了去,苏州评弹的找来唱。"班主面露为难之色:"戏班子,倒都是唱京剧越剧或是昆曲,这唱评弹的得去茶园子方才有的,与我们戏园子,这……不是一档子的事儿。"

赵局长唬下脸,喝道:"胡说! 这也是唱,那也是唱,怎的就没有? 快去与我找来!"

戏班主苦了脸下去,命人去茶园子搬了评弹女子来。不待多时,一个老妇人领了姑娘便来了,那姑娘倒也不见羞涩,一身月白滚金边的旗袍,玲珑身段,光洁额头,长长青丝都拢在脑后扎成粗粗一条辫子。她把了琵琶,大方台上落座,便袅袅开唱:

【第四章】惊鼓破羽曲

"隆冬寒露结成冰,月色迷蒙欲断魂,一阵阵朔风透入骨,乌洞洞的大观园里冷清清,贾宝玉一路花街走,脚步轻盈缓缓走,他是一盏灯,一个人。黑影幢幢更愁闷……"

那弦音未拨而声先动,丝丝软软的吴语,只有妙龄女子方才有的娇嫩声线的唱腔,眉目随词情而沁了愁,如轻烟漫笼皎月般的妩媚清雅,弹唱间又有犹抱琵琶半遮面的略略羞意,台下一等人便都听得痴过去。一旁坐的赵局长也不禁听了抚掌。

燕又良听着,只觉熟稔,仔细辨认,这不是牧莺是谁?

燕又良斜卧在榻上,本是睁着眼,却听得房帘掀了,便将眼合闭了佯睡。燕母端了一碗汤水进来,坐在榻沿,唤道:"良儿,起来吧,喝一口鸡汤,可是刚孵化的鸡仔煲的汁水,你如今心火虚旺着,这汁水刚好可扶扶你的元气。"

燕又良却一动未动,鼻息均匀。燕母知他未睡,便放下了那琉璃碗,望了房内那扇紫檀木透雕的巧屏风发呆,不由叹了一口气,又道:"良儿,如今你是怨恨你母亲我了?竟理也不理,母亲不是不明事理之人,但如今事已至此,你寻人也寻了,至今没得个音信,这都是命啊!"

燕母说罢,从腋下摘了绢子拭眼,眼是无泪的,只觉得胀,为谁呢?不过是看不得自己的儿子受折磨。

燕又良闭合着的眼睑动了动。

燕母吸了吸气,道:"儿,今日母亲答应了陈府,还不是看着你憔悴心疼吗?这事也是倒霉透了,恰有喜事来冲冲这晦气。我也跟陈府的说了,这燕府大太太,我是只认惊黛的,纵使她失踪了至今未归,再娶,只能是妾,陈府的却也不嫌弃,人家可是大户,如若不是喜欢你喜欢得紧了,哪肯做妾?良儿,听母亲的没错,我可不想你年纪轻轻便这样下去,那人若是早寻得回也就罢了,回了来她仍是做大,如若十年八年都寻不回,或是有个三长两短,你又怎么办呢?母亲知道你的心,只容得下她,所以你气我,我不怨,我也给你时间寻她,陈府的半月后就过门了,你别怪母亲,我这一颗心都是为了你!"

燕母嗓音里有了泣意,提着绢子的手抚在燕又良的背上,如是她仍幼小的孩子。她明白的,即便是燕又良已是而立,这府中却仍是她的掌控,而她不过是让这姓氏得以传承不息,她是这启下之人,自然便需要如她那般的女子做承上的接任者。儿女情长,这样的字眼放在家族中,却不过鸡零狗碎之事罢了。比起燕府的兴衰,它无关紧要,甚至因此还必须牺牲了个人的感情好恶去成全。

燕又良仍是不理。燕母悠悠叹了一口气,道:"以后你会明白我的苦心的。"说罢,看了看琉璃碗里渐冷的黄汤,却如滚水浇着这颗千疮百孔的心,起了身,回头看了看榻上伴睡的那人,眼前只是一片昏黑,她抬手扶了扶头,便摇摇欲坠地走出了去。

帘子窸窣地扑回门框,燕又良这才坐起了。余日的光影透了碧纱帘倾在地上,却只觉幽幽然的光阴在漫步而过。屏风的雕影亦泼在壁上,燕又良怔怔看着,那是一扇花草璎珞的透雕,将床隔在屏后,摆放自见精致雅趣。

正怔忡着,劝月捧着物什进了来。燕又良唤她道:"劝月。"

劝月不曾想燕又良在房内,不由一惊,忙应声,便走近前去。

燕又良问:"平日里只有你跟太太最熟悉,虽你侍奉太太并不长的时间,你说说太太失踪前可有无任何不妥的地方?"

劝月如实说来:"那日太太只道是回铺子一趟,好似拿什么药,之前并不曾流露有什么要离开的迹象,劝月也实在无法明白为何太太一去不回。"

燕又良问劝月只为是不放过有可能的线索,如今听了劝月所说,不由心中燃起的星火亦被扑灭了去,便轻叹了一口气,道:"那你去吧。"

劝月道:"太太在房中栽了紫罗兰,我这是来给它浇水的。"说罢,捧了水壶便走到花窗下淋那盆孤零幼小的花朵儿。

燕又良半躺在那榻上,问:"太太平素里都在府里做些什么?"

劝月笑道:"太太性子极是好,温柔,从未训过我一句,我看她最多的便是捣弄些花草,说得最多的也便是如何制胭脂,太太也送了一盒胭脂给我呢,奇怪的是,我侍奉太太的这些时日,太太好似从未在我面前搽过胭脂水粉,也从未让我侍奉过洗漱的。"

燕又良听着不由问:"太太从未让你侍奉过洗漱?"

劝月这才惊觉说漏了嘴巴,急急地走上前来,垂了头,手绞了衣裳角道:"先生,

是太太不让我侍奉,并非劝月偷懒,劝月不是……"

燕又良挥手,道:"我不是责罚你的意思,你只需回答我,是或不是?"

劝月踌躇了道:"是的先生。"

燕又良若有所思,便让劝月退了下去。虽惊黛已不在府中,但房内一如以往地齐齐整整,不落半丝灰尘,劝月已被老太太调回房中,按说由老妈子管这房中之事大可,而劝月却依然当惊黛仍在似的,时时来打扫布置,并不似个懒散人儿。即使懒散,也无法在太太跟前偷懒,连洗漱都不侍候,那么便是说,惊黛果真从不曾让劝月为她……

想起惊黛,燕又良心中又只剩焦虑和忧愁,背了手,来来回回地在屋里踱着步子。

眼下却近了大节了,数日后便是中秋。

陈府的老婆子提了上好的糕点送燕母,燕母自是喜得合不拢嘴。府内置得齐楚,燕母一心想让又良与那陈府小姐见上一面。

糕饼糖果一并地放在琉璃盘碗里,又新添了玛瑙青瓷等器物,将点心一类的装了出来,竟摆了一桌子。燕母喜饮观音茶,毕竟又是精致的人物,将晒干的桂花撒进茶罐子里,那茶便伴了花香。燕母出身于名将之门,也自不敢怠慢了苏城里的财阀,叫人写了请柬,烫了金,送去陈府,请陈府的老爷太太小姐一并来燕府小聚。这也不同以往旧制了,未嫁的女子不许出门,更不许见夫家,如今自然不同,新社会都嚷嚷着追求自由平等。

陈府的接了柬子,早早便叫了车子候着,月未上柳梢头,就一家子浩浩荡荡开去了燕府。

燕母命管家的催那燕又良早些回府来,他自然是知道母亲的用意,随便借口公务缠身,便推脱了,燕母只得人前说尽好话,心里直怪那不成器的儿子。

燕又良一身黑西服,出了军部,便招来一辆黄包车。燕又良只觉郁闷,便让那车夫往太湖方向去。近中秋了,太湖边也比平日里热闹,唱曲的说书的,吸引了不少游人。燕又良下了车,独自漫步其中。

那边有三几个孩童，围作一团，在点孔明灯，细看了，那糊灯的纸上写了不甚方正的书法，怕是那些孩童所写，再细辨了，原是一首诗："君恩忽断绝，妾思终未央。巾栉不可见，枕席空馀香。窗暗网罗白，阶秋苔藓黄。应门寂已闭，流涕向昭阳。"却是徐伯彦的诗句，本是意指男女之情，燕又良不禁看了揣摩，孩子也知这些情思断绝？看了那伤情的字句，自己无由地亦是恨恨。

正寻思着，忽儿听得一阵清丽之音，不由随声望去，是一处唱曲的棚子。待走得前去，恍惚见台上的妙人儿似曾相识，那女子兰花指随了唱词软软一点，娇声柔美，伴着琴音，生出无限春光来。借了灯火，那女子跷腿自在旗袍侧间泄出一片玉色，台下又是阵阵喝彩叫好之声。

牧莺？

台上的丽人侧耳，越了千百个乌黑黑的人头，才见立在外边的西服男子，两人遥望，恰似了盈盈水间而脉脉无语。

【第五章】

兵戈逮狂秦

若说上海的饮食，原本最早是那徽帮的天下，后自从通商开埠，各地商贾云集，华洋杂处，豪门巨室，有的是钞票。但求恣意口腹之嗜，花多少钱都是不在乎的，于是全国各省珍馐美味乃在上海一地集其大成。

沪帮的功德林素斋便是那上海有名的老字号饭馆，食客自是一拨接一拨的，馆子也布置得极是考究，门面并不大，却是麻雀虽小五脏俱全。一律的实木枣色圆桌圆凳子，各张台隔了描着月历女皇或是旗袍女子的屏风，淡雅工笔描在屏风半透的纱上，看人也便成了影影绰绰的，壁画皆是岁寒三友，配了题词，楼上的雅间还有珠帘重开的小格子，里面坐唱曲的女子，或单弹古筝，如此便也是上流社会来往会面宴请的场所。

王景诚跳下车，笑着指那功德林的招牌道："这功德林，如今儿却也不功德了。"

五爷拉开车门，惊黛一身宝蓝丝绒旗袍，乌云黑发梳作髻绾在脑后，好不雍容，下了车，便听得五爷道："房间我已是订好，上去即可。"

王景诚听罢便进了功德林，五爷与惊黛紧跟在后。

五爷招呼了伙计："兰馨间。"伙计见罢，来者三人都是气度轩然，便毕恭毕敬地领了他们上得楼去，打开了门，忙不迭倒茶水，又道："各位爷，请稍候着，您订的饭菜一会便上了来。"说罢方才转身离去。

惊黛拿起那茶碗,却是景德镇的彩瓷呢,黄釉衬底,一色玉兰玲珑半开,斜着花枝素素的描在碗身,生生好看。不禁拿起仔细地瞧了。

王景诚笑道:"惊黛姑娘原来喜爱这茶碗,待会一并将这碗结算了带回去便是。"

惊黛听罢,忙放下,笑了道:"怎能呢,只是不曾见识过,多瞧了两眼便是。"

那五爷却心怀了事似的在窗口张望,半天,又近了王景诚的耳际低语,王景诚却气定神闲,并无神情。

惊黛这几日在王景诚洋房住下,倒是估量了五爷与王景诚几分。这五爷虽年长,却处处尊王景诚做大似的,王景诚为人也是和气亲近,手下兄弟都唤他诚哥。

伙计很快便上了菜,都是斋菜饭。五爷招来唱曲子的,自己却坐不住,总徘徊在窗口。惊黛不敢多言发问,低了头只是吃。

王景诚见状,不禁笑了道:"别怕,想吃便吃,想说便说,不必拘谨。"惊黛听罢,抬头看他,一双凤目水汪汪的,在壁灯的黄澄里却是一片清澈,这哪是男子的眼?跟桃花似的情意流转,不可多看。

惊黛不知如何应答,便拉了五爷:"五爷,你怎的不吃呢?"

王景诚笑道:"他是坐不住的。"

惊黛一笑,又是无语,忙搜索枯肠寻些话来,便问那王景诚道:"我看你年纪轻轻的,五爷却似将你看成他的大哥,可见你是不简单的人物。"

王景诚原本的笑颜听惊黛一问,只是霎时一滞,又恢复了笑意,道:"你可知道他如何尊我为大哥?"

惊黛摇了摇头。那五爷听见他们说话,也凑了来,无不豪爽地道:"说起来都是十年前的旧事了,若不是遇见景诚,我如今可是孤魂野鬼了。"

王景诚笑了对惊黛道:"老五最爱拿了这段往事说。"

五爷道:"那是,想当年我五爷曾经是头号通缉的土匪头儿……"

原来,这五爷与王景诚成为拜把子的兄弟皆是因为王景诚曾冒死相救。当年五爷是响当当的山匪头子,令京岭一带富商官员头疼不已。为拿下这个专劫富商官员的土匪,他们使出了诱饵,让一个老弱的马队拉了一批参茸药材往山路赶,押镖的只是一个半大持枪的孩子。五爷早听得了风声,讥笑那些富得流油的脑袋是蒙了猪脂

【第五章】兵戈逮狂秦

了，企图以这样掩饰了过山去。五爷带了几个兄弟，以为不费吹灰之力便大可拿下这趟镖，哪知，一走便有去无回。

扯开了帆布才发现是一桶桶的汽油，那押镖的小子将汽油桶打上一枪，火焰腾地半天高，将五爷的兄弟烧得一个不余，五爷身手了得，才逃过了火海。马队后面却呼啦拥来一群持枪大汉，前有杀手，后是火海，五爷暗叫了莫非命绝于此。却在这当口，被恰逢路过的王景诚看见。当时王景诚也不过年方十八的少年，清秀矮小，看似手无缚鸡之力，却从树上跃下，逮住一个大汉，轻巧就夺过枪来，踢去一桶正燃着火的油桶补了一枪，那只油桶轰隆爆炸，生生地炸死了几个杀手。王景诚拉了五爷的手一阵跑，好似越过一个山头，那里早已候着一匹良驹，两人跳上去，方才逃脱了追杀。

救了五爷回去，才发现五爷一脚已被火烧得焦黑，如处理不当，便会生炎症起脓而废了脚。王景诚连夜入山请了谷音寺里的住持，那住持医术了得，随手带了几服草药，一边敷，一边服用，一夜工夫便将烧焦的皮揭去了。

说来也奇，那谷音寺住持本是年过半百的和尚，却也与王景诚拜了把子，说来，又是一段传奇。

自此，五爷视年小自己十余岁的王景诚做了兄弟，而王景诚却坚持自己年龄小，尊五爷为五哥，但五爷不让，两相推辞不下，便这般互为尊长下来。

五爷饮罢一碗酒，道："莫看景诚他年纪轻，却不是个小人物呀，谷音寺的住持，乃旷世神医，北平的神算子，江南巨富贾学元，军阀张子良，如今我这土匪，还有唱曲儿红遍江北江南的淑君妹子，都有结拜情谊！"

惊黛听得不由暗自惊呼，果真这王景诚，不是凡胎，黑白两道皆是通吃。王景诚笑了对惊黛道："五爷这是取笑我呢，惊黛姑娘别听他瞎掰。"

惊黛揣度，这王景诚待人有情有义，对我一个陌生女子尚且如此，不怪乎如此行侠仗义，广有良朋知己。如此听五爷一说，捏指算来他也不过二十八上下的年纪，却已是这般厉害的人物了。

三人正谈笑着吃酒，一个小兄弟敲门进来，对王景诚细说了什么，又出去了。王景诚笑了道："五爷，我们会会老朋友去。"

五爷听罢,立即肃了脸,随了王景诚开门而去,惊黛忙跟上。出了兰馨间,方才那个小兄弟敲开了柳色间的门,开门的彪形大汉见是他们,不由大惊失色,连连退步,惊慌里忙掏出枪来指着五爷与王景诚。

五爷面不改色,径直进了间内,屏风背坐着两人,闻得声响,忙不禁站起身来,转身见五爷,其中一个是蓝黑绸袍子的老爷人物,正是时下里最得日本人欢心的汉奸余龙英。余龙英毕竟也是个军阀小头目,见了王景诚,面容瞬息惊乱,又极快地恢复了平常颜色。他站定了缓声道:"原来诚少爷大驾光临,余某真是受宠若惊。"

王景诚笑了道:"余部长原来也来这功德林吃斋饭呢? 我道是谁,我这在隔壁竟闻得了狗骚味儿,特意过来瞧瞧,原来竟是余部长在请客,不知余部长请的是哪条路上的朋友?"

那余龙英面上青一阵白一阵,也素闻这王景诚不好惹,只是阴沉着脸,道:"余某宴请朋友,还请诚少爷自便。"话中是赶人的意思。

王景诚只是笑着,走近前去,看了看余龙英,又看看那余龙英方才所说的所谓朋友。此人寸发如短钉般支棱,面上沉若黑铁,穿了黑竖条儿的西服,一双杀气的眼直扑往王景诚身上。王景诚笑道:"川岛敬雄先生,久仰大名!"

一听,柳色间里的众人都呆立了,原来这余龙英与日本人又混搅在一起,铁定干不出好事。

余龙英压下腾腾杀气,也笑道:"诚少爷竟认识川岛先生,难不成诚少爷与他也有生意往来? 听说你们斧头帮的九爷与川岛先生也深有交情?"不过是贼喊捉贼的游戏罢,川岛敬雄与叛国军阀做的都是倒卖军火的生意。

王景诚笑道:"哪里,余部长与川岛先生才是赚了不少国军的钱吧,买的枪支弹药为了打自己国人,实在罪不可赦呀。"说罢,凤目转向了余龙英。

那川岛敬雄怒不可遏,用半夹生的中文吼道:"你是什么人? 敢在租界上如此猖狂! 我要叫警察来维持这里的治安!"

余龙英自然明了警察局也奈何不了他,便举手示意川岛敬雄不必再言。

王景诚将手上的帽子戴上头,笑了对余龙英道:"余部长,那我就不打扰你的雅兴了! 告辞!"说罢便转身离去。

五爷圆睁如牛铃的双眼狠狠瞪了余龙英与川岛敬雄，也便跟了出去。

三人坐在车子里，却也不开口说话，惊黛见状，也不敢言语。便从车窗望了出去，这租界自是一派歌舞升平的盛世景象，惊黛远远看见大上海歌舞厅的霓虹灯下站着一个小丑模样的人物，正丢着三只小球在耍杂技。

王景诚掏出怀表，叮的一声打开表盖，看了看。便缓声道："行动。"

惊黛听得诧异，却见那五爷对候在车外的一个兄弟挥了挥手，接着，便开了汽车徐徐朝住处的方向去。

不过一会，便听得惊心动魄的枪响，继而后面一片慌乱尖叫。

惊黛骇然，原来王景诚与五爷去那功德林，竟是为杀所谓的"老朋友"，不禁颤声道："你们……杀了……"

五爷边开了车，边笑道："一个走狗而已，死不足惜，难不成还留着他们祸害百姓？"

惊黛惊道："那警察局追查上来，可怎的好？这毕竟是租界。"话刚出口，方又想得这王景诚简直可以通天，恐怕警察也奈何不了。

果然，只听得五爷道："那帮兔崽子，还管我们九爷叫九哥呢！"

惊黛听罢却又心中暗奇，又是九爷？想必这斧头帮里九爷是个不轻易露面的头儿人物，便把那疑问压在心底去。

一直不言语的王景诚此时笑了道："搅了他们的生意，送了两条人命，日本那边最近恐怕不会善罢甘休。老五，最近你可得盯紧些，让兄弟们这段时日偃旗息鼓。"

五爷应了声，王景诚又笑："织丫头你最好送到乡下去，别又替我惹出麻烦，今晚幸好她在外面，如若她进了功德林，我还得顾及她的安全，便又不好下手了。"

惊黛道："景织妹妹？她今晚也在？"

五爷笑道："那个在大上海舞厅门口的小丑可就是织妹妹了，这个织妹，最是令景诚头疼，哈哈。"

惊黛恍然大悟，却不想那一个瓷娃娃也如此胆大调皮。

待回了住处,未曾坐定,景织便从外面回了来,揽了王景诚的手臂道:"哥,你们去哪了? 怎么也不带上我? 可真偏心,只带了惊黛姐姐。"说罢,意味深长地看了惊黛一眼。

惊黛不由脸飞了霞红。

王景诚笑道:"你这丫头明知故问,我都看见你了,还装!"那眼内分明是溺爱。

景织努了嘴,不满道:"你看见我了? 鬼才相信,我压根都不知道你们跑哪去了。"

一旁的五爷道:"织妹妹,你在大上海门口的杂耍玩得不错啊,什么时候再玩玩给我们开开眼界?"

那景织果然不再狡辩了,小脸由愤愤的转瞬又变成了笑脸,对五爷道:"你们还真看见我了? 你们怎么识破我的?"

王景诚收了笑,肃脸道:"织丫头,今晚你也看见了,日本的军火商和余龙英被我们杀了,你得去乡下避一避,明儿五爷会送你回乡下,别再出来凑热闹,给哥添乱了。"

惊黛笑道:"要不,我陪织妹回乡下,乡下毕竟寂寞,织妹无人做伴的,我去了也好有个伴。"

王景诚却摇头:"不,惊黛,你留下,织丫头一个人回去就可以了。"

一席话让惊黛好生诧异,自己也并非干大事业的人物,王景诚却留她为何? 且说了今晚这杀人的行动,王景诚也带上自己,恐怕并非带了去吃吃饭那么简单。

景织也不满道:"哥,就让惊黛姐姐陪我吧,我一个人多无聊。"

王景诚却青了脸,道:"别说了,就这样决定了。"平日里总见他笑意丛生的模样,今儿忽地拉下脸,却是好不吓人,想必那景织是他心头所有了,方才急着让她避这乱世。

景织似不敢再作顽抗,便与那五爷一旁说说笑笑了去。

不待多时,吴妈急急地来了厅中道:"五爷,少爷,警察局的来了!"

王景诚又恢复了笑:"有客人来了,请他们进来!"

话音刚落,吴妈身后的警察便个个持了枪拥入厅内,为首的一个拱了拳道:"诚

少爷,打扰了,我们只是例行公事,巡查一番,望见谅!"

王景诚侧身作了请,便闲闲坐在厅里沙发上,惬意地燃了一支雪茄,吞云吐雾起来。

只见那警察毕恭毕敬,对王景诚道:"诚少爷,今晚功德林两人被杀,有人看见你们去了现场,所以小弟特来提醒诚少爷与五爷,日本人不好惹,如今出了事儿,那便请两位这段时日收收手吧,我们也好以查找不到凶手为由打发了他们。"

王景诚笑了道:"回你们局长的,就说我们斧头帮的九爷谢谢他了。"

那警察道:"不敢不敢,九爷的事,我们定愿效犬马之劳。"说罢,一挥手,道:"收队!"便一队人马撤了去。

五爷啐道:"呸,那狗日的,两面派人物!"

王景诚笑道:"老五,这个刘副局虽是一面向了日本人,一面也向了我斧头帮,毕竟是怕死,两头不敢得罪,所以这样的事儿他自然不敢在斧头帮地面上动土,上海的太岁爷,他动不起,日本人他也动不起,便只有打哈哈推太极了,这些官场人物,我倒是见过不少。"

惊黛问道:"不知这九爷是……"

五爷与王景诚听罢对视一笑,王景诚道:"以后你自会知道他是谁。"

夜深时,回了房内,惊黛却在妆台上拾了一张纸条儿,上面写了:你身中苗毒,调养好再回,九爷。

惊黛更是惊骇,这九爷是何人,却似暗中看着她的一举一动般,连她体内的胭脂毒也了如指掌。惊黛来回着踱步,五爷不像是九爷,景诚也尊称那暗中人物为九爷,想必也并非他本人,景织更不可能,思来想去,却没个头绪,便胡思乱想里瞌睡了一夜。

翌日一早,吴妈煎了药,盛上给惊黛道:"惊黛姑娘,这是我们九爷吩咐煎给你喝的,你喝下吧。"

惊黛看了那碗黑汁,问那吴妈:"吴妈,斧头帮的九爷是哪个呢?"

吴妈笑了道:"我却也不曾见过呢,都听他们叫九爷九爷的。不过他们都是好人哪,为民除害,锄奸铲恶。姑娘,听九爷说你中了毒,好生在我们这疗养,等养好了再回也不迟。"

惊黛自别了苏州一切，虽跟随了王景诚与五爷二人，衣食着落，都巨细清楚着，并不比她在苏州的生活差了丝毫，倒却也没个说话的人，吴妈慈眉善目的，如同母亲般，惊黛便将自己制作的紫罗刹前后事因说与了吴妈。

吴妈愁眉了一叹，道："唉，想不到姑娘如此情痴。不知燕少帅现下是不是寻你寻得紧。"

惊黛惆怅了道："这许多时日了，他可知我如今是生是死，身在何处呢？"

吴妈握了惊黛的手，安慰道："姑娘，你也别急，等养好了身子，便可回了苏州找你先生去。"

惊黛听罢，回想了那燕母早想让燕又良纳了陈府的，如今怕也是事成了，不由叹息幽幽。吴妈一旁道："你若想知道燕少帅的近况，也大可让诚少爷打听了来，诚少爷手下的兄弟都是忠肝义胆的，苏州听诚少爷讲，那里有个大人物，他倒是认识的，从他那打听了燕少帅的情况，你知道了不也好放心么？"

惊黛问："苏州的什么大人物？"

吴妈茫然了笑道："那都是他们帮派里的事儿，我一个老妈子哪里知道什么东西，只是曾听他们谈天时聊起过，我这端茶送水的，也听头不听尾，听到了那些一些罢了，你问诚少爷去，他会帮你的，他这孩子心地就是好。"

惊黛若有所思，方才点了点头，端起那碗药汁，却想道这药哪可解她体内之毒呢，只是不想拂了吴妈与那九爷的一片苦心，便喝下了苦如艾汁的药汤。

待王景诚与五爷回来，惊黛便向王景诚打听苏州情况。他略一思忖，笑了道："正好这两天我与五爷要去趟苏州，可顺便带你回去。"

惊黛听罢不禁雀跃，忙回房拾掇了衣物去。吴妈却一旁嗔怪道："惊黛姑娘，你果真马上要回去？九爷可让我好生照顾你呢。"

惊黛笑道："吴妈，我真的惦记铺子和弟弟，还有燕少帅。"

吴妈道："却也是情理之事，我这便不能煎药给你喝了，那这几包草药你拿回了去煎服，什么紫罗刹的毒胭脂切不可再敷脸了，可记着？"

惊黛笑道："紫罗刹的毒需千果花来解，吴妈的药可能作用微小，带着也是

累赘。"

吴妈却笑道:"千果花只可解铅粉之毒,却解不了紫罗刹中云南苗毒紫泥虫之毒。你信我的话,这草药你得日日煎服了,才可恢复身体。"

惊黛听得不禁讶然,吴妈所知之事原来却是不少!便收起了那草药。

三人只携了简易行李,乘了车便直奔苏州去。上次是因逃走,方才走了一段水路,如今的三人只是顶了富商的名头来苏州做生意,自然便光明正大着去。

下了火车,惊黛只暗笑了自己一身男衣的装扮,白衬衣配了黑马甲,戴了帽子将长发藏在帽中,又是一副眼镜,如此便成了斯文秀气的书生模样,连那王景诚也不免笑着看了两眼。

话说那警察局的赵局长正施施然地哼了曲子,在家中院里吹了口哨逗那笼中的画眉,下人急匆匆地来报:"老爷,有三位客人想要见您。"

赵局长雅兴正浓着,不想被打扰了,道:"我不是说了嘛,今儿个一律不见客!"

那下人却递上来一封信,道:"那三个人说,把信给您看了,您便会见他们了。"

赵局长一边道:"什么人嘛这是!"一边拿了信拆开来看。

这一看,方才吓得一跳,马上让那下人请客人进府上来,说罢自己便忙回了房中换衣见客。

片刻,赵局长衣冠楚楚了出得来,万分热情道:"哎呀,原来是上海的九爷,有失远迎有失远迎,莫怪老夫呀!"

王景诚双拳一抱,道:"赵局长,我们九爷让我们来,就是想调查上次是什么人将劫杀青年救国团的罪名嫁祸到我们斧头帮头上的,不知赵局长可查清楚了?"

赵局长一怔,道:"原来九爷没来呀,唉,说起这事,老夫也是一筹莫展,本来这苏州城里如此宁静祥和,谁知你们上海的帮派之争竟蔓延至此地了。我也不好做,上头怪罪下来,九爷也应该知道的,我这顶乌纱帽可就难保了!"赵局长说罢,便留意起这三人来,除了一个身材魁梧,貌似现代版的鲁智深外,另外的两人都是儒雅清秀,一看便是读书人。赵局长细看了个来回,也大约知道这三人并非可难住他的厉害角色,便才又放松补充了道:"三位莫非来我宅上就是想问这件事? 老夫也实在查不出个所以然,望三位帮我捎信给九爷,就说赵某年事已高,恐怕已不适合再帮九爷做事了。"

王景诚大笑,罢了方才道:"敢情赵局长怕是忘了裴志坤这人了,难不成我们赵局长记性如此之差?若真如此,我们回去提醒提醒九爷,让九爷跟裴志坤说说,看裴先生是否也忘了赵局长?"

那赵局长一听裴志坤这名,忙不迭地笑道:"哎哎三位先生,先坐着了慢慢谈才是,老夫怎敢把裴老爷忘了呢,不过是玩笑之语,莫放在心上就是!"说罢,这才让下人送来茶水好生招待。

王景诚自然不受他那一套,道:"赵局长,难不成你真想为青帮的包庇下来,怕不是赵局长也受了那杜月笙的贿赂?"

赵局长脸色青一阵白一阵,磕巴了道:"哪里哪里,上海大名鼎鼎的杜爷怎么会见我这小城里的局长呀。只是,你们斧头帮也知道,警察没有追查下去,便也是因为斧头帮的九爷与青帮的杜爷和金爷都是不可得罪的人物呀,如若我介入了进去,只怕十个脑袋都不够爷们砍的,还望九爷多多体恤……哦不,望九爷多多见谅了老夫才是。"说话间已是鼻涕眼泪俱下的模样。

王景诚这才笑道:"赵局长,你在我们斧头帮面前哭鼻子,怎么不去杜爷金爷面前哭哭去,让他们不要再与日本人为伍,这不是也少了你赵局长的一件事了嘛。"说罢,笑着斜睨了赵局长一眼。

赵局长哭笑不得,道:"哎哟,还请九爷高抬贵手,杜爷金爷的事儿谁敢去说呀,除了你们的九爷敢和他们抗衡,这全国上下也怕难找敢随便与他们抗衡的英雄了。"

王景诚听罢又是大笑,道:"赵局长这不是说自己狗熊了么?"

赵局长也直点了头道:"是,老夫是狗熊,是狗熊。"五爷与惊黛一旁听得不禁也噗地笑出来。

王景诚却忽地沉了脸,低喝道:"废话少说,我今儿奉九爷的命不是来跟你玩的!"

赵局长吓得面无人色,战战兢兢地道:"不知……不知九爷要让老夫……如何帮忙呢?"

王景诚拉了赵局长的衣领,近前道:"这段时间,裴老爷子那边动静如何?"

赵局长忙答道:"哎哟,裴志坤他不在苏州,我如何得知他情况呢,九爷莫非是玩笑了?"

王景诚用力发劲,将赵局长勒得喘不过气来:"赵局长今儿真要跟我们打马虎眼?那我们奉陪到底!"

赵局长两腿酥软,道:"别,别,裴志坤最近在搞日本偷运过来的药品和军火,在北平一带活动呢。"

王景诚又低喝:"废话,那苏州呢?裴老爷子的接应人呢?"

赵局长道:"这,我便不知道了,只晓得这苏城里有他的线人,可能是想要跟燕少帅合作。"

惊黛一听,不禁惊起,燕少帅?燕又良?

王景诚看了看惊黛,转而问赵局长:"你若想让我们九爷就青帮嫁祸我斧头帮的事儿不了了之的话,你便与我查清楚裴老爷子的内应是谁,还有,切不可将今日之事传讲出去,若非如此,我们难保对你不利!"

赵局长忙不迭点头:"是!是!"

王景诚笑了放了赵局长,便转身大步流星跨出赵局长家。

五爷与惊黛紧跟其后。五爷笑了对王景诚道:"景诚,好气魄,刚才那赵狗熊还承认了自己是个狗熊,哈哈哈。"

惊黛却一旁无论如何笑不出,径直问道:"你们这次来苏州,是不是来查燕又良卖药品与军火之事?"

王景诚收了笑意,答她:"是的。"

惊黛又道:"那你们是不是知道他都做了哪些伤天害理之事?你们要杀他吗?——想必你们已知道我是他太太,却又为什么把我带在身边?是要利用我吗?"一串发问,只是咄咄逼人。

王景诚望着惊黛,笑了笑,片刻后方才道:"我们的确知道他的不少事。若论恶人,他暂时还算不上,所以现在有人想拉他下水。我们不想杀他,也犯不着利用你去接近他,九爷若想要去查的事,没有办不到的。"说罢,看了看五爷:"你说是不是,老五?"

五爷直是点头,对惊黛道:"对,惊黛姑娘,你想必也不知道燕又良所作之事吧,他或许是个好丈夫,却也未必是个好人。我们知道你一直想回来,这才带你回来,并无要利用你的意思,你现在大可马上回到燕又良边去。"

惊黛内里只是惊涛骇浪,万般思想如烈马奔腾,许久方才道:"如果我还不想回他身边,你们可会留我? 我想知道他究竟都做了些什么事儿。"

王景诚笑道:"当然可以。"

惊黛反而惊讶:"你不怕我出卖了你们?"

王景诚与五爷大笑,继而道:"你自然不会出卖我们,且说,斧头帮也不是吃素的,是不是?"

惊黛听罢,不由脸色起了粉绯,那样说只是抬高了自己罢了,他们斧头帮自然不是简单人物,自己纵然出卖了他们,对他们而言也不过小小把戏罢了。

只是这裴志坤是什么人物,裴志坤的内应又是谁? 他们想拉燕又良蹚黑水么? 燕又良又背了自己都干些什么事儿? 最初遇他,是被人所伤,逃到苏州,是何人所伤? 难不成与裴志坤有关? 这一连的问,在惊黛心里千回百转。

因是藏匿了身份来苏州的,惊黛便建议了王景诚与五爷去小桃红铺子安歇落脚,毕竟只是自己的店子。王景诚赞同道:"好,你弟弟也正好参了军,铺子也并无外人。"

惊黛又是一惊,问道:"你如何知道我弟弟参了军?"

五爷笑道:"惊黛姑娘,你原本是个身在深闺人不识的姑娘家,自然不知道外面的许多事儿了,这苏州城里,虽不是我们斧头帮九爷的地盘地面,却每一件事都逃不过九爷的眼睛。"

惊黛讶然了问:"那我弟弟现在身在何方? 何时参的军?"

王景诚笑道:"赤英在我们动身来苏州前一天便去参了军,你弟弟是好样儿的,上前线抗日,还是个十七八岁的孩子呢。"这话却让王景诚老熟起来,如是个长者般,而事实上他自己却也不过是个细皮嫩肉的青年,与这一席话便有些不相称了。

三人便在铺里落了脚,惊黛不忘拾来千果花与吴妈给的那包草药一并熬来煎服。

【第六章】

自有岁寒心

翌日一早，三人从小桃红铺子出了去，只见人群熙熙攘攘，分立大街两侧，喜乐吹打声由远渐渐及近，便见一行穿了喜服的吹乐人拥了大红轿子风光而过。

惊黛扶了扶墨镜，只觉初嫁燕府时也是这般情景，初为新娘，坐在大红轿子里，也是这般人群簇拥着围观。那是女子一生最美之时。

一旁的王景诚问身边的路人："是何人成亲？"

路人上下看了他，道："是外地来的吧？今日是燕府娶小，全城皆知。"

惊黛恍惚着疑是听错，抓了那路人，不死心地再问："什么燕府？哪个燕府？娶哪个小妾？"那人甩了惊黛的手，骂了声便走开了去。惊黛却觉晕眩，却又无法置信似的。

王景诚拉了她手从人群出了来，不禁抱臂笑道："这燕少帅真是风流情种，不过短短一些时日便要娶妾。"

五爷却大笑道："这男人三妻四妾再平常不过的事儿了，惊黛姑娘不必过于计较。"

惊黛却瞪了五爷一眼："男人三妻四妾，女子三从四德，这管叫什么？"

恰时，一行数人迎面走了来，只听得其中一年长些的老者道："听闻小姐所嫁夫婿乃当今少帅，真真的福气呀，我等捎了厚礼前去，日后指不定还得求那新姑爷罩着咱们。"旁边一等人无不点头称是。

王景诚上了前去，问："诸位爷是燕帅的客人？"

那长者住了步子，见前面拦去去路的三个男子皆是富商装扮，便上下打量了王景诚，问道："正是，不知阁下……"

王景诚笑道："燕帅特意派我兄弟三人前来接诸位爷上府上吃喜酒。"

长者不禁抱拳笑道："新姑爷太客气了，那就有劳三位前面带路吧。"

王景诚笑了道："不过请爷出示请柬，方才好称呼呀！"

那长者听罢忙不迭地从襟衣里掏出请柬，一边道："我们几位乃陈小姐的娘家叔叔，这是请柬，你称呼我为陈大叔即可。"

王景诚一笑，拿过请柬细细看罢，将那请柬手中扬起，道："对不住了，几位爷，请柬借来一用。"说罢，口中吐出白烟，将那长者迷昏了过去，一旁的几个见状不由吓呆，其中一个小子倚仗自己年轻力壮，便站出来喝道："你们是什么人？光天化日之下竟敢抢劫不成？"

王景诚笑了道："我们不抢劫，只是借用你们的请柬，用后定归还。"

那小子怕是学过两脚功夫，跳出来道："哼，过了我这一关再说！"说罢，便一拳狠狠带了呼啸风声，朝了王景诚胸前汹汹而来，惊黛不由惊呼。若那拳打下去，势必砸成内伤。

不料那王景诚却身轻如燕，不过身子一转，便避开那小子的拳头，再借力将他推出丈余远。只听得那小子哎哟哎哟声声地无法起身，怕是摔得不轻。

王景诚抱拳对那几个惊慌失措的人道："我本无恶意，只借请柬一用，请诸位回去告罪陈老爷，就说是上海斧头帮九爷得罪了！"

五爷一听，忙近前道："景诚，你把我们的行踪都泄露出去了！"

王景诚笑道："正好可以隔山敲虎嘛。"

五爷只是丈二和尚摸不着头脑。王景诚大步流星地往燕府去，惊黛与五爷忙紧跟上。

那去吃喜酒的几个扶着陈小姐的叔，望了望那扬长而去的三人，其中一个不禁问："上海斧头帮是什么呀？"

　　且说了这燕府正张灯结彩,喜庆满堂,内外都围了不少宾客。王景诚一行三人远远便听得爆竹声烈烈。待走得前去,花轿已停在府门外。将那请柬交与了管事的,惊黛便急急冲进府中,却刚好听到堂内高声喊道:"夫妻对拜,送入洞房!"

　　惊黛听得气血上涌,眼前一片昏黑。堂上新人一身红艳喜服,燕母坐在高堂上笑得合不拢嘴。惊黛拔腿便欲拦下送入洞房中的一对新人,却不想脚下一绊,迅疾摇摇欲坠往地上摔去,比这更快的却是一双手臂将跌倒的惊黛半空捞起,惊黛未来得及惊呼,只见王景诚笑了笑,道:"兄弟,还未入席就已醉成这模样了?"

　　燕府管家的上前来问道:"这位小爷……"

　　王景诚扶好惊魂未定的惊黛,转头对管家的道:"我们是陈府小姐唤叔叔的,我内弟一高兴,多喝了些酒。"

　　管家的忙不迭搬来一张凳子,道:"陈家叔的,快坐着吧,今儿个府内忙了些,招呼不周,望诸位勿见怪才是。"

　　王景诚笑道:"不碍,不碍。"

　　待那管家的走去,五爷不禁窃笑道:"景诚白捞了当了一回人家大叔啊,不亏,还有赚了!"

　　王景诚一旁也不禁笑了笑。惊黛却面有怒色:"为何要伸腿绊我?"

　　王景诚笑了笑道:"若不是我赶紧伸腿绊了你一跤,你怕已飞身到燕少帅他跟前了。"

　　惊黛道:"那又如何? 我正想问问他是怎么回事呢!"

　　王景诚笑道:"你这般样子如何与他相见? 如何开口问他? 这是与你与他都无好处的相认,不信,你大可现在去试试。"

　　惊黛听他一言,方才警觉了自己现在只是一身男儿装扮,更因为有日子未敷用紫罗刹了,脸上的蝴蝶斑重又浮出,现在只拿帽子与眼镜遮挡。如此形容与装扮,如何能让他相认? 又如何在众目睽睽之下亲口质问他? 如此一想便生生压抑了那冲动想法。

　　那一众亲戚正坐在堂下说说笑笑,无不夸耀燕陈两家联姻的明智之举。燕母周旋于众人之中,一个一个道谢了去。待她走近,便看见坐在一边的三个公子装扮人物，却是从未见过的，便笑意盈盈地来，问："三位公子大堂前坐吧，吃酒去。"

王景诚摆手，道："不必了，燕老太太，都已是自己人，何必客气，您忙去。"

燕母却见惊黛，不由定睛仔细再瞧了瞧，问："这位公子……呵呵，好是面生呢，不知是哪里的亲戚好友？"

惊黛怕她认出自己，不禁更是低下头去，支支吾吾，王景诚一边见了，忙道："我们是陈府小姐唤叔的，这小后生是我内弟，性子甚羞，怕见外人的，燕老太太请别见怪才是。"

燕母一听，不由呵呵一笑："怕什么呀？我们如今可不再是外人了，都是一家子了呢。"

五爷不禁插嘴道："哈哈，可不是嘛，燕帅可得叫我们一声叔才是，哈哈哈。"

燕母一听，也笑道："叫什么燕帅呢，叫他又良，都不是外人了。"

五爷一听，方才觉得了那话甚有漏洞，忙嗫了声，只得点头称是。恰时一个妇人走了前来拉住燕母道："亲家母，原来你在这，让我好生找，你快去劝劝又良吧，如今他竟想换新郎服……唉！"

燕母一听，便丢了王景诚三人，急急走了去。惊黛看着燕母的背影，只是茫然。

新房这边厢，燕又良再是坐不住了，换下了新郎喜服，穿上一身黑西装，正要拔腿而去，坐在床边的新娘却是喜帕也不曾挑开，只是在低了声轻泣。

燕母一脚踏了进来，压低了声音喝燕又良道："又良！你给我站住！"

燕又良不由停下了步子，脸色却沉若黑铁。

燕母走近前，声如低哀道："良儿，就算母亲求你好不？就过了今天，你想怎么样母亲都答应你！不要走，你要是走了，让母亲这张老脸往哪里搁？外面亲亲戚戚的，你就丢下母亲一个人出笑话吗？"

燕又良却是悲愤至极："母亲是要拿儿的婚姻去换母亲的颜面吗？"

燕母不禁悲从中来："我拿你的婚姻换颜面？你娶那个胭脂女，我一直是不同意，可见你对她已情至如此，也都答应了你，让你娶回家来，可如今却不知她……你今儿娶的陈家小姐，哪里比那胭脂女差了？你真是不识好歹！若你固执如此，母亲也无话可说，只好一头撞死在你面前，好去向你死去的父亲谢罪，连我儿的婚姻我竟

一点主意也不能拿了!"话说着,便要一头撞上墙壁,燕又良手快,一把拖住了燕母,燕母却叫着:"你放手,让我去死,我若不死,对不住你父亲!"

燕又良无法,只得道:"好!我答应你!我答应你还不成么?这天地也拜了,还要我如何?"

燕母方才停下来道:"回你新房去,你的新娘可仍在等你挑开喜帕!"

燕又良胸中哀鸣而唤,只得缓缓转过身去,却忽地眼角如闪过惊黛的影子,不由定睛细看。可哪里有惊黛的影子?不过是相思重故人影还罢了,燕又良只是苦笑地摇了摇头,终是进了新房内。燕母见他已进了新房,便将那新房锁上,方才遣散围观的亲戚道:"大家继续吃喝,小儿不懂事,还请诸位不必放在心上。"众人回到席上,场子经过那一闹,却是冷清了些许,燕母便又命管家的放上两筒烟花爆竹,又将生气提了起。

王景诚拉了惊黛的手,将她拽出燕府,一边道:"如今你事儿也看到了,可死心了?"

惊黛却不甘心:"方才燕母为了什么要撞墙?我却不曾看清,莫非是又良……"

五爷一旁道:"惊黛姑娘,你这又何苦了去?尽是折腾自己,今儿个可是他的大喜,你若是去了,指不定被扫地出门呢。"

惊黛却一旁咬了唇不语。

王景诚看了看她那模样,便知她是不能死心,笑道:"老五,我们先回吧,让惊黛姑娘想一想,毕竟有些事就得自己决定,旁人不好插足。"

五爷称是,转身便跟王景诚一道离去。

惊黛咬了唇,眼内何时竟蓄了泪,她倚在墙边,如被世事所弃,一身凄冷。

燕又良颓丧坐在桌边发呆,桌上正燃了一对喜烛,喜烛淌下烛泪如若哭泣。床边的新娘陈府小姐诗若只是一动未动,静坐等她的新郎来挑了喜帕。

诗若坐了半日,约摸着时辰已是不早,又见燕又良不曾动静,便自个挑起喜帕,偷偷看了一眼:他已换下喜服,脸色阴沉坐在桌前,不见有为人丈夫的半点喜悦之情。

诗若将喜帕掀开,莲步款款移向燕又良,不禁轻声唤道:"又良……"燕又良却一眼也不看,仍只沉默。桌上合欢酒正待两人倒了交杯喝下,诗若斟满那酒杯,递与燕又良,燕又良却扭开头去,看也不看一眼。

诗若只得放了酒杯,在燕又良身边俯下身去,轻声了道:"又良,如今你是我夫君,以前之事你便忘却了吧,你我重新开始。"

燕又良却霍地立起身来,走到门边,道:"不可能的,你即便是填房,也无可替代惊黛,没有谁可替代了她。"

诗若听罢泪跌落下来,道:"我何曾不晓得,那日,你宁可不回,也不愿见我,如今娶回来,也不肯拿正眼看我,我如何不晓得? 只是我求你,我不要什么,只要你对她好中的一分我便知足了。"

燕又良道:"恐怕这些我也给不了你,你也是个体面人家的大小姐,何苦一定要跟了我吃份苦头?"

诗若却苦笑:"我愿意,这都是我所情愿,怨不得他人。"

燕又良听罢,悲愤而来,转身走到床边,和衣躺下,道:"你愿意受苦,那你便受吧,我不奉陪了。"

诗若怔忡原地,新婚伊始,自己的新郎却对自己视若无睹,蒙头自个倒在床上,心如针扎地隐痛。

燕母深夜也不曾睡了去,只是捻了佛珠在对观音念念有词,管家的此时在门边敲了敲,燕母停下经文,道:"何人?"

管家的道:"老太太,是我。"

燕母方才起了身,让碧绿去开了门。

管家的一进便道:"回老太太,已送陈府的回府去了。"

燕母点头嗯了一声,继续闭了眼。

管家的却又道:"回陈府路上,却发生好生奇怪的事儿。"

燕母方才睁了眼,问:"哦? 是何事?"

管家的道:"我送陈府的回府,路上却被几个自称陈府娘家叔叔的人拦下,其中一个较年长的昏迷刚醒,其他人却道有人抢了他们的请柬冒名顶替来了我们府上吃

071

【第六章】自有芳寒心

喜酒。"

燕母怒道："是哪儿的混账东西骗吃骗喝？连我燕府都胆大包天敢来行骗？太岁头上也敢动土了?！你去查了不曾？"

管家的道："这个我倒还不曾查，只是……"管家的说着就抬眼看了看那燕母，只见她面有微怒，继续了道："只是白日里，我倒是注意有三个富家公子哥儿说是陈府娘家叔叔的，我当时还奇怪了，陈小姐娘家叔叔竟有这般年轻的，小的如今一想，便是这三人搞的鬼了。"

燕母听罢，不禁回想了白日里，确有三个富家公子般的人物在府中吃酒，他们走时却不曾有人留意，便道："管家的，你快去报官，如果我燕府喜宴上被混混骗吃骗喝，传出去让我这老脸还如何出去见人？太乱了，这是什么世道啊！"

管家的却踌躇了半日，方才道："老太太，那陈府娘家叔叔的几位说，抢他们请柬之人留下话儿，说是上海斧头帮的九爷得罪了。这恐怕不好报官，谁知这斧头帮是什么人物，若搞不好……"

燕母不由站起身来，在屋内来回踱步，一旁的碧绿却道："上海的斧头帮来我们府上做什么？莫不是想打燕府的主意？"

燕母思忖片刻道："或者，是冲着良儿来的也不定。"

管家的一旁问道："老太太，那还报官不报？"

燕母手一摆，道："先别紧着报，你们今儿个听着，这事谁也不许往外宣扬，可都听清楚了？"

碧绿与管家的忙不迭地称是。燕母好容易宁静的心绪再次扰得烦乱如麻，一宿只是忽睡忽醒的。

翌日一早，燕母由府中送饭的老婆子手里接过了饭盘，打开了新房的锁，却见新娘子俯在桌边睡着，而燕又良则在床上和衣躺着，便知这一对新人昨夜并不曾如自己所期望的那般恩爱温存，不由得叹了口气。诗若听得声响，惊醒站起身来，红妆一夜消退，只余了憔悴。她忙接了燕母的饭盘子，欠了欠身请安道："母亲。"

燕母心疼地拉起诗若，道："孩子，委屈你了。"诗若一听，眼内起了泪影，却道："这般大喜的日子，诗若不委屈，诗若高兴呢。"

燕母越发心疼："唉，你不必请安了，我去唤那逆子起来。"说罢便走到新床跟前，道："良儿，还不快快起来吧，都什么时候了。"

燕又良只哼了一声。

燕母叹了一口气，坐在床沿道："良儿，莫怪母亲狠心，若非如此，你会乖乖地待在新房里么？你的脾性我还不清楚？跟你父亲是一样的，倔得十头牛都拉不回。"燕又良又似那次般装作未听见。

燕母又道："你若是怪母亲硬塞给你一个妾去代替惊黛，你也错怪了母亲。惊黛的房，母亲却是一直给她留着，哪时她回来，她仍住里面去，仍是你的太太。我今儿个不是给你另配了房么？你还不明白母亲的苦心？"

此时燕又良却从床上一跃而起，道："母亲，好，我已明白了，你也不必再多说，反正如今也是生米煮成了熟饭，我还能怎么的？"

燕母见他软下来，不由了吁了一口气，道："你若真能想明白才好，若是仍怨母亲，那母亲便是一片苦心往江水里扑通而去了。"

燕又良不再言语，径直走到桌前，端了饭碗便快快地扒了吃，也不看眼前坐着的诗若。若是这姻缘是因为缘分所致，这缘分又是怎样的缘？伤人至深的一段心事罢了！连自己都不可掌握，只能随缘分而随波逐流去。

话说小桃红铺子里，王景诚与五爷正拾掇衣物，五爷问王景诚道："景诚，你看那燕府可有何不妥的地方？"

王景诚眯了一双凤眼，神色迷离，道："不妥确是有的，裴志坤的线人竟也安插在了燕府，说到底，这裴志坤是还不敢相信燕又良吧。"

五爷又问："燕又良可会与裴志坤走到一条道上去呢？"

王景诚笑了道："这个倒是说不准。早些年的时候，燕又良不是被裴志坤的得意门生斗败下来，险险命丧山中？好在是惊黛姑娘救了他，方才今日重新成为一方霸主。"

五爷听罢，不禁替惊黛鸣不平："既然如此，娘的，竟然这么快就另娶了，我作为男人都看不过眼！"

王景诚呵呵一笑，那笑竟带了妩媚："呵呵，他今日的娶妾，我看也有强娶的

嫌疑。"

五爷道:"强娶?那女人还能架了枪壳子让他强娶她不成?"

王景诚又道:"若强迫你的是你爹娘呢?"

五爷这才恍然:"哎,你说的倒也在理,他娘的燕又良再牛叉叉的,他也不能拿他老娘怎么办!"说罢好一阵大笑,又道:"让那小子捡这么大便宜,他小子还不愿意了,要我,娶上十个八个没问题,多多益善!"

王景诚不禁摇了摇头:"老五,你这山匪的性子就不改一改。"这一言让五爷摸了摸自个头,才知说话说得粗鲁了,嘿嘿一笑。

王景诚也不在苏州久作停留,几日后便和五爷搭上北上的火车。

五爷去邻近车厢转了一圈回来,坐在王景诚身旁压低了帽子,道:"路数不对。"

王景诚笑了一笑:"裴老爷来迎接我们来了。老五,按兵不动,上了北平再说。"说罢,沉思片刻,又对五爷道:"惊黛姑娘也跟着我们上了火车,暗中保护她的安全,如无必要,先让她独处着,认了咱们,别是落在了裴老爷手里去了。"

五爷惊道:"惊黛姑娘跟咱们来了?我怎么没发现?"

王景诚笑道:"一个流浪的乞丐,在我们左手位置呢。别去看她,惹得裴爷的兄弟注意。"

五爷应了声,吹了口哨儿,跷个二郎腿,嘴里哼起曲儿来,"酒不醉人人自醉……得儿得儿锵,"便又吊儿郎当地四下瞄了瞄,假装不经意朝左手方向看去,只见那里果然坐了个乞丐,身形瘦小,破烂的衣裳,头戴一顶极旧的毡帽,满脸脏污却有一对明亮的眸子。稍稍定睛细看,那可不就是惊黛!

五爷低笑了对王景诚道:"惊黛姑娘怕是要跟定你了。哎,我说,这一路路况我倒是仔细留意了,却不曾想惊黛姑娘竟从我眼皮底下漏了网!"

王景诚道:"你也不想想,一个乞丐衣裳都没得穿了,她又是如何有钱买车票的?"五爷听罢不由一拍脑袋瓜:"瞧我这点脑子!"

惊黛坐在位子里,抬眼警惕地往王景诚那边瞧去。只见王景诚与五爷说了什么,那五爷便回了头来,惊黛忙低下头,只求不要被五爷瞧出什么。说来,还是王景诚与五爷救了自家性命，在燕府红烛高堂时，曾有刹那的犹豫，只是后来静下心来一念，这燕府已是难容此身了，而左右看这王景诚与五爷倒是正道上的人物，便不顾一切跟随了来，却又不知为何难以启口。

惊黛拿定了主意，见王景诚五爷两人一路北上，怕是去寻那裴志坤，便左右随行，也不现明正身。如是待王景诚发现了，亲口留她，方才是真正待下的理由。惊黛却又自觉得可笑，需要他亲口明言让她留下的理由，这又是什么缘故？

惊黛坐了一会，便觉倦意阵阵袭来，再看王景诚只是看报纸，而五爷在位子里打盹，便放下心，将帽子盖在脸上，闭合了眼。两耳都是火车在咣当不住，人却坠入初见燕又良的那一夜，惊黛与赤英轮流背了那受伤的燕又良，摸黑下了山，回到了铺里，那燕又良却直挺挺地对他们拨出了枪，一脸可怕的狞笑。惊黛一下惊醒了来，原来只是梦，便定了神。她扶了扶帽子，再望向王景诚与五爷的位子，却是空了，忙四下张望，却并不见两人踪影，心下又慌乱起来。

惊黛便起身到各个车厢走看，寻那王景诚、五爷二人。不过是打了一个盹，他们便从眼皮底下消失了去，惊黛不免心焦，索性脱了遮眼的帽子。惊黛越寻越六神无主，只知一味向前走去。此刻已来到卧铺车厢，忽然，从旁伸出一只手将她抓了去。惊黛正欲叫出声来，五爷手指嘘地放在唇边，惊黛忙噤了声，王景诚正坐在卧铺边上，一手拿着帽子，笑吟吟地道："惊黛姑娘，你受惊了。"

惊黛不禁失笑，道："原来，你们早知道我跟你们来了？"

五爷一脚踏在床沿，啐了一口道："裴志坤盯上了我们，今儿处境得小心着。"

王景诚却笑道："不打紧，黄金荣和杜月笙都得给我们斧头帮几分薄面，裴志坤倒不敢把咱们怎么着，只是派个眼线看咱们什么动静罢了。"

五爷却道："裴志坤那老家伙怕是奸诈着哪！"

惊黛不禁问："你们被跟踪了？这裴志坤是什么人物？"

王景诚一笑，颜面一侧竟隐隐约约浮现了清浅梨涡，越看越俊，道："裴志坤这人不简单，十五岁投身国军，很快便立下赫赫战功，更是官场得意，一路青云直上，如今成了北平城的军阀霸主，听说是蒋军手下的一名主将。此人老奸巨猾，狡诈多端，绝非善类，听闻近年与日本人走得近，贩毒走私媚降，哪一样都不曾落下了他！"

【第六章】自有岁寒心

五爷咬牙切齿着道："这种人渣，早灭了早安生！"

王景诚却是风轻云淡了道："老五，裴志坤是我们手中的大棋，先不能动他，从他身上能找到我们要找的。"说罢，又是一笑。

听罢，惊黛细细看了他一眼，却不知他要从这人身上挖出什么来，只见他黑蚕丝缎面的襟衫，罩着灰褂子，身形瘦削的书生模样，却是玲珑八面游韧江湖。自遇他，时时都见他笑，即便是泰山压顶，危在旦夕，都未见他方寸之乱，如此年轻便已练就处乱不惊的姿态，不得不令人刮目相看。

车在北平车站停下，王景诚撩起袍子随人流而去，五爷与惊黛紧跟其后。

车站内人流汹涌，黑压压一片人头攒动，前方不远处有治保队的在检查可疑人员，不时大声斥喝，人流便只得缓慢前移。

待三人走近前时方才看见治保队的扣押了卖水果的摊子。看那治保队的不像正经人物，将老人一担的梨子挑了个大橙黄的分着吃了，仍不住叫骂："你是老眼昏花了看不清还是怎么回事？明写着禁止买卖，还在这儿摆着拦路，等诸位爷们解了渴再拿你回局里！"

卖梨的老人携着半大的孩子，看似他孙儿，缩在一旁。老人跪着求道："各位长官，小的不识字，刚从乡下来城里，巴望着能卖点水果，收俩小钱回家，长官大人饶过小老儿吧，小老儿下次再也不敢了。"

治保队的却啐了一口，吼叫："你没看着这么多人被你一个人拦着走不动么？瞎了你的狗眼！"

【第七章】
飞花惊却春

治保队的将老人那担梨全倒在地上，一个个全砸了个稀巴烂。那老人护着小孙儿只是哭着而不敢再作言语，周围行人却都敢怒不敢言。有人暗咬了牙说道："这帮狗崽子，真是狗仗人势，越加无法无天！"

王景诚听了，不禁回头，说话的正是在他身后的中年男子，王景诚问道："治保队的仗着什么人的势力为非作歹？"

中年男子抬眼看了看王景诚，道："治保队的不是当今军阀一霸裴志坤隶属所管么，裴志坤势力如今儿是谁也无法抗衡了，治保队的还不是狗仗人势？"

五爷一旁再按捺不住，此时更是跳起来，道："去他娘的狗屁治保队，裴志坤算是什么东西，老贼头，这些个乌龟王八孙子！"惊黛想要阻止五爷，早已来不及了，五爷性急气躁，如今早已是被治保队的所作所为气煞了烧肝火，周旁的群众听罢五爷叫骂不禁称快，却又得罪不起治保队，不免暗自为五爷担了心来。

"谁在骂治保队？他妈的嫌命长了？谁？给我站出来？不站出来一个个把你们拉去枪毙了！"方才治保队叫骂的耳尖，竟被他听去了五爷所说的。

"我！"五爷性子是天不怕地不怕，就怕跟他讲情义，"是你爷爷我骂的，如何？"

治保队的掏出了枪，凑上来，围着五爷上上下下瞧了个仔细，看他如看稀奇的异物。的确是异物，在北平的地盘上，若论军队是一虎，那明着不干系暗地里却助军阀

为虐，是谁都不敢惹的角儿，如今却有人硬生生地撞上枪口上来，若不是有来头的人物，便是不懂行情白送命的傻瓜。

治保队的看不出五爷什么身份，见其穿着含糊，便铁定了五爷不是什么有来头的人，便嘿嘿笑着对五爷道："好小子，敢在这地面上呱呱叫，也不瞧瞧今儿的爷爷是谁？"说罢，啐了一口唾沫在手掌心里，又将起一身狗皮，道："今天你就让大伙开开眼界，得罪了我治保是个什么下场！来人！给我绑了！"

众人惊呼，五爷却面不改色，笑道："尽管放马过来！就怕你们绑不了我！"

治保队几个跑腿的正要扑上来，王景诚一喝："慢着！我们可是裴爷的朋友！"

那治保队的眯了眼看王景诚，不过是个书生，裴爷如何能有书生的朋友，便断定他们是一伙骗子，对那几个还在愣神的跑腿一挥手道："都给抓起来，我要一个一个严刑拷打！"跑腿的立即叫嚣着扑上去。

惊黛早在一边吓得面如土色，如果真被抓了去便是落难了，北平人生地不熟，如何找人去解救，并且一旦落入这伙人手上，只怕是有去无回了。正担着心，却见五爷好个身手，轻轻旋身一闪，再一勾腿，便让来势汹汹的一个狗腿子扑个狗啃泥儿，其余几个一愣，随即又虎虎生风地扑将过来。五爷用掌吃住其中一个打来的拳，那人硬是动弹不得，五爷嘿嘿一笑，松了掌并使劲往前一推，那人便跌出丈余外，人群惊呼着后退，空出好大的一片。

那治保队的见并不易将他们摆平，扶正了要惊得跌落的帽子叫唤道："都给我上！都给我上！抓活的，抓不着给我一枪崩了！"余下的几个跑腿听罢都扑向五爷去。

五爷魁梧的身形却不见笨拙，出手如蛇芯迅疾，闪身如灵燕轻巧，左奔右突如蛟龙般劲猛。只见他闪开迎头劈来的木棍，飞脚踢在来人的肋处，手一扭袭来的拳头，猛一扯下，那人眼看要跌落地上，五爷抬起大腿便是一记撞击，那人便口沫飞溅着摔倒。五爷抬眼，又有两人号叫着扑过来，便跃身而起，漂亮的踢腿将那两人扫将在地。众人不免叫好，为五爷一身功夫，也为五爷替人出了一口恶气。

治保队的却急了，知道是撞上了不简单的人物，便朝天鸣了一枪，叫道："给我击毙！给我击毙！"群众一听枪声，立马大乱，都四下奔走着逃命去。

王景诚见机拉起惊黛的手对五爷道:"此时不走更待何时?"说罢三人便融入人流。治保队的只一回头便不见了方才的那两人,气得直跳起来,仍不住地叫嚣:"人跑了!! 快给我抓回来! 就地正法!"

哪里还寻得到他们身影,王景诚拉着惊黛直奔了越过火车铁轨,五爷紧跟其后,他仍不解恨地不住骂:"奶奶的孙子,让老子多收拾他们几个才好! 打得真够爽!"

三人气喘吁吁地住了步子。惊黛一旁赞道:"五爷身手真是了不得,没想到几个人都不是五爷的对手!"

五爷解了白襟衫,露出膀大腰圆的模样,不住地用衫扇扇凉,道:"想当年我老五可是去少林学了两年武功的呢,那帮混蛋找错了人了! 哎,我说景诚,我看这裴志坤也忒他妈的目中无人了,我们还烧不烧他这炷香?"

王景诚摘下帽子,若有所思,道:"这裴志坤当惯了霸主,什么人他放在眼里了? 我不吃他这一套,不过这高香,却还得烧!"

王景诚话音刚落,却忽地"啪"一声冷枪响起,五爷应声倒地。王景诚飞快拉下了惊黛,匍匐在地上,忙掏了枪。不远的车厢侧闪过一个黑影,王景诚朝那黑影开枪,黑影避枪躲在了车厢那头。五爷俯在地上呻吟:"兔崽子,爷爷饶不了他们!"惊黛见五爷腰中了一枪,血流如注,把白衫染得一片血红,"哎呀"惊叫一声,忙将五爷的解开的襟衫脱下,扎在伤口上,道:"五爷,你受伤了! 千万要挺住!"

王景诚朝天鸣了一枪,翻身一跃,便上了车厢顶,好漂亮的轻功! 他蹲在车顶上,一览无余,果然见那黑影仍守在那儿伺机射杀他们,王景诚瞄准了黑影便是一枪,黑影闷声而倒,王景诚忙上前去摘了那人的面罩,只是一副陌生面孔,再撕了那人的衣衫,却见那人胸前有着一个龙图腾的刺青。王景诚脱口而出:"青帮!"

王景诚扶起受了伤的五爷,对惊黛道:"去买回上海的车票,北平我们日后再来了,老五的性命要紧!"

惊黛却道:"五爷伤势不轻,快送去这儿的医院吧,回上海只怕耽搁了时间呀!"

王景诚却固执己见,急急了道:"不成! 你快去买票! 北平都是裴志坤的眼线!"惊黛听罢他说,只得匆匆忙忙赶去票台。

票台经方才治保队的一闹,已几乎没了人影。惊黛忙去售票处买票,卖票的人道:"要买便快买吧,方才出了乱子,等会治保队的铁定带了警察封锁铁路,检查来往人员,再迟可就来不及了。"惊黛听罢揣了票急急沿了来路往回跑。

王景诚已脱下黑蚕丝的襟衫披在五爷身上,盖住了五爷的伤处,只怕五爷的血惹得旁人注意,又引来不必要的麻烦,自己身上便只剩下一件灰袍子了,更见了瘦削。

惊黛将卖票的话带给王景诚,王景诚扶起五爷,寻了票上的车号便上了去,不待多时,那车便要开往上海了。

一向酱色脸的五爷此时却如面容着了紫,他强忍着巨痛,问道:"开枪的是治保队那龟孙?"

王景诚道:"是金爷手下的杀手。"

五爷起怒,伤口更痛了,又只得忍下怒意,道:"金爷千里迢迢跟了我们去北平,是为了不在上海的地面上暗杀我们? 金爷是什么意思? 早时冒了咱的名义绑架青年救国团,现在又一路跟来了北平暗杀咱们,虽跟金爷一向不交好,可也并不曾交恶呀!"

王景诚笑道:"这还不明白,是别人授的意!"

五爷问:"谁?"

惊黛这时插上一句:"日本人? 余龙英?"

王景诚笑道:"惊黛姑娘怎么会想到是他们?"

惊黛只觉他一双柔软如水的眸子定定瞧住了自己,不禁忽地脸红,低了低头道:"呵呵,不过只是直觉罢了。"

五爷道:"咱们斧头帮,在上海租界也是个人物,我看是这个青帮眼红了瞧不过去,要灭了咱们他称王! 一山容不下二虎,青帮是要对咱们动手了。"

王景诚探出头,看了车厢外动静,见并无什么异样,方才回了身来坐下,这才缓声道:"惊黛姑娘说得对,青帮明着只是自己做事,暗中是成了日本人的走狗,这回是就暗杀川岛和余龙英一事奉命前来索命,我们这一趟回了上海要小心才是。"

警察与治保队方才赶到火车站,北平去上海的那趟火车已经启动,咣当着朝南而下了。治保队的看着火车悠扬上升的烟气，犹自在站台上气得直跳脚。

　　吉人自有天相，想来亦是有理儿的，尽管此时天下邪恶如黑鸦乌云尽压了头顶，却仍可有云逢间隙透出些许的光亮，利剑般劈剖开那一方的云墨浓雾，给人以生的希望。

　　回程平静许多，大约裴志坤的盯梢看他们已返上海，也都撤回老营去了，便将不明身份的人射杀斧头帮五爷之事传给了那裴志坤。而青帮协助卖国军阀刺杀王景诚等人的杀手也不敢再枉作大谋之乱，失了手只得再寻机会，也都偃旗息鼓，才换得这一时的平静。

　　上海火车站在闸北，因为闸北是铁路交通枢纽重要之地，南来北往，均是北平、南京、天津、广州和香港这些繁华之地，便显繁忙。出了火车站，广场人群熙熙攘攘，商贩店铺随车站每天运输大量旅客而忙着招呼生意，也本是大好商业闹市模样。而今眼下乱世，有的流民逃难来了上海，寻不着依靠，或一时找不着落脚处的，也都在广场聚集一堆，或有的已花光盘缠，再走不了，滞留在闸北车站，专挑了老弱妇孺坑蒙拐骗或打劫抢的，治保队捉了几个毛头小子，无非也就是偷东西或打架，关了几天又放出来，出来后仍操持旧业，这类流民亦不在少数。

　　三人下了车，出得火车站广场，便唤了黄包车回去。进了租界便平静得多，毕竟那些流民无法进入租界。租界是国民的耻辱，偏偏一些国人以此为荣，生活在租界如同身价倍涨，尊贵如许般。惊黛一身乞儿打扮，进了租界引得警察留意，幸好王景诚解了围。那些小警察见了王景诚无不恭敬。

　　王景诚将五爷直接送去了租界教堂，教堂里有红十字会组织，是前不久战时世界红十字会派来人道主义救援的，医生护士迅速展开急救，一番抢救下来，五爷总算保住性命，幸好子弹未伤及内脏，只是流血过多，安妥好五爷，王景诚与惊黛方才回了家。

　　雕花铁门缓自打开，吴妈探出头来，见是王景诚与惊黛，不禁哎呀一声惊喜，忙拉了两人的手上上下下瞧："快给吴妈看看，你俩去了苏州这么许久，吴妈可担心死了，对了，五爷呢？五爷怎么没回来？"

　　王景诚却是一副云淡风轻的模样，道："老五在北平给吃了一子弹，我送去教堂

081

【第七章】飞花惊却春

的红十字会组织了,那里清静些,少些是非。"

吴妈不禁担心的神色:"五爷千万别出什么事儿才好,诚少爷,惊黛小姐,如今世道乱呀,你们千万要小心保重自己才好。"

惊黛笑道:"吴妈,我们这不是好好地回来了么?"

王景诚看来疲惫,毕竟一路风尘的,对吴妈道:"吴妈,让惊黛小姐洗漱一下,我们需要休息,晚饭时分再唤吃饭吧。"

吴妈这才恍然大悟,忙让两人进了来,又忙着张罗去了。

待洗漱完毕,惊黛披了一身绛色缎袍出来,那妆镜里的人,已不知何时瘦减了罗幅,诗肩削落,缎袍下的身形已是空荡了去,命数逢劫,这也是天叫憔悴瘦清姿。

倒在宽大的床上,惊黛却了无睡意,手中把玩垂在帐帘子边的花穗,雕了花样的窗楣掩着薄纱,起了风,窗纱便逸逸如飘。惊黛只在短短数日便经历如此惊心动魄之事,只觉半生如同搁于惊涛骇浪般浮荡不安。赤英现今如何呢?是否正在前线如愿杀敌卫国?又会否落入敌手?燕又良如今新娶了妾,定已将这短暂的夫妻之缘抛诸脑后了吧! 这般念想着,又想起已遥不可见的双亲来,便一垂双目,滚落明珠几滴,水痕爬上腮颊。

世上缘劫不过一线相悬吧?瞬息转缘为毁,那良人气息昨夜依旧,翌日起身已不辨面目了。又有的人,明明今日天涯两不相遇相识,明日动荡,便转毁为缘,来到跟前,尽数那昔日良人无法所给予的好处,叫人怀疑,究竟是否自己错认了良缘,还是宿缘弄人真意? 这也是路"逶迤而修迥兮,川既漾而济深。悲旧乡之壅隔兮,涕横坠而弗禁"。

惊黛暗揣念着,却忽地念及王景诚身上去。这想念又不觉令自己心下一惊,便乱了心绪,按了按突突跳起的太阳穴,这才渐次平静心落,睡了一觉。

下了楼,才见王景诚已端坐厅中阅报,桌上饭菜已侍弄好,吴妈唤道:"惊黛小姐,你可醒了。"惊黛一听,便知王景诚已候她多时,不免笑了笑道:"是呢,这一觉睡得人昏昏沉沉,好像几辈子都没睡过似的。"

王景诚将报放下,从沙发上站起身来,却见他白衬衣打了领结,一件洋呢子的暗纹裤,比往日更添俊逸之气。他望着惊黛缓下楼来,笑道:"这几日奔波的,可见是累着了。"

待坐定,桌上琉璃碗盛着的,一碗是胭脂鹅肉,一碗翠竹凤肝,再一碗是香炒新蔬,水晶杯又是一酿陈年干红,面前一副沉木筷子,和青花瓷碗、漱口茶碗、拭手湿巾,皆是一应俱全,齐齐整整。若论奢华,定是算不上,但已经弥足精致。

中餐又伴了洋酒,王景诚举杯对惊黛笑道:"多年来独饮独食惯了,养成了这么个癖好。"惊黛亦是笑言:"中西结合,这倒是王先生的独到之处呢!"说罢,两人相视一笑。一旁的吴妈拿眼悄看了他俩,越看越是般配,不禁自己掩嘴。

刚饮足食饱,便忽地听到外面轰隆一声巨响,两人不禁一惊,忙奔出园子看,以为出了什么乱子爆炸呢,不过是绽放在夜空的七色烟花。吴妈也忙奔出来,道:"今儿是八月十五呢!"惊黛讶然:"竟是八月十五了?"那光阴似逝水流沙,不知觉间,从苏州出来竟有很长一段时日了。

此时又是轰然巨响,一束烟花升空,转瞬炸开花火的瓣来,将园子里的两人衬得红红绿绿,王景诚道:"不如,我们出去走走。"

惊黛不禁愣了愣,却又跟了他的步子去,吴妈将王景诚的西服递上,又开了半高的铁门。两人一前一后地走,转角便是街上,许多半大的孩子雀跃着打闹。广场上又是热闹声喧,细乐飘飘,烧火龙,钻地老鼠,放烟花,这般繁华盛世,只限于租界。租界以外,依同往日死寂瑟瑟。

王景诚一手扣着西服搭在肩上,一手放在兜内,缓着声,又似自言自语,又似对惊黛道:"爆竹惊春,竞喧阗,夜起千门箫鼓,流苏帐,翠鼎缓腾香雾,停杯未举,奈刚要,送年新句,应自赏,歌字清圆,未夸上林莺语。从他岁穷日暮,纵闲愁怎减,阮郎风度,屠苏办了,迤逦柳梅妒,宫壶未晓,早骄马,绣车盈路,还又把,月夕花朝,自今细数。"

一句还又把,月夕花朝,自今细数端端地惹出愁思来,惊黛不禁侧了头看他,不辨他表情五官,却能感知他内心隐约之苦,越是繁华绚丽,越令人落寞无措。惊黛正自个胡思乱想时,那王景诚却笑了,回头对她道:"我是牛头对了马嘴,明明是八月十五,却说是爆竹惊春,若说惊月,还说得过去。只是这烟花爆竹,不知如何觉得唤醒

了对这首曲词的记忆。"

惊黛笑了笑,道:"莫不是爆竹惊起你心里的春天不成? 倒是好词句。"

王景诚道:"这原来是一首曲子的……"他话未说完,平地一声惊雷轰然炸响,一朵硕大的烟花开在头顶,姹紫嫣红,广场上一个孩子拍着手笑跳起来,细看,竟是黄鬈发白皮肤的孩子。

惊黛无端心里一记沉叹。

王景诚指着那即开即败的烟花笑道:"这支烟花叫一声雷,够气势的。"再看了远处,是一束束较细碎的烟花,单色,也不失光艳,又道:"那些是满天星,落地时一闪一闪,碎金子碎银地往下掉。还有就是九龙云,今儿晚上竟没人放呢,蹿到天上像蛇的,也还有什么飞天十响、火梨花、一丈菊的,我小时候玩得多了去了,鞭炮是专挑了十段锦来,又脆又响。"说完,又是回头看了看惊黛,她莹白的面容在烟花之下,如涂了一层变色胭脂,一时金光,一时红霞,王景诚竟一愣,忙转过头去,羞赧至极,那胸膛里的心如若慌乱的鼓点,这又是什么道理? 王景诚不禁自问。

惊黛抬头看那夜空里的昙花一现,又想起不济的际遇,再无节日的欢欣,想来,这是给她的暗示了吧? 再美丽的物事,总是不经时光的洗磨,转眼便逝,说不定,连同自家的性命也是如此,生不逢时遭乱世,那些孽情因果,她亦想看到底,辨个仔细,可是谁保谁由一而终不出局? 这般念想下来,心如坠了深渊。愁烟如织,漫袭了眉目。

王景诚见惊黛只是不语,又见她面容沉寂,也约摸懂得了她神魂出窍的因由,也便闭了口,不再扰她的神思。两人各自沉溺于自己思绪里,只是无语看夜空一会儿红一会儿绿。

此时迎面走来三人,走近了才看见是一个穿着和服的女子牵着五六岁的孩子,西服男子则挨着她的肩走,甚是亲密。再近了,都听得他与她之间的对话,说的是日语,那女子碎碎笑着,木屐敲在路面咯咯地响。一家子缓缓从身边走了过去,王景诚笑道:"再好的景致,一见着他们便没有了心情。走,咱们去瞧瞧老五去。"

惊黛一笑,便随他上了唤来的黄包车。

车篷打开,将两人隐匿于夜的暗处。八月已是桂花香的凉秋季候,风一紧便凉意沁入肌骨里来,惊黛提着的小香珠坤包闪出粒粒寒意。王景诚将那西服披在惊黛肩上,惊黛这才低头看自己原来竟穿着一身吴妈安置的洋装短裙,是织小姐留下的,粉黛的呢纱洋裙自然抵不住秋凉如水。王景诚的西服及时送上来,惊黛无端想起燕又良,方才舒展的眉头又微噙起,也不过是露水夫妻之缘,水来了萍聚,风起了萍散,独独自己拿不起放不下,下了眉头,又上心头。惊黛暗自讽笑了自己,爱念嗔痴,七宗原罪里的其一,自己犯得不可自拔。遂决意不再挂想,随波逐流,随遇而安,岂不更好?

五爷伤势稳定,又复生龙活虎起来,只是一得劲那伤口便疼得厉害,只得乖乖躺在床上,教堂内的牧师照料他饮食起居,看情势很快便可伤愈回家。

【第八章】

潭影空人心

那真是一幢富贵风流的摩登楼,女歌手的靡靡蜜音飘出南京路上来,里面正是欢腾天地。百乐门不愧是上海灯红酒绿的名流之所,似是集所有绅士名媛,自是一派富丽堂皇。

门童打开玻璃大门,毕恭毕敬地道:"欢迎光临!"王景诚微微一笑,回头看了看跟在身后的惊黛。

洋装的女子,旗袍的女子,西服男子与着长褂的男子,金发黑发,黄肤白肤,各色人等,衣香鬓影汇集一堂,为台上那唱歌的女子鼓掌欢呼,五彩霓虹随台上乐音闪烁不定,白衣黑背心的侍者手托着高脚杯穿梭在人群中。

惊黛边走着边看那台上艳光四射的歌手,黑丝礼服裙,香肩裸露,手里一把描金富贵牡丹的小香扇,扇形正遮了半张脸,一双媚眼抛坠台下,那台下便是一阵浪声袭人,不住地向台上灯柱里的美人掷花和戒指。那女子湿红的朱唇含了一枝玫瑰,随乐音款款起舞,待要开口唱时便将那玫瑰掷下台去,却不偏不倚,花正掉在王景诚怀中。

又是起起落落暧昧的哨音,王景诚尴尬了面色,将花拂在地上,惊黛还是头一次见王景诚这般手足无措的模样,与想象中的大佬甚是差几分,掩嘴笑后,又奇怪,他又当是什么模样才对呢?在江湖里游刃有余,自然也必是欢场高手么?

王景诚与惊黛选了台下不起眼的角落落座，一抬头，便是各色悬灯数盏，华丽流光，脚下柔软，铺了猩红地毡。刚入座意大利式沙发，侍者便恭敬地弯腰，轻声道："先生小姐，晚上好，请问要点什么？"

王景诚笑道："两杯白兰地。"

侍者道："好的，先生，请稍等。"说罢，便背着手转身离去。

此时，舞池灯火燃亮，台上的乐音静止，胖胖的主持人上了台把着麦克风道："先生们女士们，你们还想一睹黑牡丹的风采吗？"

台下观众如痴如狂。"让她再唱，我们要听《夜上海》。"……"来一首《夜来香》！"……

胖主持道："安静安静，黑牡丹再献一曲，但不是《夜上海》，有先生点歌吗？"

台下却仍嚷叫着。胖主持巡视一周，蓦然见一个长褂男子站起了身，胖主持浑身一战，便见场下的侍者用托盘托着纸条儿上来，胖主持打开纸条，上面用正楷极是端正地写着歌名——《相见不恨晚》，落款是裴志坤，胖主持一抹脑门的汗，对着麦克风道："裴先生点的是《相见不恨晚》，有请黑牡丹！"

台上的爵士乐顿时响起，掩去了那想听《夜上海》而听不成的叫骂声。

王景诚啜了一口白兰地，对惊黛道："裴志坤在上海呢！"

惊黛顺着王景诚的目光，才见远处那面目模糊的男子，彩灯闪烁，只可看见大约的轮廓，他身后站着数名黑衣男子，想必保镖随身。惊黛顿了顿道："你不是要从这人身上下手么？或者我可以帮上忙。"

王景诚意外看了看惊黛，笑道："这裴爷还需细想了再下手，况且我也不能让你冒这个险，接近他的女子，都没个好结果，我不希望你去。"

话说着，那黑牡丹上了场，又换了一身礼服，宝蓝旗袍紧紧箍住玲珑身段，旗袍分衩极高，只稍抬腿，便是昭然若揭的样子，极是妖娆冶艳。

那裴志坤正大好兴致地看着黑牡丹的表演，嘴里叼了根雪茄烟，随从便即刻擦燃火柴为他点上。裴志坤吸了一口，黑牡丹美艳的模样在吐出的烟圈里，如是披纱，不禁咧嘴一笑。恰时，一身雅灰西服的男子端了酒杯笑吟吟地朝自己步来，裴志坤定睛辨认，正是闻名上海滩的斧头帮王景诚，九爷的得意手下。自己虽是在他地盘

上，但无论如何，他裴志坤是军队响当当的人物，身担官诰，比那些社会帮派自然风光不少，便打定主意佯装不曾看见。

王景诚何曾不知他的把戏，也拿捏了该有的火候，不卑不亢地步近裴志坤，对他举杯笑道："想不到裴爷好兴致，何时来的上海？怎么不通知我斧头帮，也好让我们款待裴爷呀！"

裴志坤这才站起身来，望了望王景诚笑道："哎呀，原来是斧头帮的诚少爷，裴某不过是来上海寻寻乐子，你知道，北平哪里有上海这等繁华热闹，也不像上海好气候，所以就告了假来了，又怎敢惊动了九爷大驾？呵呵，九爷近来如何？"

王景诚笑道："裴爷看你说的，你来上海还不是看得起我们这儿，九爷一向忙于帮内事务，不好出来走动，所有交游都由我来承办。"

裴志坤示意王景诚落座，又道："神龙犹可见首，而九爷我看比神龙还要神秘，是见不首更见不着尾呀，玄乎玄乎！我这次来了上海，九爷怎么也得给个面子吧？"

王景诚坐了裴志坤身旁，凤目在霓虹灯闪烁里辨不出其意，却仍是笑意钵满了道："莫非是裴爷瞧不起我王某人？那裴爷也太不给王某面子了！"

话音刚落，忽闻一声娇软的嗔怪："诚少爷才真是不给人面子呢！"

王景诚扭头一看，正是那黑牡丹。原来曲子已经唱完，她已下得台来，手里捧了满是观众献的花，她却是不在乎似的，话说着便将那些花全扔在沙发上，自己便软软地靠着裴志坤坐下了，风姿翩跹。王景诚笑道："牡丹小姐，人人想一亲芳泽都求之不得呢，我王某又如何敢不给牡丹小姐面子？"

黑牡丹却媚态十分，一双桃花眼溜溜地佯装生气，瞪了瞪王景诚，转瞬又脉脉含情，嗔道："诚少爷这么快就忘了方才拂掉我的花儿了么？"

王景诚不禁一笑，道："牡丹小姐这不是要折煞我么，眼见台下观众都巴巴着盼着你的花儿呢，却落到我怀里来了，我还不得让人分成几块扒来吃了？"

裴志坤手指抬起黑牡丹下巴，笑着看了看，却对王景诚道："诚少爷言重了，这是谁的地盘呀，谁敢在太岁头上动土？"说罢，伸手一捏黑牡丹的大腿，那黑牡丹极是腻着声地嗔了嗔。

话说得那么谦和，却在说话间放荡形骸，实则是挑衅。言下之意是说，只有裴某人我敢在太岁头上动土。

王景诚垂目一笑，仰头饮尽那杯中的白兰地，笑了对裴志坤道："裴爷，你便玩好，有什么需要招呼的，你便报上我的名，这方圆十里八里的，还不敢亏了裴爷。"说罢站起身来便离去了，如此对手之戏他已全无继续的兴趣。

那黑牡丹却依依地巴望了王景诚的背影，眼内是百般款留的情意，却只是当着裴志坤的面不好直说出口，只得恨恨的不甘心似的模样，奈何那裴志坤枯老的手又摸上前来。

王景诚走回位子，却左右不见惊黛，便想大约去了洗手间，而苦坐良久仍不见她，又想可能坐在这般奢华委靡的场所不合其性，独自回家了也未可知，便结了账匆匆回去了。

而这边厢裴志坤正欢场里搂着那娇艳的歌女不尽缱绻，饶是神魂颠倒，酒意侵入肌骨几分，更掺了靡情烂醉，总还是有身份的人物，百乐门不是放了身份纵情之地，便在那黑牡丹耳边咬了咬道："小美人，等着我，晚上……去我别墅……"黑牡丹十指涂满鲜红蔻丹，兰花指一戳，笑骂道："鬼东西，我就知道。"裴志坤摇摇晃晃站起身，往洗手间方向去，那步子只是飘飘的，踉跄着。

舞厅一出便是个迂回的走廊，尽头便是洗手间。廊壁的墙纸糊的是极娇妍的海棠，又精心地摆放了室内阔叶植物和垂缠的藤蔓。裴志坤嘴里哼哼着小曲儿，抬手扶去了垂落在额前的枝条，冷不防一抬眼，却见迎面袅袅婷婷而来一缕芳影，一怔，扶着的藤蔓又跌下来，枝条间隙里那抹娇柔媚嫩的涟漪笑靥霎时隐没于花色碧翠间。那时那刻呆立疑神，那不是姑射仙子么？只是眨眼，那罗衣胜雪的女子就已消失，裴志坤着急地四下里寻了寻，再无芳踪，又疑是酒醉起幻影，徒留了墙纸上的海棠菡萏开得正好。

待出得来，拧开洗手池的水，浇醒了半昏半迷的头脑，裴志坤又怔忡回想了方才的那一幕，不禁笑自己痴癫。哪个男子不爱女色，当她一颦一笑，一举手一投足，都满是芳华绝代，烟视媚行如妖似魅，容色空前貌如世外谪仙，最是精致的工笔都难描她的风情之美，试想如此女子，哪个男子不为之倾尽心思？

【第八章】潭影空人心

　　裴志坤暗自思索，似这近一生的艳遇里，都不曾亲见有哪个可以攀比方才那谪仙之貌女子，真怕不是凡间之人罢了，只是如何这般神游竟撞见了下凡的仙女来呢？这样一想，他便想将方才一瞬间恍神所见的绝尘容颜付诸墨端。

　　说起这裴志坤，除却女色与权力，竟还有一个雅趣之好，那便是水墨绘画。这雅好只是读私塾时最好的成就，如今这成就倒帮他将所猎之女都画成一轴轴美女十八春。政治、情色与文化相结为一体的人物，坐拥一角江山，又可检点众美图，他便时常觉得自己也与皇帝同有齐天之福。

　　上海的夜如此浓情似蜜，裴志坤一手拥了黑牡丹，一面又思想着那个仙女，急不可待要回上海的别墅去。透过轿车的玻璃车窗，只远远见一袭月牙白身影在百乐门的拐角处，正是淑女窈窕，倩影纤弱得令人怜爱，是所谓佳人起兮绝代。裴志坤一怔神，那抹月牙白色又消失在夜色里，忙不迭地叫停了车，下了车四下寻找，只是空荡荡，佳人凭空而去，裴志坤只是大叫可惜。

　　别墅里，黑牡丹披了米色浴袍出了来，一头湿发滴答淌水。裴志坤这时无论如何再画不下去，脑中的女子神牵于形，那形神隐约，一时顶真一时幻灭，便拿着笔毫对着宣纸叹了口气，眸似碧潭又娥眉，她的美、神韵不是能用那毫墨所能挥就。黑牡丹凑近身看，那宣纸上画着淡淡女子的身影，身旁是海棠，奇怪的是那女子面容，他并未画上去，只是望着轻叹，便轻笑道："想不到裴爷还有这般爱好，画我还不好画吗？来，你仔细瞧了，画好了送给我吧。"

　　裴志坤却摇了摇头："此女只应天上有啊！"

　　黑牡丹这才想到他画的压根不是自己，便气得哼哼着折身而去："我道是什么人，别是什么狐狸精来迷了你还不知道！"

　　裴志坤看着黑牡丹离去的背影，不免又一叹："凡俗女子，你懂得什么？"说罢，眼神飘出案前窗外，又喃喃自语道："不怕她是个妖精，就怕她不肯现身。"

　　王景诚回到家中，果然见惊黛已回来，连披肩的白狐毛裘都未脱下。惊黛笑道："我方才在那舞池子也甚没乐趣，人多，只觉得了头晕乎起来，又见你跟那个裴爷聊得正好，也便没有打声招呼便回来了。"说着，便脱了那毛裘，一身月白旗袍，显现恰好的曲线。

王景诚忙移开视线,道:"那种地方不合你清静的性子,人多杂混的,不舒服便早些歇息去吧。"

惊黛笑了笑,便缓步上了楼去。他立在厅中,望着她一步步踏着楼梯,不禁想起初见她时,她是何等落魄的人质模样;再又是女扮男装的部下,后成为尾随他们一路跟来的乞丐;现在,即便右颊上仍带有点点绯色蝴蝶斑。却也是清雅的样子,什么模样才是真实的她? 这般的念想令自己忽地一惊,如何竟生了那样的心思?

王景诚忙转过身去,背后却站着笑意盈盈的吴妈。

燕又良负手由内厅转入垂花门,那垂花门是一堵花墙,将外院的正厅与大门隔开,栽满爬山虎、蔷薇和木香,墙壁实为镂空,碧翠的藤萝便攀着那扇墙蔓延。入了门,便是抄手廊,廊外一处是假山水池,又以砖瓦砌了亭台,搭个小木桥,供人玩赏金鱼和各色鲤鱼,亭台则由燕母常置了焚香祭祀之用。

虽说燕府并不阔大,但这般小巧却也淡雅趣致,让小园林子也极富写意。

燕又良进了亭子,坐在石凳上,小水池子里的睡莲未逢花期,只余一色深碧的池水,也甚无玩赏之乐。他只是乏乏地向水中扔了片地上的枯叶梗,掉在水面引起数圈涟漪,而水里的鲤鱼大约以为吃食,竟跃起水面来,是一条红白相间的大鲤,倒是养眼得很。燕又良又捡起地上的小石子朝池子里扔去,惊得水里的鱼群四下逃散,不一会又聚集一处来。

许久不曾放松心情,赏鱼如斯,倒令沉郁的心事宽慰许多。走出亭子,往栽了几棵密竹的假山叠石处步去,此时气候适宜,真真令人不禁流连这园子来。

假山小桥更可看清那鱼群簇拥来去,各色锦鲤,一丛丛,成群结队地游弋,似生怕落单的,水中世界亦是热闹得紧。走了这么会儿,燕又良只觉身子乏乏,便席石而坐。冷不防一抬眼,却见石头上一首题诗,"回望高城落晓河,长亭窗户压微波。水仙欲上鲤鱼去,一夜芙蓉红泪多。风送红帆鹦鹉渡,烟笼碧草鲤鱼洲。"

不禁嘴里细嚼了那诗词,玩味十分,是板桥晓别里的诗句,不知何人游玩至此时兴起写下的句子。燕又良靠着那假山眯眼思忖,心思飘远了去,如是风筝,随未可而知的风力,在半空飘摇不定。

坐得良久，日暮风凉，袭来也觉得了寒意几分了，燕又良便站起身来往房内走去，却刚提步，便见近在眼底的台榭正婷婷来了一个女子。

那女子上身是霜色绣花制成的阔袖小袄，中袖，露出一截藕白手腕，襟小巧而低，牵了一路蜿蜒的银色盘花扣，同色系的褶裙，让整个人素得如一枝雪莲，行动处可见得是弱柳扶风，再细看之下，连她精致脚踝都清晰起来，承着的浅杏绣花鞋。那是谁家的小姐？ 小巧的脸形，眼璀璨如星，携了湖水的粼粼水波，淡淡蔷薇的脸颊，大约仔细敷了胭脂，红唇皓齿，红润而亮，一头乌丝如云，只用一枚珍珠钗子稳稳固定了发髻。燕又良的眼珠子再沿着她的青丝一路下，耳侧两旁垂着的是一对滴水状的琉璃珠，是那琉璃在日光里的闪烁，还是偷窥者的眼睛因这令人屏息之美而惊叹？ 燕又良只觉眼帘如被精光所刺，耀得睁不开来。而那女子分明柔若一泓秋水。

待走得前去，那女子被来人惊着，不由低呼，而燕又良更是惊喜有加，女子的眉目如画，这不是惊黛是谁？ 燕又良抢前一步捉住她的手肘，不可置信道："惊黛？ 你是惊黛？ 你竟是……真的惊黛么？"

女子一垂首，额前刘海乌黑一排，欲遮去灵气的双眸，幽幽了道："算你仍记得我。"

燕又良听罢，断定是惊黛不假，急道："怎么会不记得你了？ 你怎么好端端地不见了？ 是去哪里了？ 也不跟我说声便走了？ 我找遍苏城，全没你的踪影，今儿你却突然回来了，真叫人不相信，你果真是惊黛么？"

她却眼一瞪，嗔怪了道："你竟认不出我了？ 不过是这些时日罢了，你竟认不出了！"

燕又良扶正她的肩，左右细看，真是惊黛不假，便喜极而悲，将她拥入怀中，道："唉，你如何知这些时日我的生活如何过的，以为你不在人世，以为你远走他方，可是竟没个缘由，你便这样走了，我好不甘心，找了又找，却总没个消息，你是去了哪里？ 快告诉我！"

怀中暖如香玉的女子却一笑，道："你与我捉迷藏，找到了我，我便告诉你。"说罢，眼睛朝他神秘眨了眨，便挣脱他的怀，往亭子外快步走去。

燕又良只得赶紧跟住她，唤她道："惊黛，你别跑了，你别再跑走了，我好不容易找到你！"她俏皮地回头看了看他又笑，脚下步子生风似的，又快又疾，燕又良跑起来。只是奇怪，这园子分明不大，惊黛走入园子他便慢慢跟不上她的步子，只几个曲径的弯处，便只听得见她的声音，而不见其影了。燕又良着急地唤她的名，她却仍只是笑："来呀，你来找我。"

燕又良在园子里转了数圈，全不见她的身影，急出一身大汗，又听到她的声音从后面隐约传来，便折身循声而奔，不料却踩着一颗石头，脚下滑动，便向地上跌落。

燕又良猛地惊醒来，自己不好好地坐在方才赏鱼的小木桥边么？那么，是一场梦？而燕又良却是不死心，站起身来，朝那亭子奔去，亭子处哪有什么人，只余空空的园子。而方才一幕，如此生动逼真，真像现实中的相遇对话，连她的肤发服饰都看得那般仔细，怎么一醒却原来是场泡影呢？

燕又良失魂落魄坐在那石凳上许久，心思只是沉寂，心神回复往日的光景，想起与惊黛的缘竟薄如纸笺，风起缘生，风息缘灭，全无定数，人生真是浮萍般聚散，谁来谁去都不由自己，与惊黛如此短暂的光阴，仿佛她只是前来救治落难的他，当他已转向安好时，她便功成身退了，消失得无踪无影。

如那方才的梦一般，来去皆如仙子。

暮色已渐次浓重，本又是秋凉之季，燕又良在那石凳久坐，不觉已是寒气侵身，便这才收拾了神思，起了身往屋内去。

慢踱着刚走了几步，便只见抄手廊急急走来一个身着艾绿衣裳的女子，这已非梦中了，燕又良却突地寄望，住了步子，待她走近，燕又良方才认得这只是燕母的丫鬟碧绿。只见她神色急匆匆，燕又良那寄望徒地跌至谷底，他唤道："碧绿。"

碧绿大约是不曾想到那廊边还站着有人，不由吓一跳，面容却极快恢复平静："先生，您在这儿呢。"

燕又良负着手，走上廊里来，碧绿欠了欠身道："二姨太正寻您呢，在偏房内候着。"

燕又良嗯了一声，便慢踱了步子走开了去。

【第九章】

雁影过潇湘

　　燕又良踱到陈诗若房门前,不禁生了犹豫:若进,自己着实是不想进,娶她也非自己意愿之事;若不进,她跟着自己未得到过一丝温暖,也从未主动关心她,想来也是可怜之人。

　　这般想着,便一脚跨进陈诗若房里了,却听得一声袅糯生软的懒音:"碧绿,可寻着先生了? 他怕又是理也不理就走了吧?"

　　燕又良只是不吭声,站在房内的屏风前。那屏风是一扇檀木框蒙上轻纱,轻纱上描了桃色缤纷,是三月桃花萎败时林黛玉独把花锄葬花的景致,将林黛玉扶风身影淡淡描在远处,纱质上看来只是若隐若现,只徒得眼前纷纷从枝头跌落的桃瓣。

　　透了屏风那薄纱,隐隐可见里面四栏花床上的女子,正发散衣松,慵懒地半支着身子,那娇态必是冶艳至极。而燕又良却一动未动。

　　陈诗若在里头簌簌地下得床来,披上一件缎袍子,倾泻了一背的长发只是拢了拢,便莲花步子似的缓缓出来了:"先生不来也就罢了,也不是一日两日的事儿了。与我熬的药汤好了没有?"迎目见是燕又良,不信自己眼神似的:"是你?! 又良,你……你来了?!"她又惊又喜,又慌又乱,惊的是不知这平素里只对自己冷若冰霜的丈夫竟今日来了房中,喜的是揣测他对自己的态度怕是有所转变,却又恼自己这般模样,发未梳,衣未穿的,总是见不得人,让他见了可怕会更瞧不起自己。一边又想唤丫头来倒水侍候，又觉不妥，只一时神色慌忙，手足无措的模样。

陈诗若的样子落在燕又良眼中，虽她并无惊黛那般灵秀之气，此时也不免楚楚动人，浅紫的缎袍让她再不似当日娶亲时那可憎的模样了。忽地想起方才她所说的药汤来，燕又良便装作漫不经心地问道："熬什么药汤？"

陈诗若知道自己此时素颜无半点脂粉，也必是苍白了些的，便渐渐酝酿起一腔幽怨之气，更使她如是病弱之躯。陈诗若轻声道："倒没什么的，只是偶感风寒罢了，如今秋风日紧，天干物燥的，上了火便容易着寒，只是一些小病。又良，反倒是你，平素里总不要我来照料你起居，如今这天气你需要加衣保暖了，也好让我放宽心，不然你病了，母亲责怪下来总是我的不是了。"

燕又良听罢她一席言语，心中自是一恸。惊黛一走，自己苦倒是没什么，只是又害了人家，明着是夫妻，暗里却是毫无瓜葛似的两人，见了面，极少的话，只为敷衍母亲方才有了人前的夫妻之仪，如若母亲不在，他拿她当什么呢？少艾新嫁，却如活寡，焉能不苦？燕又良这般一想，也懂得陈诗若背了人后怕是咽下了不少的泪吧，便轻叹一口气，在陈诗若身旁的红木圆凳上坐下。

陈诗若大感受宠若惊，不想燕又良今日竟来自己房中，还关切问询自己身体，坚冰怕有融化之日了，便欢天喜地起来，忙开了茶罐子，掏出新龙井来泡。茶香袅袅，燕又良心情复杂，却不知拿什么态度对这同样无辜的陈诗若。

陈诗若斟好茶，便忙梳妆，青丝净黑流亮，如是一幕黑瀑，桃木梳子由头顶顺溜直下，可见那头青丝真是滑如绸缎，只不知握在手中又是什么感觉？

陈诗若由镜中看了看燕又良，竟撞上他注视自己的眼，忙乱中只是一低头，粉面衍生霞色，如敷了层胭脂。燕又良怔了怔，这时的陈诗若尚有了几分惊黛的容姿，只可惜，瞬息之后那灵秀便消失。

陈诗若淡淡敷了层胭脂，方才起身。身上的袍子却刻意不系那腰间的带子，半敞着，内衣薄质，便缓步走近燕又良身旁坐下。

这才坐下了，燕母便掀帘进来了，身后是端着药碗的碧绿。

燕母见燕又良今日居然在陈诗若房中，自然欢喜，笑道："又良总算是知道疼人，诗若病了几日了，你一直不闻不问的，可知伤人心哪？今日晓得亲自来看一看，诗若

的病就好了大半了。"

一席话说得陈诗若脸如火烧，而一旁的燕又良心里五味杂陈，忙起身给燕母让座。燕母却按下意欲起身的燕又良，笑道："还是你们俩坐着吧，我这老骨头也不多在这逗留了。"说罢，由碧绿手中端了药汤放在那大理石桌上，又道："我送药来给诗若喝。诗若，这药待会儿趁热了喝下，别是凉了。"青瓷碗里八分满的黑汁生着白气，药味不时便弥漫开来。

燕母说罢便转身，正要离去仿佛想起什么似的，回头又对燕又良道："儿呀，今日你跟诗若可是新婚刚满一年哩，看到你们能好，母亲心里高兴，要惜福呀！"说罢便转身去了，碧绿抬眼看了看燕又良与陈诗若，也随了燕母掀帘而去。

一年了么？这么快的时日，如此说来惊黛已离去一年有余了，不错的了，去年此时，也正是中秋前，母亲忙前忙后张罗着让陈府的一家子来府上作客，自己流连街头，却是有家归不得之感，现在呢，还不是从了命娶了诗若回来？再挣也不过如此！燕又良心中又是一悲。

陈诗若偷偷瞄瞄了那燕又良，只见他一声不吭，面容悲凄，便明白他回想了往日，忙扯了话题来，到底今日是难得的机缘。她浅笑道："又良，你看你从开始至今从不来我房中，今日来了，又是我们新婚的一周年，便留下吃点小菜小点心吧，我……我还从未与你单独一起吃过饭呢。"

燕又良看了看她，想想也是，便点了头。

陈诗若忙吩咐下人，将一色好菜端入房中来。鸭血、鹅脯、燕窝、青蔬，两人的份，精烩好食，燕又良见罢，眉头微噙，道："你有病在身，吃这些太油腻，吃些清淡些的好，我倒是无所谓的，你有病就不能这般吃。"说罢，又命人将这几样菜撤了，端上枣子熬的粳米粥来。

陈诗若哪受过他这般爱护，只差没掉下泪来，眼内含了泪影，一一承接了。又不知说什么才好，只诺诺的，燕又良见她那样子，便道："你什么都别说了，吃下粥，喝下药，好生休息就是。"

陈诗若便乖乖地吃粥，从未想过同桌吃粥，也从未想过他竟这般关爱，今日的情景是在新婚时他拒人于千里外时万万不能想到的。

吃罢了粥又喝下了药，神清气爽起来，也有了些精神。诗若拿米色绣花手帕轻拭了嘴，心中不免浓情涌动，便近了近身，轻声道："又良，你今日……便在这歇下吧？"

燕又良却又沉了脸，道："你带着病，别想太多了。我还是回我房里休息。"说罢便要起身。

陈诗若听罢，一急，便站起身来拦住去路，袍子随身起风动而敞开，胸前起伏剧烈，道："你别走，咱们也是名正言顺的夫妻，都一年了，你还……你便不体恤我的苦么？"话音刚落，便是两行清泪簌簌而落。

燕又良背过身去。

陈诗若望着他威武的身躯，那是丈夫的身体，她从未得到过温暖的身躯，如今近在眼前，不禁上前猛地抱着他的后背，道："又良，你便忘了她吧，我也是你的妻，我有哪点不好？抵不上她半分么？"

燕又良却一下挣脱她的双臂，不由反感，冷冷地道："晚了，你好好休息！"说罢夺身而去。

陈诗若失魂落魄地望着扑动不已的帘子，是命么？当初是她自己铁了心意要跟随他。即便那不曾谋面的妻室早已人去楼空，而燕又良却人在曹营心在汉，只空有一副躯壳；即便是空壳，她也得不到，想着想着不由得齿冷。

当日那些警察抓游行的学生，她苦心经营了买通那个罗队长，将燕又良的妻抓了去，再让人莫名其妙斩了头，极是完美的计划。陈诗若以为，一切胜利在望，谁都不可与她争夺，在未踏入燕府之前，燕又良就是她志在必得之人了。而这一切在今天看来，却是再如意的算盘也有打错之时，燕又良死守对惊黛的情，丝毫不为自己所动，一年韶华只是空对了燕府的老母与那些下人。燕又良只是早出晚归，名为夫妻，却谋面极少，即便相对，燕又良也是视若无睹，而今日这般情景，是意料之外的惊喜，她见准时机，却还是扑了空。这个令人又爱又恨的男子呀，她揣在心里，日里恨着夜里想着，如今更是恨不得咬碎了他的骨，吃去他的心，将他整个完全占据。

陈诗若踢倒地上的熏香金笼，长发散乱地扑倒在床上。

由陈诗若房中出了来,胸中极是抑郁,府中的园子即使掌了灯,也不免黑黢黢的,花影横斜,暗若墨绿,举目当空一轮皓月,燕又良却苦笑,此时花前月下,独独缺了佳人。便转向廊中走去,也无目的,走到何处是何处。

走着走着,心深处倒是无由地箫笙渐起,自己吃一惊,如何竟想起她来呢?又想及那晚琵琶伴唱的曲儿来,细细忆着,那歌儿与此时的自己却有几分相似,叹那唱曲子的喉音柔韧清丽,一曲过后许久仍难忘于怀,不由得和着回想起来的调子低低哼唱道:"隆冬寒露结成冰,月色迷蒙欲断魂,一阵阵朔风透入骨,乌洞洞的大观园里冷清清,贾宝玉一路花街走,脚步轻盈缓缓走,他是一盏灯,一个人。黑影幢幢更愁闷……"

他不是贾宝玉,却也有贾宝玉的一般的情痴与失意。却道是人生无不散欢宴,任是奢华空前,语笑嫣然,仍是阻止不住的茶凉人散。燕又良吟起一首诗,人生代代无穷已,江月年年只相似。不知江月待何人,但见长江送流水。白云一片去悠悠,青枫浦上不胜愁。谁家今夜扁舟子,何处相思明月楼?吟罢,却想是《春江花月夜》里的曲词儿,噫!又是她所唱的曲子。燕又良抖罢黑缎长褂,便出了燕府。

茶园子仍是热闹喧天,喝茶吃糕点兼听曲子的,又有兜售香烟的,生意正红火。燕又良步入茶园子,立马有机灵的伙计上前来:"客官,里面有请,喝茶听曲儿,才不枉今儿的良辰美景哪!"

燕又良摘下帽子,斜睨了他一眼,正要说话,掌柜的见是燕又良,慌忙放下一边的客人,笑着道:"哎哟,贵客贵客,是燕少帅来我这破茶园子,实在是令我茶园蓬荜生辉呀。前两次您来,我这老眼昏花的愣是没认出您来,太不应该了,今儿这么着,燕少帅今晚喝的茶全数免费,如何?"

燕又良见他如此殷勤,自然明白只是江湖上的客套话语,并不是为着什么交情而来,便笑道:"那便不必了吧,掌柜的也是生意人,哪能让你亏了呢?"说罢,四下里瞧了瞧,见在堂前唱曲子的姑娘并非那牧莺,便又问道:"那牧莺姑娘不唱曲子么了?"

这一问却像是把掌柜的给问住了,牧莺正给一个他小生意人得罪不起的官儿独唱着,而这燕又良他更得罪不起,左右为难的,便对燕又良道:"燕帅,您看这样可好,我另再给您安排一个唱得比牧莺更棒的姑娘来?"

燕又良听罢,即刻明白他的意思,道:"牧莺姑娘替谁唱着?"

掌柜的支吾了一会,权衡着利弊,想着到底燕又良的官更大些,便捡了实话说:"是警察局的赵局长,二楼雅间呢。"

燕又良噔噔噔地上了二楼,便隐约听得黄莺婉转的音喉,循声而去,打开了雅间的门,见赵局长与那罗队长正摇头晃脑着,牧莺的琴音倾泻而来,正唱到:"五张机,芳心密与巧心期。合欢树上枝连理,双头花下,两同心处,一对花生儿。六张机,雕花铺锦未离披。兰房别有留春计,炉添小篆,日长一线,相对绣工迟。"

只见牧莺今日抚的琴是筝,极是伶俐的曲音,双手一揉一划,便听得清凌高远的琴音剖金断玉般流泻而出,响彻云霄,看她指法娴熟,浓淡皆有情意,甚是悦耳。

自那次在坊间见她台上弹琵琶唱曲后,已有一段时日未见,而今赵局长亲点她独唱,可见名声鹊起了。便进了间内,笑道:"赵局长好雅兴,听曲子也不叫上我?"

那赵局长与罗队长冷不防有人进了雅间,被扰了兴头,正想发作,起身回头却见身形顽硕的黑褂男子,不由一愣神,随即大笑了迎去,道:"呀,是燕帅大驾光临。罗队长,快让茶园子上上好的毛峰!"那罗队长不及整衣裳便颠颠地跑去唤伙计去了。

燕又良一边坐下,一边笑了道:"想必赵局长也爱听这样的曲儿吧,才独乐乐来了。"说着看了一眼牧莺,牧莺也正瞧着他,不由两人都是一笑,好似心通灵犀知会意。

赵局长忙尽阿谀之事,毕竟燕府太太至今寻而未得,若追究起来,他的乌纱难保。燕又良只是有一句没一句地与他搭讪着,赵局长见燕又良只为听曲,志不在那事之上,便找了借口推托回去,别是等到燕又良心情一败究起他的失职来,那时再走也无意义了。

与燕又良告辞出来,下了楼,寻到茶楼掌柜,便对那掌柜的道:"雅间燕帅的账我付了,你们好生待候着。"掌柜的诺诺称是。

刚要拔脚去,又回身凑近茶楼掌柜的耳边道:"你再给那个老娘们儿限个时日,就说,我赵局长再等下去就怕没了耐性,到时看她怎么收场,一个子儿也收不到,好生让她识时务些!"掌柜的俯首忙不迭地点头答应。

送罢了赵局长与罗队长，掌柜的寻去那个妇人的房间去。老妇人精瘦，半躺在榻上抽着烟。掌柜的道："赵局长方才发话了，若你再不应，怕我也罩不住你们这几个了，损失了一个牧莺有什么？好歹图个长久平安宁静！"

妇人吐了烟圈，不疾不徐着道："今儿一个牧莺，明儿是谁？我好容易调教出来的人，才上了台面，那老家伙就想要去，又想要省钱，他怎么不去春红院那样的地方找找？我们清倌人靠的可不是那些，我们卖的是手艺，不是身体！"

掌柜的恼了起来道："那你们就卖艺去吧，不过我这茶园子小，容不下你们，得罪了赵局长，我吃不了兜着走，我还不想因为一个姑娘就把这茶园砸了，你们看着办吧，我是把话带到了，左右是如何，也是你们的事了。"说罢，便摔帘而去。

妇人忽地从榻上起身，不由指着那门帘处尖着嗓子骂道："你们茶园生意能这么好，还不是因为我们曲子唱得好，如今做大了，便想要拆台？告诉你，没门儿！我没好日子过了，你也甭想舒服了！"

牧莺弹琴不俗，指尖一挑弦，便"铮"地荡起回音来，十指从容，抹、挑、拢，琴弓左右时而错手，时而低息，亦时而激越，弦颤音发，不绝而出，如是嗖嗖地射出琴刀。

燕又良抿嘴一笑，道："你是否有心事？琴音好似有怨怒之意呢。"

牧莺正弹到酣处，听他话语，只是一愣，手下也停了停，暗想他竟没有唤自己为牧莺姑娘呢，而是唤作你，这听来似有暧昧，又不知自己是否心思犴呢，不由赦了脸。

燕又良正凝神看着她弹琴，定睛之处越听得她的指法有些凌乱，不再从容，似急流湍湍，调子变了味，韵律全无，不由注意起她来，而牧莺越发错了，竟错弹了一音，牧莺忙罢了手，笑道："再熟的曲子也有错的时候。"

燕又良玩味着她方才的错音，道："你应是弹唱高手了，连赵局长都亲自来听你弹唱，怎么会弹错？我方才也听出了你琴音中的心事了，是否有事相扰？"

牧莺起身，一身丁香色褶裙如是流逸而来的粉紫落瓣，又见她青丝堆云，肌骨小巧玲珑，好一副古色古香的美人模样。只是这美人噙眉轻叹，道："生不逢时在乱世，身为女子，难在险世中立足。总是颠沛流离，飘零如枯叶，遇水则迟早掉落泥淖，遇土也早晚腐化为泥，保全一时，难保全一世呀！"

燕又良暗揣她话中之意,却不明她所说何意,总大概是个不得心的事情。此时的牧莺与初见时的落落大方已有了差异,那时大约刚出道,只是说该说的,不该说的也说,台上一坐,也不管台下观众如何,只自己弹唱。而眼下时局混乱,一个女子这般行走江湖,总是难免有不得意之处,或者说,因为身为女子,怕是遇到的难处比男的更多些。

燕又良便道:"是否遇到难处? 或我可以相帮,你不妨说出来。"

牧莺失神的眼听罢他这一言,如得贵人,不由得咄咄闪出精光来,只是转瞬又黯淡下去。她只是想,自己与他无亲无故的,纵是相帮,也有限度,而此事非同小可,他未必……且以自己的事难为他,也是极不愿意的了。这样想来,便还是算了数,勉强起笑意,道:"各家有各家的经,罢了,你来这是喝茶听曲子呢,我倒来诉苦,方才的曲子我再弹。"说着便坐回古筝前,手起琴漾。

燕又良见她不肯说,也不勉强,这回曲子没错了,却未曾弹出情真意切来,总像缺失了点睛之处。一首曲如是一个魂,知其者方才得其音,方才奏得出其深意,如果抚琴的手指失却了对曲子的亲近,那曲子只是曲子,是没有生气的死物罢了。

燕又良只是奇怪,方才刚入雅间,赵局长听着时,牧莺所弹唱皆是精绝,曲凄歌悲,只是如何赵局长一走,牧莺反倒失了生气?

这样想着听着,牧莺一曲已终,她乏乏地起了身道:"燕先生,今晚便到此吧,我弹唱已是累极了。"

燕又良站起身来道:"好吧,他日我再造访听你弹唱。若有什么难处,大可与我一说。"

牧莺只是欲言又止,终是作了罢,道:"谢谢先生好意。"欠了欠身,便折身而去。燕又良也戴上了帽子。

燕又良行走在街头,热闹已然散去,零落的烟火纸屑,化成一地萎红,如是枯败的残花。行人也是寥落,只有几个嗜酒的混混仍在街头打闹。走得近些时,才听清他们说些什么。

"你就吹吧,谁不知道你大鼻子是吹大的! 哈哈。"

"大鼻子,你们局长也真他妈的老不正经了,见一个水嫩点的就不放过,也不留

【第九章】雁影过潇湘

给兄弟,多大年纪了都,黄土都掩到脖子根了,还他妈的色!"

那大鼻子的混混便是罗队长手下的小警察,也醉得不行,骂道:"他找个唱曲儿的小娘们儿算什么啊,那个老家伙,我知道他,哼,欺软怕硬的主! 奶奶的,今儿晚那个什么,燕帅一去茶楼,他姓赵的就不姓赵啦,姓熊,他整一个狗熊! 哈哈哈,罗队长说,他怕得要命,忙给燕帅让出来了,不敢……不敢再待下去了。再待下去指不定就调戏了那小娘子。"

一阵狂笑。

燕又良一听,打住了步子。

混混继续在街头笑骂。"你们局里的赵老头子,我看,得是个短命鬼。"

其他人问:"怎么说?"

"他担惊受怕呀,收受了多少黑钱,暗里放犯人,只要有钱,钱呀不但能使鬼推磨,还能让人推磨呢,这么把年纪又还色心不死,不被人暗杀也得是死在色字上头。"

"那老家伙,我看没几天工夫,准得纳那个唱曲子的小娘子进门去,还真抠,给五块大洋打发那鸨妈,人家也是认钱不认人!"咕咚喝酒的声响,"收黑钱收得流油啊,奶奶的,不然买下城西的宅子啊,黑,真黑! 什么时候我们也跟着捞一把去……跟着吃香喝辣……"

三个混混正喝酒聊得起劲,忽见一个男子走上前来,三人摇摇晃晃站起来:"什么人? 别妨碍爷爷我喝酒!"

燕又良却是一把抓住其中那个叫大鼻子的,问:"你们赵局长要娶唱曲子的姑娘?"

大鼻子拂开燕又良的手道:"大爷娶几个姨太太关你什么事儿啊? 快滚,别惹爷爷我不高兴!"

燕又良却横腿一扫,大鼻子一软便要倒下,却又被生生地扯着衣服提了上来,功夫好生了得,不是个好惹的货色,其余两个混混见状忙撒腿就跑。

燕又良低喝道:"你要命的就老实说出来,不然收拾你也不过收拾条狗!"

大鼻子酒醒了些,这才认识了眼前的人物,吓得屁滚尿流,忙趴跪在地上,磕头道:"是燕爷?! 小人有眼无珠大爷饶小人一命啊,饶命!"

"你快说!"

大鼻子却拼命摆手:"燕大爷,不关我的事儿呀,全是那个罗队长,是罗队长办的事儿,是他抓了你的太太给那伙人的,我只是手下,奉命办事,不关我的事呀! 大爷饶命!"他以为那事已败露,却哪知燕又良不过问的是赵局长欲娶牧莺之事,便为求保命,忙和盘托出。

燕又良一听,不由大吃一惊,惊黛竟是被警察局抓去的? 如一记平地惊雷。再详细问了问,不由悲愤交加,咬牙切齿,一股气血由胸中汹涌而出。

【第十章】

成灰亦相思

　　苏州城凉秋,清晨起了薄纱般的雾气,氤氲温润,让那黑瓦廊棚都尽沾了水汽,桥榭、楼台、亭阁、枕水人家的小木船,这是大不见形的艺术家之手所泼墨而绘的图画,任是一角,都是极美的苏杭风情,只差那丹红的戳印罢了。

　　街市一早便有热气腾腾的汤包,应该是那江苏靖江的蟹黄汤包,皮薄如纸,打开锅盖,热气中便见是一锅白净几近透明的包子,稍一动弹,里面汤汁隐约可见晃动,且香溢处处,直叫人垂涎三尺。

　　罗队长整了整警服,吸了口凉气,不由打战,从赵局长府中出得来,见那街市的汤包实在叫馋虫噬咬得饥肠辘辘,便坐了下来大快朵颐,吸溜着汤包里的皮冻,正呼美哉,却眼前见一个西服男子坐在对面,眼正直直盯住自己。罗队长张着的大嘴僵住,怔了会儿,忙将包子吐出,换上讨好的笑意,道:"早啊,燕帅,您……您不用去军部啊今天?"他自然是做贼心虚得很。

　　燕又良脸色阴沉,杀气腾腾地,盯着那罗队长,道:"罗队长,最近发了不少财吧?"

　　那罗队长缩了缩脖子,笑道:"哪能呢,我们也就领那点月钱,饿不死,也发不了的,哪像您呀燕帅,您是军统的大官,那才是吃香喝辣的呀!"

　　燕又良道:"军统的大官又怎么样,你罗队长还不照样拿我开涮吗?"那一字一句都是子弹,嗖嗖地射击,罗队长一听,便闻出了其中的火药味儿来。

罗队长只是担心那事儿败露,却又一想,应是万无一失的事儿,时过境迁这么许久了,他燕又良也已娶了妾,这事是黄土故纸堆,时间给它蒙了尘覆了灰,谁也不去注意它了,便咧了嘴,露出一口烟牙道:"您看您说的,我就是天大的胆子,也不敢拿您开涮呀,您真是会说笑,嘿嘿。"

燕又良却忽地一笑,那杀气褪去,面色阴晴不定的。那笑诡异十分,直叫琢磨他的罗队长心中极是忐忑。燕又良笑了问:"罗队长这么早从赵局长家出来,怕不是去警局吧?"

罗队长见势头已转,喉头悬着的那颗心定了定,道:"燕帅您不知道,我们赵局长有喜事了,这不派我去办事么?"

燕又良问:"什么喜事? 赵局长这么大年纪了还要娶妾不成?"

罗队长一脸兴奋,道:"燕帅算您猜着了,赵局长自从与您在戏园子看过了那小姑娘唱曲子以后,就被那小姑娘迷住了,要娶她为妾呢。赵局长几乎天天都去听她唱曲子,出手也大方,但似乎那小姑娘不依,她妈妈也不肯放人,这不派我去说事儿嘛。"

燕又良只是风轻云淡了道:"那小姑娘是不是叫牧莺?"

罗队长笑了忙不迭地道:"正是正是,赵局长让我今天把这事给定下来,日后可要请您做主婚人呢!"

燕又良却忽地一喝:"放肆! 我燕又良的女人你们也敢动? 你们可真行啊,动了我大太太,如今也想动我三姨太?!"

罗队长顿时傻了过去,他竟知道了他们收钱抓他大太太的事? 这个茶园唱曲子的竟是他三太太? 从没听说过的事呀! 罗队长双腿软了软,吞下一口唾沫,道:"您说……您说什么呀,我怎么听,听,听不懂呢? 我,我局里还有事,就先行告退了。"说罢,就想溜,一转身,却衣领被拎了起来。

燕又良笑道:"罗队长那么急干什么呀,咱们来做笔买卖吧。"

那罗队长自然是走不成了,只得乖乖坐下,大汗淋漓起来,道:"做什么买卖?"

燕又良笑道:"这样吧,你去告诉赵局长,把唱曲子的这女子的婚事给退了,她是

我的人,谁也不许动,二则,你们在短时间内把我大太太毫发无损地找回来。"

那罗队长一听,退赵局长的婚事岂不是坏了他的好事?这不是简直要他的命么,不由得哭丧着脸,道:"燕帅,你干脆把我杀了吧,这事儿……"

燕又良笑道:"对,就是拿你人头作交换,这笔可是大买卖呢,办好了,你的头就还安然无恙地长在你脖子上,办不成,你的人头就得归我了,如何?"

罗队长本就怕死之人,不由扑通一下跪在燕又良面前,哭道:"燕帅,抓你大太太我们事前也不知道的呀,是人家给了钱,我们便……事后,你找失踪的大太太时,我们才发现抓的人是大太太。真的,我们也是蒙在鼓里!"

燕又良抓起他的衣服,狠狠道:"是谁花钱让你们这么做?"

罗队长哭道:"是,是……是城里的陈富绅……"

燕又良不由眼瞪如牛铃,原来如此!他气极而笑,怪不得那尊贵的富绅小姐肯委身为妾,不过是这样的名堂,抓去了正室的妻,她这妾也便成了妻,如此顺理成章之事。如此狠心的算计,如此狠毒的心思,与豺狼虎豹有何区别?

罗队长见燕又良一双眼血红,吓得簌簌而抖,道:"赵局长的事我这就给他去说,我这就给他去说。"说罢,又见燕又良仍是呆坐,便趁他不留神挣脱了一溜烟逃跑而去了。

燕又良独坐良久,方才回府。

燕母见他脸色不对,不由上前来问道:"良儿,你脸色不好,可是有什么事么?"

燕又良不语,只是往自己房中去。诗若自那次后,生起了些希望来,以为时间终究慢慢将他的心扭转,那个让他不顾一切娶回来的女子终会败在漫长的日子下,成为一堆记忆的飞灰。为得到他更多注意,便忙上前扶住他,道:"又良怕是公务繁忙累着了吧?"

燕又良笑了笑,又忽地摔开诗若的手,诗若在他猛力之下差点摔倒。燕母见状,不由来气道:"良儿,你这是干什么?你不待见诗若还不够,还想怎么的?"

燕又良听罢,一双眼狠狠地盯着诗若,诗若从未见过他如此冰寒而狠的眼神,如同恨不得生生吃了她,那眼中燃着熊熊怒火,只怕稍一靠近,便可将她烧成灰烬,不禁心寒地偎在燕母身后去。

燕又良却不说一句话，独自回了房中。

燕母极少见他这般样子，怕是心里有事气得不轻，实在不是惹事的当口上，便劝了那哭哭啼啼的诗若几句，由得他去了。

却说那罗队长战战兢兢地对赵局长说了燕又良之事，赵局长沟壑纵横的脸上倒是看不出喜怒，只是来回思量和揣度燕又良的意图，却越想越像吃了苍蝇般噎着。罗队长见赵局长并没有怪罪于自己的意思，便放松了下来，道："头儿，这姓燕的他妈的也太拽了，要么我们教训教训他，要么⋯⋯上军部去告他一状？让他吃不了兜着走！"

赵局长听罢，咬着玉石烟嘴儿，嗞嗞地吸，吐出一圈烟圈，又在来回地踱着步子。却冷不防，一个狠狠的巴掌落在罗队长脸上，打得那罗队长一个跟头扑在地上。

罗队长不曾想到自己竟挨了打，哭丧着脸道："赵局长，我⋯⋯"话未说出口，一口腥热，手一抹，满手深红。

赵局长沉了脸，怒气冲冲道："你以为我能拿这个姓燕的怎么办？办他？还不如把你办了来得让我解恨！"

那罗队长听罢，不禁暗自叫苦，不过是替人办事，最后自己落得背黑锅的替罪羊下场了。

燕又良往那茶园子去，白日客人少，伙计正抹着那方桌长凳，掌柜的则在高大的柜台后拨着算盘，见燕又良来，忙打足精神从柜台里出了来，招呼道："哟，贵客三回头，是我东杰茶园的福气呢。燕帅，您看白日里清静，难得您有闲情雅趣的，还是老规矩，二楼雅间有请？"

燕又良道："请牧莺姑娘唱个曲子就成。"

掌柜的高声唤道："有请莺姑娘二楼雅间唱个曲儿——"竟如拉嗓练音似的。

燕又良登上二楼，日影正好，白灿灿地铺在地上，菱花窗影子倒映着，抬眼，便见日影的光线里有许多灰尘粒子在弥漫飞舞。雅间清寂，窗子新糊的是湖翠纱，日头透了窗纱进来，地上便是碧汪汪的一片，如是一个小水池，清澈，亦一目即触其底。

燕又良往里步去，入了半月雕花门，便见里面悬着一个鹦鹉架，金漆粉成的架子，空余一条金链子在荡着，鹦鹉早已不知影踪。架上的杯子亦空空如也，燕又良抬手拨了拨那链子，便微微含了笑意看着它来回地摇摆。

"燕先生也爱养鹦鹉么？"那一声娇滴的脆音令人疑是山谷深处有百鸟朝凤，啁啾回转。

燕又良一回头，便见是牧莺亭亭立在那雕花门边，一手扶着那微垂的珠帘，玲珑秀丽如是梅绽玉枝，真真的好模样。燕又良不觉呆去。

牧莺以袖掩嘴偷偷一笑。燕又良方才觉得了自己的失态，忙转移了视线，清清嗓子才说道："我倒是不养鹦鹉的。"

牧莺笑道："燕先生请喝茶吧，是今年的新茶，极品毛尖。"说罢便从桌上端来一碗烟气缭绕的茶水来。燕又良接下，一闻那茶香，不由啧啧叹道："果真是茶中极品，这上等茶，乃至极品茶，无不对时间要求极紧，芽头长出来，外面刚刚冒出一片嫩叶，芽与叶分离的短时间内就必须飞快地掐下来，否则会影响茶叶形态与营养。清明前后是采茶的关键期，否则嫩芽一天一天往外暴，不采易老。"说罢，顿了顿，又道："因此采茶讲究手巧、手快，要求采茶者最好是年轻女子了。"

牧莺又是一笑，道："想不到制茶亦有这番功夫，咱们只说喝，哪知这茶叶来头也不小。"

燕又良笑道："何止这些呢，手工炒茶，这第二步就是萎凋。在竹篾筐中把茶叶薄薄一层摊开，叶上不能叠叶，在阴凉通风的房间放上半日即可。这便是行话里所谓的'杀青'，是整个手工流程中最重要的一步。柴火还得讲究温度，翻锅时讲究对火候的把握和力度、手位的恰到好处，最后一道工序是'提毫'，茶叶在八成干的时候辅以轻揉，嫩芽上的白色茸毛依稀可辨。如不提毫，则茶叶仅为墨绿色，全无灵动之气。所以这一杯上好的毛尖可谓是炒茶师的呕心沥血之成品，焉能不称是极品，如此方才珍贵无加呀！"

牧莺笑道："燕先生学问可真多，对茶也颇有学究。"

燕又良道："平日无所事事，也就拿这些来消遣罢了，可谈不上什么学问。真让我去干，那我便只有干瞪眼的份了。"

牧莺笑了笑,方才正色了道:"谢谢燕先生为我解了围了。"

燕又良明白她所指是退赵局长的婚约一事,便笑道:"何足挂齿。"

牧莺看了看他,却面露凄惶之色,道:"只是曲子我日后便再也无法再唱了,茶园和妈妈都要将我赶出去。"

燕又良奇怪道:"这干他们何事?"

牧莺道:"燕先生便有所不知了,已婚女子如何能再做清倌人呢?茶园和妈妈都容不下已婚的女子。"

燕又良却问:"已婚?你何来婚?赵局长再来缠不是?"

牧莺笑道:"燕先生莫不是忘了,您对赵局长说……说……"却一时语涩,百般羞意,不知如何再开口了。

燕又良细想,不禁恍然大悟,他对那罗队长说,牧莺是他的女人,叫赵局长死了那份心,而说此话不过是断了赵局长念头最好的法子,却不想把牧莺的闺女之名给污辱了。不禁自责道:"那日一时情急,脱口而出,却不想好心办了坏事,我给掌柜的和妈妈说说去。"说罢便要起身。

牧莺却急拉住他道:"燕先生,这是清倌人的规矩,只要身已有宿家,便不能再唱的了,这规矩万不可能会因我而破。即便是掌柜的和妈妈都允了,听曲子的客人也不会答应,只怕到时我更无立足之地。"

燕又良一时呆在原地,不知如何是好。牧莺则低了头不语。

恰时雅间门开,一个浓妆精瘦的妇人缓缓入了来,对燕又良欠了欠身,道:"燕先生,久闻大名,原来便是早年你给牧莺赏钱的那位贵人呢!"燕又良听罢不由想起来,当年与张正元来听曲的事。

妈妈笑了笑,妆粉厚得几乎可听得到扑簌簌往下掉的声响,她说道:"燕先生退了赵局长的婚约,您好意倒是救了牧莺终身了,却难为了我这做妈妈的,赵局长若娶牧莺呢,我还能收了赵局长的聘礼钱,这一退,我不但失去了牧莺不说,到手的大洋也飞了,燕先生这不是和我过不去么?"

燕又良一听,气不打一处来,愤道:"不然你想如何?"

妈妈道:"很简单,燕先生不是说牧莺是您的三姨太么?事已至此,那就让牧莺

109

第十章 成灰亦相思

真正担起这燕府三姨太的名头来吧。"

牧莺听罢，如雷炸在头顶，这妈妈算盘打得果然滴水不漏。失却了赵局长的礼钱，那本就不多的几块大洋，令这妈妈甚是心疼了多日，而如今杀出个程咬金来，反正人财两空，不如顺水推舟，至少还能挽回损失，换几个礼钱来，且，这燕又良与赵局长自然不能相提并论，燕先生是军统官员，出手必不会比那赵老头子差。

牧莺不由看着一声不响的燕又良，却不知他如何打算，若论嫁，燕又良确不失为一个好的选择，只是自己从未有过高攀之意，出身寒微，又是下九流的贱业里打滚多年，万是不能般配与他的了。

牧莺打定主意，便道："妈妈，燕先生救我也是出于一番好意，我感激不尽，但却不能因此将账算在燕先生头上，我的赎身钱我另想办法给您凑足了送来便是，这婚姻之事，岂是儿戏，东家不给塞给西家的。"

妇人却恼了，啐了牧莺一口，狠狠道："呸，你也敢这样对我说话？你知道我在你身上投了多少大洋？如今打了水漂了，你当然高兴了，出了茶园，不用卖笑了，不用卖唱了，亏死的是老娘！"

燕又良喝道："够了！"

妇人与牧莺不禁噤声，双双看向他。

燕又良道："这还不简单的事？我娶牧莺，多少礼钱我给你便是！"

"我不允许你这么做！"燕母拍案而起，梨花木上的茶碗漾出茶汁。一直默默站立的诗若不觉指甲已掐入掌心，许久方觉得了疼意，待松开时便见青白手心里忽地起了半月形的指甲印子，红若刀痕。

燕又良却浓眉一轩，俊逸风流，他笑了笑，道："母亲，难道不是你说男人有个三妻四妾是很平常的么？"

燕母气噎，提着绢子的手指了指那堂下站着的牧莺，厉声道："她是什么人？茶园子里唱戏的人！这种人怎么能进我燕府的大门？你是纳妾，可不是听曲子，什么人都可以让她进来！"

诗若顺着燕母所指，抬了眼看去，那女子米白浅粉的花样襟衣，同色系的褶裙，样子伶俐清爽,柳眉杏脸,甚是妖媚。那女子听堂上燕母那般厉声,头微垂了下去,神色已是万般不堪。诗若不忍再看,那胸腔中的心已是跌成支离破碎的碎片,片片都折出凌厉寒光。而脸上冷意一瞬即逝,笑了笑,走上前对燕母道:"母亲,若是又良真心喜欢倒也未尝不可,这女子模样长得也好生令人怜爱。"

燕母与燕又良均不免吃惊看向诗若,只二人所怀心事不同。

燕母却心意已决地,道:"不行!门不当户不对,传出去岂不是令我燕家门面尽失?还让我老脸往何处搁。"

燕又良看了看站在堂下梅树旁的牧莺,笑道:"母亲若不允,我也没办法,只不过,我会在外面买个楼给她,日后我便住那了,省得你们见了心烦,也是两全其美之计。"

燕母听罢却是气极,几乎趔趄,声音里有了呛意:"你说什么?你……你……我是管不了你了……任你浪荡去,你去吧,带了这么个来路不清不楚的女人……我真是管不了你了,你权当没有我这个母亲。"说罢,就要拂袖而去。诗若却拉住了燕母,柔声道:"母亲,如今也是民国了,不像旧时那般讲究门当户对的,眼下什么都新潮了,又良娶她,想必也是喜欢,若是这姑娘对又良也是真心,我看,这桩事儿便由着又良去吧。怕就怕,人家的心不知是冲着什么来的,您说呢母亲?"

燕母回了头,也不看燕又良,甚是威严了道:"咱们燕府是名将世家,多少人眼巴巴着想攀龙附凤,又良,你仔细掂量清楚了,她是什么来头的人,不是为娘的心狠,若不是为着你好,我可管你这些事儿?!"说罢,便拂袖而去。

诗若转身随燕母去,却顿了顿,特意再看了一眼牧莺,那眼中甚是意味深长。诗若的眼神落入燕又良眼中,已是明白几分,却又不禁微微笑了笑。三人的一幕如是做戏,都是互相看着,暗中有力量相较劲的火花迸射而出,却是无声的战场,诗若捂着淋漓鲜血的暗伤退了去。

牧莺见诗若走远,便对燕又良道:"如此看来,你母亲说得不无道理,毕竟门不当户不对,我又是唱曲出身,实在无法……"

燕又良打断她:"什么无法有法,我说娶便娶,这次谁都不能阻止我。"那般决断的一席话令牧莺心中不禁一动,却无法置信,昨日已是悬崖断路,今日便柳暗花明,

命运起起伏伏真难判定。万丈红软，良人果真是他么？

燕母气极地坐在太师椅上，不禁气道："诗若，你怎么反倒替那逆子说起话来，让他娶这么个女子回来，这成何体统？你也不想想你自己！进了门多长时间了，又良竟一宿也不曾在你房里待过，我如何抱孙子？"

诗若听罢，百般忍泪，抑住泣音道："母亲，又良心不在我身上，再如何也是拴不住，今日若是阻止了他，他本就对我无甚好感，那日后怕是对我更恨入骨头里去了，且说，今日没她，明日呢？大明日呢？日复一日……"再无法说下去，两行水痕便坠落下来，苦如莲心，旧恨未消新愁又来，真叫人难以招架。

燕母不禁怜爱地拉起她的手，轻拍了道："可怜见的，又良这孩子，我却不知道他心里是怎么想的，这么好的宝贝在跟前，却生生地看不见！唉！作孽哟！"

婆媳两人相对说话流泪，又互相慰藉，如此直至夜深了才让碧绿送诗若回了房。心碎身憔，诗若远不比刚进门时好看，只余了一副枯骨般，走着路只觉得步子飘飘忽忽，碧绿见她精神惨淡，忙扶着她进了房，又替她整理了床被，这才退出来。

燕府园内寂静得紧，碧绿快步往燕又良房中去，房内灯火昏暗，碧绿轻盈了步子探前，门窗棉纸戳开一个洞，便细细寻他身影，却见燕又良坐在书案前，脸上覆了一本书，如是睡了过去。

劝月正捧了洗脸水往这边来，见了碧绿，便道："绿姐姐。"

碧绿被吓了一跳，忙提脚而去，一边还说道："劝月妹妹，侍奉先生洗漱呢？老太太让我过来瞧瞧先生，我看先生也要睡了，那我这便去回老太太去。"说罢便匆忙地离去了。

劝月捧来水盆，见燕又良打盹，便轻声道："先生，先生，洗把脸再睡吧，你要的水我端来了。"燕又良许久方才嗯了一声，劝月轻旋身，不经意眼角瞥到书案上的一封电报文，上面寥寥数字，甚是清晰：我在上海见到与惊黛长相极相似的女子。落款却是张正元。

燕又良面无表情，却有了疲惫之色，从未见他如此黯淡神情，劝月不禁问道："先生，身体不舒服么？"

燕又良一笑，道："没什么，只是累着呢。"洗罢了脸，精神清爽几许，思想里却奔腾如若千军万马。

劝月顿了顿,问道:"太太在上海么?"

燕又良一怔,笑道:"不知道,这事先不要对任何人说起,明白吗?"

劝月怯怯看了看燕又良,忙点头。

燕又良又道:"这些时日我要离开一阵,你照顾好牧莺姑娘,她自此便要在这燕府里待下去了,日子恐怕也不好过,我走了,怕更是艰难,托付你照顾着我还放心些。"

劝月笑道:"先生放心便是。"

燕又良躺在床上时却又辗转难眠,两眼瞪着那苏式花灯,灯是以极轻的绸子扎成的,金粉笔勾勒了花枝花茎,艳丽的色儿泼似的,悄悄开在花灯周身,红丽的流苏穗子,独自垂着,在这貂帐绣衾之间点起这盏绿萼梅花的花灯,实在可爱,连床前小香几上放着的一瓶红绿梅也分外好看。只是床畔无人,这漫漫的长夜里,孤枕独眠,半夜惊醒,旁侧空空如也,他日思夜想的人儿呢,鸳鸯枕,龙凤被,都成了嘲讽他一人的物事罢了。

【第十一章】

何日是寻年

随东三省陷落，全国上下的局势越加紧急起来，"九一八"之后的日本更是撕破虚伪的面具，彻底显露侵略者的真实面目。日军过处寸草不生，江山满目疮痍，人民流离失所，烧杀抢，日军对中国实行的"三光"政策等诸多暴行令国人愤激反抗，农民自发组成民兵游击队，青年学生亦发起参加八路军上前线热潮，青年救国团则处处发动示威游行，高举反日抗议的标语，群情激昂，鼓舞人心。而在全国抗日呼声空前高涨的此时此刻，蒋军却态度暧昧，以退守为一味寻求和平解决之道，各大报刊刊登抨击蒋军做法文章，而蒋军并不为所动，按兵不动，激起各界不满。

燕又良将手中的报纸扔到桌上，神情似有悲痛，不禁扶额闭目，跌坐椅中。副官进了来，见燕又良闭目养神，而方才看着的报纸如被揉作一团扔在桌上。他小心翼翼轻咳了声，燕又良只是当做未闻，仍在躺椅上噙眉闭目，一时便只得站在原地。

副官站立一会，那燕又良方才缓缓睁眼，低沉嗓音问道："何事，你说。"

副官这才道："那北平裴志坤一心想拉我们一起合作，恐怕是日本那方的指使，少帅，您是怎么打算？"

燕又良阴沉的面容此时展开一丝诡异的冷笑，道："合作！当然合作！我只是一直未曾找到最恰好的时机，裴志坤不是我想吃的肉，只要日本人开了口，与日本人合作，这才是我想要的大肉，要么不吃，要吃便吃肥肉！"

副官听罢，吃惊地看向燕又良，而燕又良定定看住他，眼内闪烁狡黠智慧的亮光。副官细想了想，又想到燕帅好友张正元，不禁拍了拍脑袋一笑，恍然大悟。

忽地似想起他事，副官忙正了正脸色，又道："燕帅，人我们抓到了，斧头帮的情况也大致探了个虚实。"

燕又良忙上前来道："那人呢？快，快带来！"

副官听罢，便到门口一挥手，进来两个黑西服男子，挟持着一个摆动不已的麻袋，其中一个西服男子将那麻袋拿去，燕又良却见一个短发俏丽的小女子，双手已被反捆，嘴巴里塞着一团布，正呜呜地闷声叫着，而两眼怒火熊熊瞪着燕又良等人。

燕又良不禁大失所望，不免皱眉对副官道："我不是让你找太太么？这是谁？你还用这般武力将她抓来！"

副官欠了欠身，道："燕帅，这女子确实是斧头帮九爷的人，据说，还是关系非同一般，我实在找不着太太下落，又想太太在斧头帮手上，不如我们将这女子来交换太太，岂不是没有办法中的办法么？"

燕又良无奈地转过身去，副官忙挥手示意让那两人将捉来的小女子带下去，燕又良道："斧头帮是怎样的情况？"

副官不紧不慢地道来："斧头帮帮主九爷，据说此人来自安徽，为在龙蛇混杂的上海滩安身，召集一帮在上海的安徽同乡组织起'安徽劳工上海同乡会'，九爷可谓孤军奋战，建立黑帮恐怖暗杀组织——斧头帮。为求自保，他们打造了百把利斧作为防身武器，以不择手段实现自己的革命理想。此后这一百把斧头将上海滩杀得昏天黑地，斧头帮从此声名鹊起，这个神秘的人物行踪飘忽、神出鬼没，屡屡出手不凡。封建余孽他杀，党政要人他杀，日本鬼子他杀，贪官污吏他杀，汉奸特务更是他的下酒小菜。他挥刀举枪马不停蹄，一路畅通杀，从合肥杀到上海，从上海杀到南京，从南京杀到武汉、福州、香港、南宁……一言以蔽之，天上飞的地上走的，上至达官贵人下到爪牙爬虫，没有他不敢杀的。所以上海这一带，一听说斧头帮，都是谈之色变。"

燕又良若有所思，来回地踱步。

副官续声道："只是上海滩青帮金爷与杜月笙却不是与斧头帮同一条道上的，传闻，青帮素与斧头帮井水不犯河水，却在最近，青帮像是刻意要犯斧头帮，暗杀九爷，

只是屡未得手,又制造事端,嫁祸斧头帮,眼下斧头帮因为人多势众的青帮所发难,有不少仇家追杀,又是军统机要处戴先生头号悬赏要杀的人物,斧头帮气势似不比以前了,也不知是有意避开风头,还是真的元气大损的缘故。"

副官又道:"我们暗中调查得知,太太便是青帮冒充斧头帮名义绑架青年救国团时一起抓走的,青帮人正想动手时,九爷的人及时赶到,才破了青帮的计谋。太太也是为斧头帮所带去了。"

燕又良忽地回身,瞪住副官:"如此说来,还是斧头帮救了太太?现在又不将人送回,他们是闷葫芦卖药,究竟是什么名堂?"

副官道:"怕就怕在斧头帮想对燕帅您不利,所以我才出此下策,将九爷的人捉了来,万一斧头帮想以太太要挟燕帅您,我们也好手上有个回转的筹码。"

燕又良听罢,不禁默然,思索良久,方才道:"按你方才所说,斧头帮只对汉奸下手,我现虽不是什么爱国忠烈,倒也不是他们铲除的目标人物,他们恐怕也不敢对太太怎么样,只怕是裴志坤数次拉拢我之事,如若我倾向于他,太太方才有危险。"说罢,不禁一拳砸向书案,案上纸砚微跳而颤。

副官抬眼看了看眼前这威武的男子,一身墨绿军服笔挺如新,军长靴黑亮锃锃,这威名一时的英雄如今却微弯了腰,头埋在两臂间。何曾见他皱过一眉?何曾见过他痛苦至此?更不曾见他为哪个女子如此动了心思,即便他对于惊黛是不善传情达意的木讷,而不过是因为军人的严于律己与不苟言笑所致,他是明白他的,从来神情自若的英武人物,如若不是真爱刻骨铭心,他绝非今日此时这般神思恍惚地落了魂魄。

良久,燕又良沉了声道:"副官,如果还不能找到太太,安排我与斧头帮九爷见一面。"

副官听罢,立正了道:"是!"说罢正要转身去,燕又良又道:"方才那个女子,你们好生款待着,别委屈了人家。"副官应了声这才出去了。

燕又良由窗口望出去,黄浦江上两艘客船正缓缓逆水而上,汽笛声声,他不禁心底默念,惊黛,原谅我在你最需要我的时候,我却不在你身边,你救我一命,而我如今却连你的安危都不知……

王景诚一入门来，吴妈便探头四下里看了看，见无人，便在王景诚身后问："织妹呢？"王景诚神色不定："这丫头就爱四处跑，现如今被苏城军的燕又良抓去了，我看这事儿他也冲着惊黛去的，织妹安危倒不必担心。"

吴妈亦是担忧："这孩子，乡下那地方也是困不住她。"

王景诚走入花厅，见五爷已回，原来这五爷伤一好，便往外跑，清静的教堂着实让他闷得长了霉了。巴不得早日出来做事，只是一出来才知时局已朝更坏的方向栽去，不免大呼可恨。五爷本是浓眉大眼络腮胡的粗汉子，那眼一瞪，几分相似关公，他喝道："他娘的日本鬼子，老子躺了几天时间，就长驱直入了。"见王景诚进来，又呼："景诚，我闷了好长时间了，咱们什么时候动手吧，手直痒痒！不杀几个汉奸日本鬼子受不了了！"

王景诚若在平素定又取笑五爷，只是此时景织被燕又良带去，已属大事，玩笑如何也没了心情开，便道："老五，眼下就有机会，不过可不是叫你打打杀杀。"

五爷奇道："什么机会，也好让我老五显显身手才成！"

王景诚道："你带上一个兄弟即可，今晚随我去带景织回来！"

一直默然的吴妈却道："你们兄弟二人行事我一向放心，只是这燕又良如今尚且不是我们所寻的对象，但凡和气中求得平安。"

五爷两手抱拳，道："请放心吧！"说罢，王景诚便与五爷一并走了出去。

刚下到楼梯口方才听得他们三人谈话的惊黛却是懵然呆立。燕又良竟带去了景织么？他到底仍是寻上来了，寻来又如何呢？若真是寻了来，见还是不见？惊黛只是踌躇，刚提脚，又迎面撞上吴妈，吴妈严峻的神色忽地慈眉善目，笑道："惊黛姑娘，你这是往哪里去？"

惊黛只是被燕又良带走景织一事而扰乱了心神，再细想，这吴妈不是王景诚家中的老妈子么？而方才听她与王景诚和五爷说话的语气，竟如是位高权重的人物，连同五爷与王景诚都敬重她几分的模样，不禁心中莫名，这王景诚究竟瞒了自己什么事呢？

惊黛笑了笑道："吴妈，我需去厨房熬些胭脂来呢，这脸若不用紫罗刹，便要吓

着人。"

吴妈笑道:"惊黛姑娘,你可曾听过双面神偷的故事?"

惊黛好奇:"双面神偷?未曾听过。"

吴妈道:"早在多年前,这双面神偷也不过是乞丐儿罢了,只是这乞丐在机缘之下学得了易容术,从此江湖上威名大振,倒不是干了什么偷窃,而是这神偷专窃情报,易了容成了另外一个人……"说罢,一双眼炯炯有神而意味深长地看向惊黛。

惊黛渐渐在她眼中看见她那些未曾说出口的话,不禁大骇:"你是说,我这毒胭脂也可易容?"

吴妈一笑:"你原本不是现在这模样的,不是么?"说罢又笑,便转身而去。

惊黛看着吴妈的身影,越发奇怪吴妈的言行举止,如今她说这一番话又是为了什么?莫不是……点醒自己什么事么?

却说这王景诚与五爷和那一个同去的兄弟,一行三人去了燕又良来信所指定的码头。码头仓库大门洞开,黑黝黝如是怪兽的大嘴。有人前面领路,渐走渐入,便见燕又良一身西服坐在里面神情自若地喝茶。燕又良见前面走着的竟是一个白面书生般的人物,书生身后方才是彪形大汉,便断定这白面书生便是九爷,这才起身,两手抱拳道:"久仰九爷大名,今日一见,风度气度果然非同一般,来,请坐!"

王景诚已非第一次见燕又良,只是那次还是他娶妾时所见,当时人多杂乱,未曾仔细看个清楚,今日细瞧之下自是风姿潇洒的人物。听罢他如此客气,也是同是客气了道:"燕少帅客气了,我们九爷忙于帮中事务,所以特派我前来与燕少帅会一会。"

燕又良一听,不禁大笑,原来此人竟还不是九爷,只是九爷手下的人物,也必是心腹了。而燕又良身后的副官却恼怒地喝道:"放肆!你们九爷真是给脸不要脸!我们燕少帅如此真心诚意地找你们来谈谈心,竟只派一个毛头小子前来,把我们苏城军当做儿戏了么!"说罢便要拔出腰间的枪。

王景诚听罢也是一笑,不过是给人下马威的小伎俩罢了,王景诚起身欠了欠,道:"还望燕少帅勿见怪才是,我们九爷有个癖好,轻易不见人,但凡他见了的人,或是见了他的人,也都活不过二十四小时,所以,燕少帅,你看,我怎么好让你……"说罢回身与五爷对一眼,三人哈哈笑了笑。

燕又良举手阻止了副官拔枪,笑道:"敢情九爷也是给了我燕某几分薄面呢。"说罢,做了手势,那副官便由身后的部下手里拿过一方木盒,煞是玲珑朱漆金描的小香檀,副官将这小香檀放在桌上,打开盒盖,里面竟迸射出流丽的光彩来,本是昏暗的仓库,而里面的瑞物不掩光芒,直刺得眼睛睁不开,燕又良笑道:"这是我送九爷的一份薄礼,请转告九爷,他这个朋友我是交下了。"

王景诚不料他竟是先兵后礼这一招,定睛看那宝物,流光宛转之下,辨得那颗原是硕大的夜明珠。王景诚思忖这燕又良的用意,叫他们去这破旧的仓库绝非为掩人耳目之意,只是与方才那副官相同,都是对威名的斧头帮一个下马威,是要对九爷说,即便上海是你的天下,我燕又良也不带半点惧色,而如今又献宝珠,恐怕也并非是为交朋友而来,只是为了保惊黛的平安罢了。

王景诚摸清这燕又良的心思,心下便定了定,道:"燕少帅客气了,今日请我们来,恐怕不只是为了交个朋友吧?"

燕又良笑了笑:"还未请教阁下如何尊称?"

王景诚身后的五爷道:"是乃九爷的亲信诚少爷。"

燕又良双眼直逼向王景诚,这诚少爷虽面带了笑意,深处却是冷意十分,也是说不出的倜傥,而若是富家子弟,却未见半点纨绔之气,反见沉稳有数。燕又良笑道:"九爷的人也是我燕某的朋友,诚少爷,方才若有什么不当之处,还请勿见怪才是。"

王景诚看这燕又良顾左右而言他,话不在点子上,不禁开口道:"燕少帅,客气的话儿咱们便免了吧,今日你请我们来,我们也明白,只是恐怕燕少帅所寻之人不在我们斧头帮。"

燕又良听罢不禁问:"那她人在何处?"

王景诚道:"当日我们确实救下了贵夫人,可惜的是,我们回上海的道上,她逃脱了,如今我们也不知道她的下落。"

燕又良面呈苦恼,道:"半道上逃脱了?"

王景诚道:"贵夫人一听我们是斧头帮,怕是念想着我们帮派之人不属正道,所以逃脱了。"

燕又良思量片刻，便站起身来："既然如此，那我也不便再留你们斧头帮的人了。"说罢让副官带上景织。景织蒙着双眼的黑布被解下，顿时迷茫，不知身在何处。

五爷忙上前拉住景织上下打量，景织仍是白胖模样，不见伤不减瘦，便知这燕又良不曾亏待了她，欢喜了笑道："织妹妹，我是老五啊，我们来带你回家！"

景织定睛一看，果然是老五，这才蹦了起来："五爷，你怎么现在才来，哥，你们这才来救我！"

王景诚只是瞪了瞪景织不语，燕又良抱拳道："诚少爷，我们告退，只捎给九爷一句话，人若在你们那，便替我好生照顾着，燕某告辞！"

燕又良让部下送走王景诚等人，那副官不禁问道："燕帅，您怎么放走了人呢？"燕又良笑了笑道："不放又如何？时势紧迫，我们没有更多的时间精力再与他们周旋。况且如果真在他手上，他若不肯放人，我们还真与他们火拼了么？左右是带不回人，便让他们好生照顾好她吧。"

副官道："可是夫人还未找到呢，你确定人在他们手上么？"

燕又道："我看多半就在他们手上，他们江湖帮派最是讲仁义与义气，我既给了他兵，再又下了重礼，还放了他们的人，他们不会对惊黛做什么。"

副官问："那便让夫人留在那儿了么？"

燕又良似被问住，叹了叹，掐灭手中的雪茄道："我是怕，无颜对她，如若果真相见了，她会跟了回来么？"

娶诗若如此隆重铺张，她焉能不知，换作是他人，一样是如此。他如此洞悉她，不容半点污蔑，他娶诗若，便是对她最大的否认。他明白她。

却说王景诚一行几人回了王府，王景诚自是一番数落景织："如今乱世，让你躲在乡下，你怎么又到处乱跑，只晓得给我们添乱！"

景织努了嘴，气道："我好歹是留洋回来的，让我待在乡下可不是要把我闷出毛来？我要去抗日，做不了什么，我学医的可以救治伤员啊！"

五爷忙拉住景织："织妹，你别再惹你哥生气了，打仗救人是咱大老爷们的事儿，你一个姑娘家，又没有武功傍身，只怕是吃亏了。"

景织忿然道："五爷，你也太小瞧我了，当初我一个人在国外，还不是几年都这样的？现在全国上下都在抗日，就我一个躲起来清闲，这算什么嘛？"

王景诚不耐道："那是国外，现在是中国，战乱的中国，你任性去万一被日本人抓去了看你怎么办，可不像这次被燕又良抓去这般简单了，燕又良对咱们还是客气的，日本人一直视我们为眼中钉，到时只怕你……"景织打断他的话："日本人在我们中国如此猖狂，那更应该将他们赶出中国去，我身为中国人，就应当尽这一分力！"

五爷见兄妹二人争执不下，忙拉了景织往楼上去，回头还对王景诚道："景诚，我看你再说几句，织妹今晚又得玩失踪了。"

五爷将景织推进她闺房内，道："织妹，你便听你哥这一回，我们都怕你出了什么乱子，你哥就你一个妹，还能害你不成？"

景织却恼怒地大叫："他这样，简直与害我没有区别了，害我当卖国贼汉奸！"

五爷却不解："哎，这怎么能说是让你当汉奸了呢？"

景织哭道："他不让我抗日，这不是汉奸卖国贼么？"

王景诚不禁摇头叹气。这时吴妈进来，端了一杯茶，递给王景诚道："她是鸟儿，再大的笼子也怕是锁不住了。"

好容易安静了，惊黛方才出了房，问那王景诚："燕又良是来找我的么？"

王景诚凤目一转，侧头想了想笑道："你想跟他回去么？"

惊黛面容落寞："回去？不了，再是回不去的了。"

王景诚便道："那好，那你全当是他不曾来过便是。"

惊黛听罢，甚是哀戚般，转身而去。却哪能当他不曾来过呢，她是心中不思，眉间漏一丝，哪怕一点一丝都自是逃不过他的眼。王景诚看着惊黛的背影，不由握紧了手中杯子，杯中剩茶凉苦，他仰头饮下，不过是吃掉自己的心事罢了，不再让它欲吐而快，只却是，重新将它放回腹中，更是苦了滋味。

惊黛自然不曾觉察了王景诚异样的目光，默然回房，怔怔立在窗边胡思乱想。凉风过处，如是撩起桌上轻盈之物吹落地去。惊黛回头正待拾起，竟发现是一张字条儿。

便拿正了细看，上面蝇头小楷，方方正正写着：今晚百乐门裴志坤。落款是九

爷。惊黛又是暗中一惊，九爷？裴志坤？字条儿上次亦是收过，同是为九爷所留，却不知九爷留这字条是何用意？惊黛自上次与王景诚去了那百乐门，与裴志坤装作偶然的碰面，也不过是下了心机，只是这九爷如何知道的呢？且自来王府许久，从未见过这九爷露面，亦不知是何方神圣！

惊黛这般念想着，忽地被桌上当当响的石英钟惊起，这一怔神原就半日光阴了。便坐在妆镜前，镜中那人容颜正好，眉不描自黛，唇不点自朱，腮凝荔脂。打开紫罗刹的锦盒，直煞双目的颜彩欲夺人神魂，那真是神魔的法术，将她的破绽掩饰得滴水不漏，完美得直叫人不信任造物的神祇，而神祇给了自己这般蜕变，原是有他的用意呢！惊黛看着自己镜中的面容一笑，这用意，她想她是明白了。

她只是柔弱性子的女子，想的无非是与良人白发不相离，素手羹汤里终其一生，而若非这番变故，惊黛何曾知道，这副淡定若水的面容之下，其实亦是埋藏了一颗怀系天下的心。若论什么巾帼什么英雄，只是遥远之事，她所想，无非是与君相知，琴棋书画，亦柴米油盐，怕只怕如今国不成国，家不成家，何谈清静了却一生。是该步出闺房之时！

惊黛理了理那锦缎旗袍，站直身子，神情无比镇定。

五爷气急败坏地奔下楼来，大声道："这织妹妹太淘了，你们看，留了一封信又跑了！"王景诚忙扔了手中报纸，接过五爷手中递来的信，打开了悉数看完，不禁扶额皱眉："她什么时候安生些？"

一旁焦急的五爷直跺脚："我就说了这小妮子着实看不好还要逃，这下可好……唉！"

王景诚起身，负手而立，叹道："再大的笼子也装不下自由之心，让她去吧，起码她还是做她认为有意义之事，而非沉迷玩乐。"

那信笺龙飞凤舞草书：我去上前线抗日了，不要再找我。

【第十二章】

当路谁相假

中秋节一过，那空气便日见干冷，惊黛从王府出来，不禁将白狐毛裘的披肩往上拉起。夜霜浅薄，青石板路只见是泛起冷白光来，高跟鞋敲在那石板路面，在静寂的夜里，咯咯地回响，竟不尽的婆娑冷意与空寂。

拉黄包车的从胡同里穿出，轻巧而快的脚步，见惊黛一人行走夜路，不禁上前问道："小姐，坐车么？要去哪里？"

惊黛四下里看了看，道："去百乐门。"说罢便跳上黄包车。车夫口中一喝："好嘞，百乐门！"

到底是年轻的车夫，如鲨般在夜色的街道里穿行，片刻工夫已在百乐门门口处了。惊黛付过钱，抬头看了看那百灯霓虹齐闪烁不已，身旁自是贵客来往如云的这一幢琼楼，如是这乱世里唯一能慰人繁华假象的海市蜃楼，哪怕它仅仅是闪烁迷人却一戳即破的气泡。那些富贵温柔乡里追忆往昔的失势或得势之人，他们将花花绿绿的钞票撒满舞池，那是欲醒未醒又不敢醒的美梦，他们不愿面对炮火蹂躏下的家园，只能不惜千金买醉掩饰那幻灭的乌托邦。

而还有一类钟情于百乐门之人，便是驻扎在上海蠢蠢欲动的日本兵。自然如此现代红楼，在东瀛之地闻所未闻，东方女子的旗袍衩开到恰到好处，无不温柔迷人，他们如已展开猎杀的群狼，一面卖弄迷惑你的视线，一面却里应外合出击于不备之

时,法租界如斯歌舞升平,那一双双如饥似渴的眼,亦恋恋中酝酿杀机。

惊黛从容步入百乐门,霓虹明灭之下,高堂举目皆是来路不明之人。侍者托着高脚酒杯有礼地让路,惊黛兰花指轻捏起那晶莹的玻璃杯,鲜润红艳的两瓣湿唇轻轻略启,含了那杯沿轻饮一口,杯沿处赫然见半瓣若隐若现的红脂印子。惊黛放下那酒杯,将披肩取落,从容落座。

台上已非那夜所见的黑牡丹,另换了歌女在吟唱,轻喘换气,丽音宛转,唱的都只是尔侬情浓的柔曲子,听着只觉那把柔媚的嗓子揉搓在心头之处,令人不觉渐次酥麻了去。

一个侍者将一封信和一张剪报轻放在惊黛面前,声音低低道:"惊黛小姐,九爷已吩咐好,今晚一切都已为你准备妥当。"说罢便转身快快地离去了。

惊黛甚是惊讶,将那信打开,一看,又是数行小楷:今晚裴志坤与山泽浩武在百乐门包厢内会晤……惊黛看罢,不觉手心渗有汗意,是否这神秘的九爷太过厚望于自己,她只是这般弱小女子,何能轻松与这些凶狠狡诈成性的豺狼周旋?不待细想,再拿起那张剪报,是日军侵华时西路军全军顽强歼敌而最后覆没的新闻报道,西路军死难者名单上,有一个名字被特意画上横线,惊黛看罢,如五雷轰顶,不禁再揉眼细看,没错,真的不曾看错,颜赤英!惊黛顿时明白过来,是九爷告诉她,日本人杀害了赤英,而今晚这个日本人就近在眼前!

良久,惊黛才发现自己竟不曾落泪,赤英已死,他死得其所光荣,这便不值得悲伤,而这世上也便再无亲人,唯一的弟弟都已死在日本人枪下,她还惧怕什么?赤英之仇不可不报,而这走狗汉奸更是一个都不可逃脱!赤英,你在九丈云天的英灵便好好瞧着!惊黛双手簌簌颤抖,将那信封缓缓放入坤包内,她站起了身,双目有怒火与哀伤交织喷薄欲出,只是瞬间,那异样便平复如昨。

那是为她精心准备的舞台,只候着她上台去演绎那令人心惊胆战的传奇。

舞池内灯光全部暗下,忽地刷刷打向台心,猩红的幕布无风自动,音乐骤然而起,多令人迷醉的午夜时光,所有上海风情都汇集于这方寸的舞台之上,台下掌声烈烈,哨音尖锐,再便是狼嚎般的叫唤。

那幕布徐徐而开,一个身形颀长,穿黑色燕尾服、戴绅士帽、拄着文明拐棍的男子缓步而出,灯光齐齐打向他,一曲《夜来香》轻吟浅唱,却来自这男子的嗓音,台下众人不禁怔愣,何以这男子竟拥有女子低柔而媚的磁音,竟能将《夜来香》唱得直撩人心。台下顿时鸦雀无声,只静静待他揭开那可恨遮去他容貌的帽子。

台上妖艳的舞女们尽情而舞,珠光宝影、浮华香风、纸醉金迷,都说不出这歌舞的魅惑迷离,那俊逸的燕尾服男子始终在那群舞女中自如对舞与低唱,帽檐遮去他半张面容,嗓音似女子,而燕尾服下颀长身体却俊得如是多情宝玉,他是她?又是谁?

二楼看台包间上的山泽浩武入迷地盯住那台上的焦点,贪婪双目咄咄精光,饮罢一杯酒,渐渐醉意,便问那一旁的裴志坤:"这首歌曲非常动听,是叫……什么名字?"

裴志坤忙欠了欠身,道:"这首是非常流行的歌曲,叫《夜来香》,山泽先生也喜爱听?"山泽浩武抚着下巴,不住点头微笑:"的确是很优美!"

音乐渐低,却在最后一个唱词中,那燕尾服男子猛地摔去绅士帽,一头如云秀发倾波般浪浪泼在背部,台下众人不禁惊艳,继而掌声雷动。

山泽浩武与裴志坤亦不禁看得入迷,山泽浩武咂咂嘴,赞叹道:"中国的夜来香也是很美丽的呀,虽然我一直认为日本的樱花是世界上最美的,而今晚这位女子的表演令我刮目相看,这朵中国的夜来香足可以媲美日本的樱花!很好!"说罢,他摘下白手套情不自禁地拍掌。

裴志坤看了看这山泽浩武,心下已是明白几分,亦不露痕迹地唤来侍者,问:"刚才台下唱《夜来香》是何人?叫她上来与我们认识认识。"

侍者忙道:"这唱歌的不是我们百乐门的歌女,是我们经理特意为裴爷和山泽先生请来演唱的。"

裴志坤满意地点点头,手一挥道:"快去!"

侍者忙退下。

裴志坤使了使眼色,站在一旁的手下便立马毕恭毕敬地为山泽浩武斟酒,金黄的液体倾入玻璃杯,如是敲碎的玉液琼浆漾在杯内,山泽浩武眯了眼微笑,拿起那酒

【第十二章】当路谁相假

杯,不无快意道:"今晚山泽很高兴与裴先生共饮美酒。你知道,我自从离开日本到现在也五年了,为了不辱皇军光荣的使命,我许久没有像今天这样尽情地饮酒,今晚为了我们共同的合作我要不醉不归。裴先生从今往后便是我山泽最真诚的朋友!为了这诚挚的友谊,来,我们好好喝了这一杯!"说罢,小小的三角眼看住裴志坤,手中酒杯举起。

裴志坤自然明白这日本人不过是利用他而已,而自己对牺牲利益去救国亦不甚感兴趣,蒋军名将下的权威与荣华更令他爱惜自己的生命,裴志坤也举起酒杯,两只莹亮的酒杯叮一声交碰一起,便完成了一桩地下交易。

裴志坤饮罢杯中酒,那酒入口如是清泉微甜而凉,而一落喉咙,却是一把火烧似的,烈烈地燃向胃,再后来,腹部微微发热,直至那热蔓延至全身。裴志坤酣酒至极,道:"山泽先生,虽我们也不是什么桃园结义的兄弟,却也是合作愉快的朋友与伙伴,有财要一起发,以后可别有了生意,就忘了我这个盟友呀!"

山泽浩武笑了笑:"哪里哪里,山泽很感谢裴先生今晚的款待!"说罢,山泽浩武甚是迷惑般:"裴先生刚才所说,什么桃园结义? 我虽来中国五年,这中国的语言,还是不太懂得,还请裴先生解释一下。"

裴志坤哈哈一笑:"这桃园结义是《三国演义》中的一个故事,里面的张飞、刘备、关羽都是中国赫赫有名的英雄啊,他们早年在涿郡张飞庄后那花开正盛的桃园,备下乌牛白马,祭告天地,焚香再拜,结为异姓兄弟,不求同年同月同日生,只愿同年同月同日死。至今被传为佳话。"

山泽浩武听罢,笑道:"中国的文化确实精深,让我深深着迷呀,我抛妻弃子迢迢千里地来到中国,其中一个目的就是为了想让日本优秀的文化与神秘的中国文明结合在一起,那一定将会非常美妙的事情,可惜的是你们支那人并不接受日本优秀的文化,太可惜了!"

裴志坤自然无心与他探讨文化,道:"山泽先生说得对,其实这乃大势所趋,而我一个军阀不打仗便只求发财,有了钱万事好商量,文化的东西就让那些有文化的人去搞吧!"说罢凑近山泽浩武的耳边道:"山泽先生与我一样,既是军人又是生意人,所以我们关心的东西其实是一样的!"

山泽浩武眯眯三角眼,看着那裴志坤皮笑肉不笑道:"裴先生放心,今晚我们谈成了一笔生意,接着还有无数的生意与利润等着你我,只希望裴先生从此大力支持我山泽在北平的发展呀!"说罢,从怀中取出一张银票,递给裴志坤道:"这是那批货的定金,裴先生放心吧!"

裴志坤接过那张银票,瞧了瞧那票上的字数,不禁笑道:"山泽先生真是爽快……"话音未落,门被打开,此时进来一个俊美的年轻男子,燕尾服绅士帽,裴志坤与山泽浩武不禁细看来人,却是那唱《夜来香》的女子。不曾想柔弱的女子扮起男装来竟有别一番味道。

山泽浩武不由站起身,上前去细细打量来人,方才啧啧叹道:"这莫不是中国的龙彦俊一?"

女子却笑道:"先生,我并非日本人,我叫夜来香。"

山泽浩武眯起三角眼仔细盯住那女子的脸,道:"日本的俊一非常美丽,他是我们皇军总司令最爱的娈童,你就像他一样美丽,叫人迷惑他的性别,迷恋他的亦男亦女的身体,中国的夜来香在我看来也像俊一一样美,实在令人爱不释手!"

裴志坤忙收起那张银票,看眼前的这女子好生面熟,似在何处见过,却又忆不起,道:"夜来香,嗯,你的表演比那个黑牡丹好得多,令山泽先生尤为喜爱,今晚你让山泽先生高兴了,我大大有赏!"

女子笑地欠了欠身:"谢谢裴爷!"

山泽浩武拉起她的手,捧在自己手中不住抚摸,满面笑意,道:"裴先生真是周到,夜来香怎么个香法呢?你能告诉我吗?"

女子甚是糯腻的嗓音掩不住三月般漫漫春意:"山泽先生,你莫是心急嘛,我换下了舞服再回来吧。"

山泽浩武情不自禁再拧了拧那女子的手:"夜来香小姐,我等你。"

女子退出去,裴志坤出去包间,招来百乐门的经理问:"这个夜来香不会有什么问题吧?"

那经理忙不迭地欠下身去,一脸媚态谄笑:"怎么敢得罪裴爷您呢,我们百乐门还得开门做生意,您这样的贵客我哪敢乱叫客人?放心吧裴爷!"

裴志坤漫不经心道："那就好,算你小子识相。"说罢,便叼着雪茄回那包间去。方一拐角,迎面而来一位袅袅佳人,米色旗袍,自肩部绣了细碎的花藤直蔓延至及膝的摆部,盈盈一握的玲珑蛮腰,青丝如云堆叠成高贵的发髻,更妙的是那张精致的面容,五官皆有韵致,眼若秋水,泛滥清澈柔波,腮如荔脂,唇若樱果,一切恰如完美的工笔佳人,裴志坤不禁喃喃道："此女只应天上有啊!"

再一细看,原来是那夜来香!

夜来香微含了笑意,对裴志坤道："裴爷,我们好生有缘呢!"

裴志坤在那夺目的美丽容颜中回过神来。问道："怎的说呢?"

夜来香也不明说,只是拿了绢子掩嘴一笑,低头便开了那包间的门进去了,裴志坤暗悔刚才不曾细看清楚,如此绝色佳人却拱手给了山泽浩武这日本色狼,岂不是毁了自个大好艳福么?此女比那红极上海滩一时的黑牡丹还多几分味道,实是不可多得!如此思来想去,山泽浩武虽是重要的合作伙伴,如今刚谈成一笔重要生意,此人不可得罪,却也不可让山泽浩武先占了便宜。裴志坤站在包间外走廊里搜索枯肠,终是寻了个办法,这才嘿嘿暗笑着进了那包间。

裴志坤一进门,便见山泽浩武已步步近前夜来香的身去,扯着夜来香的绢子正邪淫得一副色鬼模样,生生要吃了夜来香似的。裴志坤不禁暗骂一声,咬了咬牙,却不得不换上一副笑容,道："山泽先生,裴某告辞了。"

那山泽浩武才回神来客气了几句,裴志坤恨恨地看了看那夜来香一眼,转身退出门去,遂又对几个保镖耳语了一会,方才离去。

几个保镖见机行事,待裴志坤离去一时便持枪冲进了那包间,山泽正为求一亲芳泽而嬉笑不已,却忽见几个身份不明的人冲进来,不免一惊,继而怒喝："放肆!你们这是要干什么?"

其中一个晃了晃枪,歪了嘴笑道："我们怀疑这里藏有亲共分子,我们要带走这个嫌疑人!"说罢,用枪指向夜来香。

女子自是一惊,莫不成自己身份已被识破?心下暗自惊涛拍岸。

山泽浩武气道："你们知道我是什么人吗?我怎么可能跟亲共分子在一起,你们大大的搞错了,快快出去!"

那人仍是一脸邪笑:"不管你是谁,上面下了命令,今天一定要抓到这个嫌疑犯,对不住了爷!搅了爷的雅兴!"说罢一挥手,后面的几人将夜来香挟持了飞速离去。只留下山泽浩武直气得跺脚,眼看美人在怀,却眼睁睁地任人挟持了去。

那女子便是惊黛所饰。九爷的信中所说,今晚裴志坤与山泽浩武进行一项秘密的地下交易,极尽全力要打听到他们进行什么交易,如何交货与交货时间地点等,只需接近了裴志坤或是这山泽浩武,再慢慢以美人计套出他们的话,且九爷手下也交代说已为自己安排好一切,万无一失。眼看计划已是成功一半,却半路杀出不知身份的程咬金,忽如而来的变故令她乱了阵脚,便只得走一步是一步。

那几个不明身份的彪形大汉将惊黛塞进一辆车内,车子便迅疾驶离。惊黛大声喊道:"你们是谁,凭什么抓我?"

忽地手被暗中伸出的枯手捉住,一阵熏然酒味直扑面而来,暗中有人笑道:"夜来香小姐,别怕,是我来救你哪!"说罢,酒味十分的身体便欺上前来。

惊黛这才辨出是裴志坤,心下明白几分,不免又镇定下来,却笑道:"裴爷,这可就奇怪了,不是裴爷让我侍候那日本人的么?如今怎么又抓我来呢?"

裴志坤嘿嘿笑道:"夜来香如此美丽芬芳的花朵,我怎么忍心让那日本人摧残你呢?你可知道日本人是怎么摧残歌女舞女的么?"裴志坤一边说着一边眼露既凶狠又情色的光芒,如此眼神,令人一看便胆战心惊,这分明是兽对自己猎物的眼神!

惊黛虽是有意而为,亦不免为裴志坤的眼神所看得心颤不已:"他们……会如何?"

裴志坤皮笑肉不笑,一字一句地道:"他们剥光你的衣服,将你绑在刑具上,用鞭抽你,欣赏你的叫声和血痕累累的身体。他们打累了,就会向你泼盐水,令你的伤口疼痛得撕心裂肺,才能达到让他们疯狂的目的,直至你奄奄一息之时,他们这才慢慢享用你的身体。"说罢,裴志坤咧了咧嘴,不禁亲了一下惊黛被吓得冷汗涔涔的脸,又道:"我把你从山泽手中抓回来,这,难道不算是救你吗?"

惊黛听罢恐慌不已:"让我回去,我要回去!"

裴志坤奸淫地一笑:"回去?回山泽那里去?我可以送你回去!那你就等着受

他们的酷刑吧！"

惊黛道："不！我要回家去！我哪里也不去！"

裴志坤却哈哈笑道："夜来香小姐,我救了你一命呢,你还没报答我,怎么可能走?"话说着便要来抱惊黛。惊黛缩在车门边,却使劲也打不开那车门,推开那裴志坤,裴志坤却恼了似的更大力地扑过来。

惊黛忽地一念及九爷信中所说之事,索性不如顺水推舟,任那裴志坤抱在怀中,装作受惊的模样,怯怯了道："裴爷,你果真会保护我么?"

裴志坤得意万分,笑道："当然,你要是做了我的女人,哪怕是一夜,我也会好好保护你!"

惊黛顺势柔媚地对裴志坤一笑："裴爷,这可是你说的,你要是说话不算话,我可饶不了你!"

裴志坤握住惊黛那将要打下来的粉拳,呵呵笑道："小美人,啧啧,你说我怎么忍心把你拱手让给那日本人?哎,我一看见你就后悔了,所以千方百计要把你救出来,跟了我裴志坤,有你半辈子荣华富贵的,真是标致的小美人!"那枯手抬起惊黛的下巴,上上下下看得直诧眼。顿了顿又道："连红遍上海滩的黑牡丹也没你的那气质和味道呀,你怎么就没这黑牡丹红呢?"

惊黛急想了编道："黑牡丹不是跟斧头帮的九爷相好着么?九爷自然捧着她了,便成了红人,我连九爷的边都沾不上呢!"

裴志坤听罢,咬了牙道："那个贱人婊子,我早料到有不轨,斧头帮九爷算个屁,有我北平军那样的势力?哼,不过是一群拿着斧头砸自个的傻蛋!"

惊黛不禁问："九爷在上海滩也是能呼风唤雨的角色。裴爷此话怎讲?"

裴志坤道："这你们女人不懂,现在是日本人的天下了,他九爷还以为几百个兄弟拿了把斧头就了不起,四处作奸犯科,杀了不少亲日善使和日本人,这不是与日本人结下大仇么?日本人能放过他!? 等着吧,总有一天日本人会找他们算总账的!"

惊黛听罢只觉心渐沉落,幽然而悚,想到那日本人凶狠如狼,只怕在这乱世之下,王景诚万一……却又不敢想,如若真有那一天……念及至此,惊黛忽感心如剜去血肉般疼痛,不觉一惊,王景诚竟何时在自己心中扎下了根种么?

正胡思乱想着，前方不远处却忽听得零星枪声，那裴志坤大惊："快看是什么人？"裴志坤部下伸出车窗探个虚实，正瞧着，突然中弹身子一软便跌在了车外，司机忙将方向盘一打，道："裴爷，好像是冲我们来的。"

裴志坤骂道："给我快点开！没用的家伙，不然等那些人都追上来么？快点开！"而裴志坤后面紧跟的那辆载保镖的车似被打中了车胎，歪歪扭扭驶了几步便撞向了电线杆。

裴志坤见状，仍大叫："加速！快给我加速！"

黑色的轿车迅疾驶向裴志坤在上海的据点，一入据点，便等于是他的天下。眼见后无追兵，枪声也远了去，裴志坤一颗悬在嗓子眼的心正待要落下，却横刺刺地杀出一辆插了日本太阳旗的小车子来，里面跳出几个人，生生将裴志坤的车拦下了。

司机忙丢下裴志坤，打开车双手举在头顶，哭丧着脸喊道："太君，我投降，太君，饶我小命啊！"

裴志坤气极，正要掏枪，车门被打开，一个戴了面罩的黑衣人用枪指着裴志坤道："这小女子是裴先生送给山泽先生的礼物，山泽先生让我们来给要回去，裴爷，我们把她带走了！若有粗暴之处还望见谅！"

说罢，另外一个黑衣人将惊黛带到那日本车上。黑衣人见状，收起枪，撇下气极而噎的裴志坤跳上车一溜烟开远了去。

【第十三章】

独入狼虎穴

惊黛在车内坐定,暗想不觉那人声音好生熟悉,黑衣人扯去面罩,惊黛惊诧万分地道:"是你! 我原以为真的是那日本人将我劫回去呢,景诚,你怎么知道我在裴志坤那的?"

那黑衣人便是王景诚,他笑了笑道:"九爷的事我焉能不知,只是他派你去探情报时我真不知情,你去了百乐门才得知。这样太危险了,我们赶去百乐门问了侍者才知道你被裴志坤抓去了,只好扮成山泽的人将你救出来,不然,落在裴志坤手里没有好果子吃呢!"

惊黛笑了笑,道:"不入虎穴,焉得虎子? 只有接近裴志坤或是日本人,我们才能探到情报。"

王景诚却坚决而果断了道:"不行! 这种事怎么可以让你去做? 你不像我们这帮人,是专刺杀这些狗汉奸的!"

惊黛却道:"又有何不可? 裴志坤与日本人勾结,害国殃民,我也是中国人,如何就不能做这样的事?"

王景诚仍固执道:"不行,你只是一个闺房不出的小女子,这样的事自然有我们去做……"

惊黛打断他:"不,景诚,赤英已经牺牲,日本人在我们每一个人身上都欠下累累血债,战场不分男女你我,你懂么,赤英我唯一的弟弟,他已经去了,我若连他的仇都不报,那我不是枉作为人么?"

王景诚噙了眉,深深看住惊黛:"惊黛,你可知道这一去极可能便有去无回,我怎么能让你冒这个险?"面前这弱小女子,尽有品不完的美妙,却不曾想到她看似柔弱的身下竟有那般强悍的心与意志,不禁令人起敬。而念及她只身前往狼丛虎穴,只觉心如刀绞,他怎忍心罢手不管?他所要的,只是日日相见安好那般简单,却似乎遥不可及,眼前这女子的眸子如此深黑如一泓潭水,如此坚定,不可动摇。便沉声道:"我能明白你的心情,我也知道,你已执意,只怕是我也拦不住,如景织那样,将人锁上又如何,若她的心已不在这里,再多努力都只是枉然!"

惊黛自王景诚眼中似看到万千内容,而这内容只是瞬间即逝,未待她读懂便化作他呵护的暖意,如她是景织,是他的亲妹般,他疼惜至深。惊黛低下头,若自己只是景织的影子,那般亦是对了,他与她之间,那道鸿沟是渊,跨不过去便好好相凝相望罢。

回了王府,惊黛一夜未眠,那心思如帛,缠绕在身。何时竟对王景诚有了异样的心思?而怎么可以?燕又良方才是她的夫,一生白发相随的君,即便他背弃,而怎么自己亦那般快地便变了这颗自己也认为是坚如磐石的心?一想到此,那自责变作一把匕首,刺入心脏,令人窒息,难以呼吸。惊黛豁然惊起,将那柔绮的隐秘之情掐灭。

再难入眠,惊黛索性起身,打开房内的灯,灯芯暖黄,那橙黄的光洒在面容之上如是为她饰上一层华丽的金粉,而这金粉剥落,惊黛捂着那右颊上的蝶斑,将手缓移开去,却见得触目惊心。

回忆的暗门将开,远在陈年烟黄旧事里,依稀可见曾经美丽的妇人跟随她木讷忠厚的丈夫一同上山采胭脂花,不远是两个半大的孩子在山坡嬉戏,小男孩采了一把野菊,追着他的姐姐,尖叫道:"姐姐,姐姐,等等我,看我采的菊花,送给你好不好?"

那坡上的女孩回首灿烂一笑。亦唤道:"赤英,快点,我们要赶上爹娘。"

而那野地花海里起身的美丽妇人看着山坡上的两个孩子,脸上展现无与伦比的美丽与祥和。两个孩子跑近前来,各自手中都是一大把野花,争先恐后地献给那妇

人:"娘,娘,这是我采的,做胭脂能用么?"

妇人接过那花束,放在背着的竹篓里,脸上笑意漾开:"看你们跑得满头大汗,惊黛,看好弟弟吧,别让他乱跑。"

那小女孩欢快地应着,便拉着年幼的弟弟往爹爹那边去了。

兄妹两人跑近,却见平日里笑呵呵的爹爹却一脸深沉地坐在那草地上,手中拿着一块紫红的石头在左右细看着。女孩在爹爹身旁蹲下,好奇问道:"爹,这是什么石头呀?"

爹爹回过神来,却慌乱地起身,避开她:"别靠近来,惊黛,带你弟弟离开,去你娘那!快去!"

惊黛从未见过爹爹这般样子,便只得拉了弟弟回身往娘的身边去。

那以后,便见爹娘神色深沉,再无平素里的欢声笑语。而爹爹仍是每日挑着担子出去卖胭脂,直至有一日,爹爹回来后一脸兴奋地对娘道:"我找到另外的东西了!我终于找到了!"

娘亦是高兴地问:"真的么? 那我们可以做紫罗刹了么?"

惊黛好奇地近前问:"娘,什么是紫罗刹呀?"而娘却不回答,只是斥道:"小孩子,别问这么多!"

惊黛记忆犹新,那夜爹娘亦是一夜未眠,在胭脂房里通宵燃了烛火。在裂开的门缝里,惊黛看见忙碌做胭脂的爹娘。

惊黛念及此,这才想起,那次在野地里爹爹拾到的其实便是云南毒虫所衍下的紫泥石,皆因这紫泥石,自此一家毁了容貌,亦从此走上颠沛流离的背井离乡之路。

爹为娘抹上紫罗刹之时,那幻变而出的绝世容颜令爹娘相拥而泣。这紫罗刹经过百年的失传,却在他们手中得以重现,焉能不欢欣? 而哪知,娘的面容在三日后毁尽,自此娘便自封在屋内,再不见人。娘美丽了一生,却面临这般残酷浩劫,她甚觉无颜再与爹爹相对,娘痛不欲生,欲寻短见,而好在爹爹发现及时,方才阻止了悲剧。

爹爹更是痛心,若非拾到紫泥石,若非鬼迷心窍要将紫罗刹重现于世,娘何会落得这般模样? 爹爹早出晚归,上山采药医治娘,只是未过多日,爹爹也因沾了这紫罗刹而渐渐面容生起黑纹,连同惊黛与赤英,也难逃此毒祸害。

全家愁云惨雾之时，天下也不太平，军阀割据，战事连连。举家逃难，爹娘最终是死在了半路上。爹爹临终前将那《胭脂志》交给惊黛，并一再告诫，再不可动紫罗刹的念头，只要好好活下去，平安便好，惊黛终是垂泪而应，爹爹方才含笑离去。

而惊黛却不曾守住自己对爹爹的承诺，再翻出那本《胭脂志》来，并将紫罗刹敷在了自己面容上。惊黛微微一笑，喃喃道："爹爹，对不起。"

裴志坤自那夜美人未得，心中甚是抑郁。来上海，本特意会晤山泽浩武，不料想上海弹丸之地的法租界，竟藏了国色天香的女子，一日未得，挠得心头甚是既恨且痒。只是这山泽浩武不可开罪，也唯好忍一时，再择机将那女子要回身边来。

裴志坤看了看案上那幅未画完的美人图，体态袅娜，只是五官空白，忽地回想起那晚所遇的姑射仙子，这才恍然，呀，竟是她！真是她呢！原来早已邂逅，可恨当时酒醉，昏头涨脑，竟以为是错觉，哪想她竟真的是仙女下凡来。怪不得她对自己笑说有缘分，如此一想，裴志坤又是一阵跺脚嗟叹。

忙洗好墨砚，蘸饱狼毫笔，他要将这美人图完成，将她挂在日日可见的书房，只却是，临到下笔时，那手竟怯意，唯恐一笔谬误便将那无瑕面容毁尽，左右犹豫不决，只感有心而无力。

裴志坤索性放下笔出了书房，负着手，转向那花园处散心。正步在了园心，手下的跑来报有人求见，裴志坤正烦恼着，便没好气地道："不见，谁也不见！"手下正要转身去，却迎面撞上一人。来人碎笑一声，极是软糯的娇音，引得裴志坤回得头去。墙院花荫下，正有一双米色绣蝶扑花的玲珑鞋头呈在眼底，再往上了瞧，是一幕锦绣裙匹，团团球纹暗花戏游凤，越挪上视线，越见不住的潋滟姿色，最后定格的，正是他意欲描绘而无力描出的那张面容。

裴志坤呀地吃一惊，忙拉了来人的柔荑，声线里百般溺爱地道："竟然是夜来香小姐，你怎么……"说话间再次仔细打量着她，只暗忧那日本人不知将她如何处置了去，"你可还好吧？那个山泽对你不曾……？"支吾间，只是恨道出美人已落他人手的事实。

惊黛又是咪咪笑，见裴志坤一副怜惜模样，自然又想到那晚他在王景诚枪下的

慌乱来。大约，他是误想山泽识破他的伎俩，将人捉回去，这无疑破坏两人关系。惊黛暗自揣测间，顿时心生妙计。

惊黛挣脱裴志坤的手，百般委屈，将那妩媚娇怨喘喘随泪而出，抽泣了道："裴爷还说要保护我，哼，我看这些誓言都是说着好玩的！"说罢，转过身去，将那手中的素白绢子拭泪。

裴志坤一见美人流泪，好生心疼，忙不迭哄道："哎哟，美人，别哭，哭坏了这么美的眼睛，裴爷我心疼啊。你看那晚上，山泽的手下拿枪指着我，我就是有三头六臂，我也没有办法呀，不然，我怎么能让他将你抢了去？"

惊黛却不饶依："去，你不是北平大军阀么？怎么，一个小马仔拿枪指着你，裴爷你就甘心让我被他们抢去了？我看裴爷端的是口是心非！"

裴志坤已被她一笑一哭中晕头转向，只当她是女菩萨供起来，一脸迷笑："夜来香小姐，我爱你还来不及，怎么会像你说的那样呢？你不知道，这个山泽浩武可是日本军的高级军官，况且，我跟他刚谈成一笔生意，不好开罪，实在是不好……"

惊黛听罢，假意生气道："那看来我这趟算是来错了，还以为裴爷为了我会不顾一切呢，结果我是自取其辱了。"说罢，便转身欲离去的样子。

裴志坤见状，忙拦住她去路："哎哟，我的姑奶奶，我的夜来香小姐，我发誓，从今往后我要好好保护你，让你不再受谁的欺负，好不好？"说话间，那小眼睛骨碌一转，接着道："既然来了，不如你别走了，留下来，回去百乐门指不定山泽还会寻上门去，只有跟着我，你才能安安稳稳地享受荣华富贵，过上多少人羡慕的官太太生活，你说可好？"

惊黛听罢，心下揣测衡量了几分，便装出甚是心动的样子，道："裴爷是当真？不是儿戏？"

裴志坤忙不迭地连说了几个是是是，惊黛又似不相信的样子："哎呀呀，你们是达官贵人，要女人有多少是多少，怎么会只对我一个女子动真呢，罢罢罢，我看还是顶不得真的。"说罢又要提脚而去。

裴志坤那官场里威风八面的样子早不见影踪，此刻只恨不得将心掏出给那个美人："我说夜来香小姐，我裴某一生最重情，怎好将我与那些轻浮浪荡之人相比呢？

你若是不信，我这便将你娶下，生生世世地待你好，只倒是不知你可愿意？"

惊黛啐他一口："呸，这就想娶我了？哪能这么轻易的事儿！若你是真心喜欢我的，你便要为我报仇才是，只要你做到了，我就信你！"

裴志坤欺上前来，信誓旦旦地道："只要你说，我什么事儿都为你做到！"

惊黛看了看他，美目怨怼地别开去："我让你去教训那山泽浩武，你可答应？"

裴志坤只道是不解："这……这是为何？"

惊黛嗔道："那晚山泽手下将我抓了去，我施计才将他灌得不省人事，趁山泽那老狗醉得灵魂出窍，才穿了他衣服逃出来。可恨那老狗对我……对我甚是不干净，好在我逃脱，若非如此，只怕现在早毁在这老狗手里去了！"

裴志坤听惊黛一言，如此说来，眼前这羞花闭月的夜来香并不曾被那个山泽浩武污辱，裴专坤心里暗自兀地一喜。目力狎昵处，见惊黛粉藕般的玉颈只小小巧巧地露了一截，再往下，只可恨那旗袍紧遮，难见杏色春光，顿时不禁心猿意马，却想那山泽浩武是不可开罪之人，美人这话着实令他为难，而这难，却敌不过他款款真情实意地答应："你说怎么就怎么，只要你高兴，我只要你高兴。"说罢，牵了惊黛的手往房内走去："来，我要让你看看，这是我裴爷给你的楼，你住下了，你便是这儿的主人，你看如何？"

惊黛随裴志坤的脚步一并走来，洋楼自是宽庭别院，栽花种树，渐入得楼内，便是古色古香的檀木桌椅设置，墙壁处悬了梅兰菊竹的泼墨国画，案几上又放了几盆盆景，最是显眼处，是堂内立着的柜式石英钟，沉香木，应是洋货，一见便知价值不菲。这裴志坤定是克扣了大量军饷，搜刮了不少民脂吧，如今又与日本人勾结，做地下交易，从中谋取国难财，真可拉了枪毙！上海之地尚且购置下如此豪宅，那北平呢，更不知如何的奢华了！惊黛暗自想了，不禁恨恨地咬了咬牙。

裴志坤将惊黛带上二楼书房，惊黛暗道不好，莫不是这老色鬼就急想了要她？若真如此，她需得寻法子来逃脱才成。

裴志坤并不曾留意惊黛眼底下的慌乱，只是开了书房门，将惊黛按在沙发上，道："美人，你好生坐着，我给你寻宝贝来。"

惊黛不知裴志坤意欲如何，只有乖乖坐着。只见他走近书架，在放满书的地方

暗自摸索了一会，忽地见整扇墙壁竟暗自转动起来，裴志坤忙向惊黛招手道："你且随我来。"惊黛只好起身随他去。

转入那一室空间，见陈设，便知此地才是他的卧室，必是这裴志坤怕死，毕竟做的亏心事忒多了去，总会有杀手盯上他，于是便在将卧房安置在这无人知晓的暗室内。

裴志坤在那卧房案几暗格处找出一方沉香木盒来，光那木盒便已是精致绝伦，盒面雕游龙惊凤，方形盒身两侧安了把手，却道是提着用的。见裴志坤拿出来用了力气，惊黛暗想那盒内必是重物。

裴志坤涎笑着凑近惊黛道："美人，这里面的东西，我收藏了好久，就道是有朝一日为真正的美人相赠解怀。如今我可寻着你了，这东西也派上了用场。"话说着，便将木盒子推到惊黛面前："打开来，里面的东西都是你的。"

惊黛正想伸出手去，却又犹豫不决，莫不是这老滑头下的套子让她钻？不好轻易收了，便将那伸出的双手又生生地缩了回来，用帕子一拭嘴唇，幽幽了道："不知裴爷送的是何物？我可不好轻易接了呢。"

裴志坤却好生奇怪道："送礼便是礼，有何不好接的？"

惊黛笑了笑道："小女子何德何能，竟能收裴爷的礼？你叫我焉能不害怕？"说着便拿水灵的眉眼瞄了瞄那裴志坤。

裴志坤浪浪一笑，摇着头道："看你说的，难不成裴爷我还能害你不成？你不敢打开来，我替你打开！"说罢，便将那木盒上的搭扣啪一声地打开，惊黛看得稀奇，暗室内本就昏昏地暗着，而那搭扣却是幽幽有光，待一打开那盒盖，顿时金光四射。惊黛不禁拭了拭眼，定眼往那盒内瞧去，好一副金镶玉的凤钗龙链！裴志坤小心翼翼地将这凤钗龙链取出，双手晃动间，那龙嘴边欲吐的金珠正迸出宛转不已的金光来，而龙眼却是两颗血红的石头镶嵌，而凤钗也是纯金精雕细作而成，凤翅上每根羽毛纹理都一清二楚，凤羽与玉石相间，煞是宝光耀眼，而那凤嘴微张，栩栩如生，凝神处似乎真可听见龙吟凤鸣呢，这果真是绝世的宝物。再看那木盒，是沉香木所作，盒内铺了猩红绒布，越发衬得这纯金镶宝石的宝物贵重无与伦比。

裴志坤将这宝物捧在手中，赞叹道："你可知道这龙凤钗链原本是那宫中的宝物呢。我早年初到北平，还是个不足十五岁的小跑堂，得知皇宫尚有些宝贝，都是些洋鬼子抢剩的。圆明园被烧，可是暗室里收藏的宝物他们并不知道呀。不过抢的抢，烧的烧，也都毁得差不多了，独独有这一件，到了我的手上，你可知道我靠它取得了官位，一步一步往上攀，再后来，我得了权，将这宝贝又夺了回来，我就知道它能给我带来我想要的。你看，这不都实现了么？官爵，美人，它都给我带到身边来了。美人，我要你戴着它，它是我的宝贝，你更是我的宝贝呀！"

裴志坤说着，便要将这金光迸射的金器往惊黛身上戴去，惊黛忙是一推，道："瞧裴爷急得，这钗子原本是别在头发上的呢，而这副链子却是戴在脖子上，我如今却是戴不得呢。"

裴志坤听罢便将那金器放在惊黛手上，惊黛便觉手里兀地一沉，呀，那分量真是够足。裴志坤笑道："这金器原本是宫中皇后的饰物，如今给你，你也便有那一国之母的仪容，待不久的日后，我要你当真真正正的国母！"

惊黛一听更是惊诧，暗想了裴志坤这话中有话。虽这老滑头已是六旬的枯老头，而因锦衣玉食，养尊处优，仍保养得如四五十岁那般，而从方才那番话中更是可想而知，裴志坤的勃勃野心，他不甘心据一方称霸，而是，他的胃口是在天下江山称王！惊黛一想，不禁悚然一惊，手心渗出涔涔汗意来。

惊黛虽捧着宝物，却如是一堆烙手的烧铁般，忙将它放回盒内。裴志坤见状，不解："怎么？不喜欢？"

惊黛自知失了态，忙道："哦，不，不是，我却想，这宝贝可是价值连城，捧在手里真怕摔坏了。"

裴志坤这才笑起来，道："可见美人也是喜爱得紧，这都是你的，如何？我如今这样你总可放心我对你的真心实意了吧？"

惊黛笑道："裴爷说的，小女子哪敢怀疑裴爷是假心假意呢？"

裴志坤此时盯住惊黛那面容，面露奸狂，惊黛如是到手的羔羊，他只恨不得立马吃下肚子里去。而惊黛面露惊慌，簌簌地退缩，那娇小可怜的模样更令他胸膛有火渐燃而起。

裴志坤生生压抑了那渐重的气息，故作闲闲，道："你原名可叫什么？"话说着便

139

【第十三章】独入狼虎穴

转向惊黛身后去。

惊黛自不敢回过头去，只垂了首轻道："我本叫苏澜子，自从了歌舞这行，因是唱《夜来香》小有虚名，便自此人叫夜来香了。"

裴志坤口中念念有词："苏澜子，苏澜子，确是美，妙哉！"

惊黛不敢妄动，听得裴志坤这般念叨自己的名，却又忽地没了声息，这身后如是有兽在悄无声息地靠近，再靠近……她不敢动弹，敛息而听。屋内静可听针落地，这静却让惊黛感到异常恐惧。她只觉那咻咻吐出芯子的巨蛇正游移而来！

果不其然，忽地身后伸来两臂紧紧箍住自己。

那是怎般的香软暖玉,越箍得紧,越是觉得怀中人的柔软,夹带了阵阵粉香。裴志坤即便一生纵情无数,而有哪个女子能似怀中人那般令他窒息?

惊黛却吃吓得不轻,只是拼命推开裴志坤力道不小的双臂,奈何他出身军人,虽年纪不小,却不减军人的气魄,愈推裴志坤愈见得意。

推搡间惊黛却寻了个空隙闪身而去,惊恐万状,而裴志坤只是发了狂,狠狠道:"苏澜子,你从了我,我给你做一品夫人,给你做国母,乡下那老太婆子快死了,她一死,你就是我的正室,从了我吧,难道你不愿意?嗯?难道你不愿意?"

那粗重喘息喷溅出无数腥臭的唾沫星子,惊黛躲闪不及,惊乱道:"裴爷,你……你也太心急了……你听我说,既然迟早都是裴爷的人,为何不等到你明媒正娶后……"

裴志坤一把摔开那案几,将对面的惊黛一把扯来:"明媒正娶,我自会明媒正娶,我都要将心掏出来给你了,你还不相信我么?"说罢,便将惊黛按在地上,正挣扎间,忽然电话铃声大作,丁零零地声声催人,原来是这暗室也安上了电话。

裴志坤好不气恼,因他对下属有过交代,非紧急事务或是要人相见,不得将电话接进暗室来,而这通电话显然紧急,一直鸣响不断。裴志坤看了看躺在地上的惊黛,美人乌丝散落一地,衣裙亦在方才撕破了几处,如此却也美得惊心动魄。

裴志坤起身,清了清嗓子,方才接了电话。

"什么事?

"山泽求见?……现在人呢?

"就在门外?好,你先让他在厅内候着,我马上就来!"

裴志坤放下电话听筒,微笑看着已起身,尚有几分惊乱模样的惊黛道:"你说这日本人为了你,他都不惜要跟我要人了,你若不跟我,铁定要落回他手里去。这次可不比上回了,你这是投奔我而来,真要回去,山泽浩武还不把你剥皮生吃了?"说罢,嘿嘿笑了数声,看向惊黛的眼里淫邪不减分毫。

裴志坤上得前来,捏了捏惊黛脸颊,手指甚感柔腻:"苏澜子,这世道女人要怎么活才有趣呢,还不得找个靠山,那才是活得自在,我也不强迫你,你自己好好想想,晚上我再来看你。"说罢便按了暗钮出去了。

惊黛见他已走,方才释下慌乱来,却又为自己担忧。这暗室内机关重重,如何逃得出去呢?而不从了这裴志坤逃出去,定也是取不了情报,正左右为难着,却听得墙壁如是有人敲打,咚咚咚,咚咚咚,甚有规律,惊黛犹疑着循声而去,待走近那衣柜时,又听得似有人声,莫非这暗室内另有乾坤?

惊黛打开衣柜,只见是裴志坤各色衣服齐整整地挂着,并不见异样,莫非有机关玄妙之处?正寻着,又听得衣柜靠墙壁处咚咚咚地敲响,惊黛试用手指敲了敲那衣柜,方才的那声响听见,急急地敲起,咚咚咚。惊黛仔细思量,必是有人求救之信号,便欲将那衣柜挪开,却可恨自己弱小无力,根本无法挪动衣柜半分。惊黛急如火烧,只怕这裴志坤回来时,自己再不愿意也迫得委身于他了,于是便越加奋力地推开衣柜,手指无意间扣动了衣柜把手,忽地听见轻微轰响,衣柜壁轰然打开,果然又是一道机关。

莫非是出路不成?惊黛犹疑走进,却听得一阵呜呜闷声,随即脚下如绊着何物,惊黛心中一惊,那物体莫非是人?!

将那物什拖出,果不其然,是麻袋装着的一个人,那人还在挣扎不已。惊黛打开麻袋,赫然见是那晚在百乐门唱歌的黑牡丹,而眼前的这女子早已不是那晚台上风光无限的艳炽歌女了,却是衣衫破烂,沾尽血渍,口中塞了布团,头上面上尽是累累伤痕，那身上更消不说了。

惊黛又是吃吓不小："你……你不是那黑牡丹？怎么在此？"

黑牡丹被拿开了布团，却如窒息般："求求你……帮我……帮我解开绳子，帮我……"惊黛忙将那麻绳解开，黑牡丹却轰然倒地，惊黛将她从麻袋中拖出，那旗袍已是破烂不堪，衣不蔽体的，惊黛忙在衣柜内找了一件睡袍给她披上，黑牡丹有气无力道："裴志坤不是人……我要逃出去……再不……再不逃，死定了。"说罢摇摇晃晃站起身来，又道："小姐，别相信……他的甜言蜜语……快逃吧……"

惊黛却道："这是他的暗室，如何逃得出去呢？"

黑牡丹道："我知道有一处……就是这暗格子里的尽头，是这楼的外墙，我们快逃吧！"说罢拉了惊黛的手便往衣柜内钻去，两人暗中摸索了前行，黑牡丹找到那扇门，因那是暗道，本并无二人知晓，因而那门只是洋楼外院墙，爬山虎攀满了一壁，大约那裴志坤也是留给自己逃生的暗道吧。两人费尽力气才将那墙壁推开。

正在出口处，惊黛却忽地魂魄回归元体内似的，突地想到自己这般逃脱了，定令裴志坤心生疑窦，日后更不消提再接近他，从他嘴里挖出什么来了，看他今日这模样也像是掏了心了，不然定定不会将皇宫宝物献出，这乃是取得他信任之时，更需趁热打铁，若逃脱一时，却毁了大事。

如此一想，又退缩而回，那黑牡丹大惑不解："小姐，你以为这裴志坤真能给你什么荣华富贵不成？别天真了，他这般的人物，有过多少女人，又有哪个是真的呢？"

惊黛却一笑："我自有自己的主张。"便让那黑牡丹快快逃生去。而自己退了回来，将那麻袋与绳子再放回那暗道中，衣柜一并整理好，这才回那方才与裴志坤相挣扎的地方怔神着。不消多时，那裴志坤便回转而来，一脸淫笑："小美人，我来了！"

惊黛忙收拾了心情，泪眼拭去，迎笑而道："裴爷。"

裴志坤笑着将惊黛拥入怀："我还以为这山泽是来要人的呢，那家伙倒是来我这探问上海帮会之事，我便将他打发了出去，真是扰人好时光啊，害我的小美人等这么久。"

此时，惊黛隐约耳闻石英钟当当地鸣钟，一下一下，如是捣碎了这本就千疮百孔的心。

而这裴志坤眼见已是美人在抱,又与山泽浩武的谈妥一笔生意,自然不日便速速打理了上海的大小事务忙要撤回北平去。

惊黛暗自心焦,便寻了个空当回了王府。吴妈开得门来,见是惊黛不甚欣喜。惊黛提着水晶炸子与蜂蜜糕,对吴妈笑道:"记得景诚爱吃甜品,给他捎来这些,给他解解馋。"

吴妈迎进惊黛,亦是笑着接道:"可是不巧,景诚与五爷出了门,这会儿却是不在家里呢。"

进得屋内,惊黛寻来玻璃雕花碗盛着那点心,再将糕点放进了锅内一并地热蒸着,这才与吴妈道:"吴妈,你可知九爷何人?"

吴妈奇道:"惊黛姑娘问九爷何事?"

惊黛道:"九爷留书让我接近那北平裴志坤,而我现在已得知裴志坤已与日本人做成了一笔地下交易,是烟土买卖。如今这裴志坤现在准备撤回北平,我这正寻九爷,要让他好生想想办法如何呢?"

但见这吴妈噙眉,似是思量了几番,方才缓缓道:"你一个姑娘家,却是做了这般大的牺牲,着实已是不易,而难得的是这裴志坤如此喜欢你,潜在他身边,我们大可顺藤摸瓜,一一将那些为日本人卖命的汉奸狗腿子,统统都杀了。本来这裴志坤这回来上海,大可取了他狗命,就是因为留着他有用处,所以一直不曾下手,你现在去了他身边,可谓更具胜算,只是,这一去便是安危难保呀!惊黛姑娘,你若毫无把握,就退出来吧!"

惊黛听得好生诧异,这吴妈说话怪得紧,不由目瞪口呆看着吴妈。吴妈见惊黛诧异,便笑了笑道:"你要寻的九爷,其实并不存在。斧头帮内主要是靠景诚处理帮中事务,而景诚着实年轻,到底压不住老江湖,便寻来这么个九爷。"

原来,景诚是九爷!惊黛心下惊诧不已,细细回想过往,能如此了解自己的,除了王景诚却还能有谁,只是……惊黛抬头看向吴妈,问道:"给我留书的,便是景诚?"

吴妈道:"他是坚决反对让你去的,只是我思来想去,除了你,再无更好的人选,原谅我这样做。记得我跟你说起的双面神偷么?那人便是我。数十年前,劫富济贫，数十年后，专窃取那些汉奸高官的情报，我们斧头帮也因此暗杀了无数卖国求荣的汉奸高官，因而在上海威名大振。如今日本人来犯我国土，得寸进尺，大好河山便眼见被蹂躏得满目疮痍，国军中不少带兵起义的将领，令我江湖人士钦佩，自然也有趁火打劫之徒，而这裴志坤便是为首的一个大害，一日不除，也对不住保家卫国的众将士。"

吴妈说罢，双目炯炯有神看住惊黛，接着道："惊黛姑娘，自我见你，便知道你为了掩去你容貌上的缺陷而敷了那许久以前便断绝人世的毒胭脂，你却不知道，这缺陷却是你最好的宝藏。窃取情报之人，其中最妙的护身方法便是易容，而你这般，上了胭脂成美人，洗去胭脂又立刻成为第二个人，这其中奥妙，谁人知晓呢？所以，我便不曾与景诚商量，写了字条与你。"

惊黛听罢，不禁咬唇："那，赤英牺牲之事……"

吴妈缓了缓，继而沉声道："那报是东北军军方报，我帮中有兄弟与东北军素有往来，我知道你弟弟去了前线……"吴妈见惊黛面色沉下去，便不再往下说。

惊黛喃喃自语般道："这般说来，赤英便真的……"

吴妈上前扶住惊黛的肩："他是个有志气的孩子，即便是真的死，也是死得其所！"话语铿锵有力，惊黛水雾渐起的眼了看了看这吴妈，如是看见那不屈的魂灵与不计其数的国人在前赴后继扑向日本鬼子的炮火，以血肉之躯堵截日本人进犯的脚步，在那枪林弹雨的战场，赤英正是以自己的生命去换取尊严，相较之下，自己这般牺牲又何足挂齿。这一想，那悲伤亦淡淡了些去，反而甚感悲壮。

却是时辰有限，两人又细细说了须在裴志坤身上取得军火买卖的情报和去了北平又如何处理各项巨细事宜，惊黛方才告辞而去。吴妈望着惊黛日渐纤瘦下去的身形叹息，恰好，那蒸着的糕子已噗噗地喷着白气，一室弥漫出甜香。

不消多时，王景诚与五爷一道说笑而来。闻得甜香，王景诚寻进厨房内笑道："我便知道吴妈又买了甜糕哄我这小孩的嘴。"

吴妈用玛瑙缸盛来那糕点，王景诚一瞧，那蜂蜜糕金黄喜人，又有水晶炸子，单单是看，已是叫人垂涎三尺，王景诚迫不及待地小心拈起一块糕子便往嘴里送。

吴妈笑道："小心烫着了，这可是惊黛买的。"

王景诚入了口的糕子忙吐出:"惊黛？她回来过？如今人在何处？"

吴妈道:"裴志坤忙着要回北平，这会子恐怕已上了火车吧。"

王景诚二话不说，立马抓了外衣便往外跑。从不觉南京路那般拥挤，而他只想将她留住，尽管束缚从来无效，如是景织，依然是选择走自己想要走的路子，即便那是出于爱护的束缚，却又如何呢，人心皆有翅膀，奈何天那般宽阔无垠，那才是心所向往之地！

而对惊黛，同样如此有心无力，他若是那岸，而她却是水中央的莲，永远不可触及的远，便唯有化作流深的静水，缓将那人纳入胸怀。

火车站台恒永地人山人海，王景诚跑上前问:"去北平的车开了么？是第几列？"售票人头也不抬:"刚开走啦，坐下一趟去，坐下一趟！"

王景诚箭步而奔，越过阻滞的人群，远远见一列车汽笛呼啸往北而上，车上白烟缓升，却只在半空便消失无踪。转眼车便远了去。

他到底还是迟了，到底还是迟了！

谁知道那不见面的告别，竟甚于泪眼相凝，似那般的不逢遇，只为说明两人缘薄无福遭遇罢了。却究竟缘有多薄，是否就此成为诀别，成了永生不遇？那是命运狠心的安排吧，乱世之下，谁与谁相执相守相看老呢？都是浮萍而已！

山泽浩武立在窗前，已是冬至时分，天色晦螟，寒意袭人，天光依稀，上海这般十里洋场的繁华之地亦显现萧瑟之色。

山泽浩武手里紧紧拽住一方绢帕，那绢帕极是软滑，素白绢面一角绣了细细的柳条，柳条下竟是两只戏水鸳鸯，精巧而媚。山泽浩武将那绢子凑近鼻息处深深一嗅，隐隐有香飘浮而来，她拿着绢子立在眼前轻笑的婷婷模样便呈现脑中。

这绢帕用考究的杏色绣花小袋装好，信笺一并以信封寄往山泽处，山泽想亦不曾想，这是夜来香的绢帕，而她寄绢帕也不过是告诉他，她现身在裴志坤住处。山泽浩武端看那秀气的蝇头楷书，不禁一丝阴恻恻渗出杀机的轻笑浮上嘴角。

山泽浩武却越想越是恼恨，想这裴志坤不过是人前一套人背一套的奸诈之徒，而碍于还需借他之力将货物运遍布全中国，亦不得不按下心头之恨。这边厢恨是恨,而那边厢的美人娇态却噬咬得令人不及暇顾其他。

山泽浩武收罢那绢帕,拿起电话,待一接通,便操着半生不熟的中文道:"货物都准备妥当了吗? 准备今天晚上发运! 金爷,这次生意就全靠你们护运了!"

"好的,祝你们成功!"

话说这烟土生意原是暴利行业,自然引来无数谋取暴利的群体。这片法租界一向由青帮的金爷掌管烟土生意,而日本人一进了来,便立马插了一脚,反客为主,将烟土生意抢去不说,反倒让这金爷押运烟土。国民政府虽明禁烟土生意,却屡禁不止,日本人也便打了他的如意算盘,让中国人押运烟土,万一事情败露,他山泽浩武自然推脱得一干二净。且说,金爷做烟土生意多年,陆路水路各个关节都已是熟门熟路,由他押运,再合适不过。

王景诚听罢吴妈说惊黛带回的情报,又有兄弟回来报说金爷那伙人马正在秘密调集,王景诚便料定了日本人借金爷的卒马过河,于是便让五爷在外面打听各路消息,一旦发现情况,立刻动手。

又说回青帮与斧头帮,本素无交恶,而近来这青帮多次以斧头帮名义作奸犯科,令江湖传闻这斧头帮犹如十恶不赦之徒。王景诚自然明白,这青帮金爷实际上已成为日本人手中的傀儡。斧头帮在上海除暴安良,本深得人心,日本人便不动声色,借青帮破坏斧头帮之声誉。王景诚早便按捺不住,若非需看准时机下手,王景诚早已同这青帮和日本人殊死搏斗。眼见是时机已成熟,不禁跃跃欲试。

五爷风风火火由外面回来,满脸汗只是撩起衫子一抹,无不兴奋地道:"金爷他们今天晚上就动手了! 在三甲港码头!"

王景诚听罢,拍案而起:"好! 老五,是我们一显身手的时候了!"

一旁的吴妈却一脸忧色:"景诚,虽有胜算,也仍需防着金爷出千。"

五爷嘿嘿了笑道:"那金爷一听到斧头帮的名头都已经吓得掉胆儿了,还出千?!"

王景诚与五爷兵分两路,一路盯着金爷老本营的动静,一边又跟着日本人山泽浩武。车水龙马的街上,车夫、小贩、乞丐等都暗中对上暗号眼色。

五爷在茶楼二楼靠窗处,咬着牙签,假装看报,实则暗中紧盯街上动静。这街上

最大一家赌馆便是金爷的本营。等到了夜幕时分,仍未见异常,五爷出得来,与一个扮成车夫的兄弟对换装扮,拉了黄包车便蹲在赌馆门口。赌馆一如往常那般喧嚣,往来都是纨绔子弟公子哥老爷们。

五爷焦急地候在门外,眼见并候不着上钩来的鱼儿,时辰稍纵即逝,索性豁出去,冒着被青帮人认出的险,进去赌馆探个究竟,烟雾弥漫里人声如沸,不时夹带哭爹骂娘的叫声,又有吆喝下注的高喊。果真是鱼龙混杂之地。

赌馆里间设有吸烟的格子,五爷压低了帽子,掀帘进去,更是一股呛人的大烟味儿,一排排躺着皆是吸大烟的爷们,那些人神情无不茫茫然,也有是如坠神仙地的美妙神情。

青帮的打手则不时各个角落穿梭查视。五爷佯装醉步,扮作大烟上瘾的模样,一格一格地走进去,正暗里四下察看,却忽地一双手搭在后肩。五爷心里兀地一惊。

五爷定定神,缓身转过去,却见一个流着泪水鼻涕的瘦弱男子,正摇摇晃晃立在五爷跟前。那人以袖一揩鼻涕,声音喑哑里有哭意,道:"爷,赏几个钱,吃……吃烟,赏……赏几个吧!"

原是个抽大烟抽光了钱的要命烟鬼!五爷将那人一推,那人便轰然倒在地上。再往里了去,隐约传来有人哭喊的叫声来。

"金爷,金爷……饶命……"

五爷再走入几步,却有几个腰里别着枪杆子的黑衣打手站着岗,着实不好再进,便往那格子的炕上一躺,拿起那烟杆,装了模样在抽烟。

哭喊声时断时续地传来。

"金爷,小的这就去……码头的老爷还不是您金爷一句话就妥了的事么?……"

五爷侧耳倾听,却是听得不甚清楚。说话间又有叫骂:"我操的这个山泽!"随即便听得一声哐啷,如是什么器物砸碎在地上的声响。

方才静了会儿,说话的一帮人便由里面出了来,一开门,皆是一色彪形大汉,为首的是个戴了眼罩的独眼龙。五爷认得这独眼龙,金爷身边身手了得的保镖。独眼龙身后便是一身玄色绸子缎衫的金爷了,此人精悍身材,头发油光发亮,五官狰狞,目露凶光,一看便知实属无恶不作之徒。

那一等人出了来，金爷将烟头甩在地上，回身对心腹军师道："码头那儿打好招呼，货上上下下的给我盯好了。"

那狗头军师一脸媚相，油发中分，大冬天里手中仍把着一把扇子。军师听罢忙不迭地点头哈腰："金爷，您放心！"

待诸人离去，五爷方才由炕上起身，速速赶去会合王景诚。

【第十五章】

兴废由人事

　　五爷出了赌馆，见天色已近上夜，遂加快脚步，却刚拐个弯，便见方才那金爷的狗头军师正拎着一个瘦弱男子打骂道："没钱还抽什么烟？还不抽死你？"说罢便是一拳闷击在那人腹部，瘦弱男子哟的一声便倒在地上，连声讨饶："爷呀，饶命……小的只抽一口……"五爷一听，正是方才在金爷房内所打的那人的呼喊声呢！那狗头军师见状却不解恨似的再补踢了几脚，直至那人蜷缩成一团，方才扬长而去。

　　五爷待那军师走远了去，便猫了身子伏前那人身边，一推，才见那人已口吐白沫、两眼翻白的模样，果真是中了大烟毒已深。五爷忙按了按那瘦弱男子的人中，一会，那人便缓了缓口气，渐得清醒了，只是仍目光呆滞。五爷见他已醒，起身正要拔腿而去，便听得那人喃喃着说道："让我抽一口……抽一口……"

　　五爷回头瞪了瞪他，不过是坠入烟坑里的废人罢了，真不如方才便让他那样去了干净，留在世上可还是残废了的烟枪一个，五爷只急王景诚所交代之事，便奔远了去。

　　"别以为我不晓得你们替日本人押烟土……"那人兀地冒出一句。

　　已奔出十几步的五爷只听得他说什么日本人，忙又折身回来，蹲下身道："把你刚才说的再说一遍！"那人却呆若木鸡，毫无反应。

　　五爷见街上有人过来，便将他架起，拖到暗处，接着问道："什么日本人？快说！"

那人嘴里只淌着一线滴答的口水:"给我烟抽……抽一口也好……"

五爷忙从口袋里掏出两块大洋,四下里瞅了瞅,见没人,才道:"瞧准了没有?这里有两块大洋,够你抽一阵子的。"说罢,便上下掂那两块大洋,大洋发出清脆之响,直拨得那人的眼发直,他将手伸了过来:"大爷……赏我几个……我抽烟,不抽我难受啊……大爷,我难受……"说罢,又是眼泪鼻涕俱下的模样。邋遢如此地步!

五爷却将大洋藏在身后,道:"你得告诉我,你刚才说什么日本人?说了,这两块大洋就归你!"

那人抬手,一抹那一脸的眼泪鼻涕,急急了道:"我说我说,金爷替日本人押运烟土,这事我知道,我全都告诉大爷您!他们为日本人押烟土!"

五爷追问:"什么时候动身?押往何处?"

那人道:"今晚,在三甲港码头,押往北平。"说罢,猛吞口水。

五爷却拿了枪抵住那人的脖子,狠狠道:"你说的可是实话?你如何知道这些?你若是糊弄爷,立马要了你的小命!"

那人瑟瑟发抖:"不敢,爷……小的不敢!小的所说全部属实,是小的亲耳听金爷所说……"

"好,我且信你。"五爷却不把抵在那人脖上的枪收回,"记着,若你把今晚发生的事说出去……"

没等五爷把话说完,那人赶忙接口道:"爷您放心,小的一辈子也不说!"

五爷收了枪,"谅你也不敢!"说罢,果真将那大洋给了那人,并喝一声:"滚!"

那人乐颠颠地捧了两块大洋忙不迭地叩头:"谢爷……谢爷!"五爷啐了一口痰,却见那人仍是不走,瑟缩地站着看着自己。五爷恼了道:"怎么?想跟爷讨价?你要命不要命了?"

那人却扑通一下跪在地上,忙道:"爷……小的不敢啊……只是,小的有一事不知该不该说……"

五爷喝道:"快说!"

那人满是畏惧地看了看五爷,道:"我听金爷的手下说,今晚分成两路,一路水上,一路陆地,小的……只听到这么多……"

五爷不禁嶒眉，甚是狐疑，水上？陆地？这金爷搞什么名堂？

趁五爷怔神中，那人速速起身，跟跄着步子跑了。

五爷未敢多想，决定找到王景诚再议，遂忙奔向伏身在山泽官邸附近的王景诚。五爷重装成拉黄包车的车夫，一路小奔到山泽官邸附近，山泽官邸选址在日本领使馆内，因而并非闲人等可以靠近，只得远远地观望。那里除了日本兵站岗巡逻外，一切平静如常，亦不见王景诚的影子。

五爷便将车放下，用汗巾甩甩车座位子，高声吆喝了道："坐车了啊，坐车了啊，今晚特价，特价！"这里本是日本重兵驻地，并无几个路人过往，五爷的吆喝甚是显得突兀。

方喊了两句，远远便见站岗的日本兵对五爷喊道："八嘎，车子的快快走开！走开！"

五爷只好对那岗兵弯了弯腰，拉起车缓步去，刚走了两步，身后便有清朗的声音响起："车夫，拉我去南京路！"却是王景诚的嗓音。

五爷头也不回，忙放低了车子："好嘞！先生坐好了！"待身后的那人坐了上去，车子一沉，五爷便抬起车子疾奔而去。

路上，五爷压低了声道："我打听到金爷兵分两路押这趟镖呢，就在今晚，一路走水，一路行地。"

王景诚一身教书先生的打扮，粗布的灰长褂子，戴着的一副眼镜，令他俊秀面容有了几分书香味道，他道："也许吴妈说得对，金爷此人狡诈多端，恐怕正是以两路来迷惑意图劫镖人视线呢！"

五爷道："不如还是像现在这样，兵分两路，你带一路弟兄盯着码头，我带一路弟兄盯住陆地。"

王景诚道："唯有如此！"待拉到了南京路，王景诚下车，掏出车钱，低声道："你带二百弟兄盯着闸北，我负责盯码头，立刻行动。"

五爷接过钱便拉了黄包车绕到王家后门去，进了王家，一个电话打去通知各在位的兄弟，一呼百应，纷纷动身前往，各就各位。

王景诚带了百余人，纷纷往码头处靠拢。扮成码头工人的兄弟偷偷来报，那背着的箱子甚有重量，王景诚便想果然有货。

下了暗号，一色弟兄三三两两地装成船员或是码头工人扛着箱子上了船，待一到船上，那些原本金爷手下的船员皆莫名地失了踪。

王景诚亦是一身短打的工人装扮，扛了箱子便往船上去，日本兵三三两两的执枪盯着货上船，如此来去数回，王景诚却觉得了怪异，那箱子好似越背越轻，到最后的几箱几乎不费力气便背上了，不禁暗思这其中缘故。

工人们将货一并的码在了船上，几个持枪的日本兵上得船来检查了货物，见确已装好，那日本兵互使了眼色，王景诚暗道糟糕，恐有变故，忙偷挪步在不显眼的侧处。果然，日本兵将枪指向他们，道："举起手来，快快地，站成一排！"

工人们不曾想到日本人来这一招，却亦有所耳闻日本人的狠毒，早时有将俘获的俘虏押去挖战壕建碉堡，战壕碉堡建好后，那些俘虏便被永远埋在即将竣工的工地上。显然，今晚日本人又欲故伎重施罢了。

此时船已鸣笛开向江面，日本兵将工人们赶至船舱底层，此处既封闭又潮湿，待久必得窒息而死，几十名工人被带到地下舱，几个日本兵哈哈大笑："支那人，愚蠢得像猪啊！哈哈哈！"笑完，一个日本兵推了推枪膛，正欲抬臂射杀工人，不料被后面猛然扑来的人扑倒在地，其余日本兵叫骂着八嘎一边就要开枪，而几十名工人却反应快他们一拍，早已拥来将他们狠狠击倒在地上。

王景诚命兄弟们将这几个日本兵绑个结结实实，将他们押进关着金爷手下的同一个船舱里，船舱一开，阵阵热闷的霉味扑面而来，再看里面，金爷的手下个个已被窒息得半昏半迷，日本兵嘴里皆塞了布团，呼救不得，便只得栽倒在这如蒸笼的船底机舱内。

王景诚亲手将那舱门关上，道："等一会，一块儿弄沉了。"回头便去了货舱，逐一将那木箱子打开了看，这一看，方才知道有一半的箱子是塞了垃圾，一半才是装了真家伙，原来金爷是想用分开运的方式掩人耳目，万一哪头遇到不测，总还有一半免去了损失。王景诚不禁失笑："还真叫吴妈给猜准了这金爷！"

待船走远，不见了码头上灯火时，王景诚方才命兄弟将那批烟土悉数烧个精光，

【第十五章】兴废由人事

再将灰烬倾入江中，夜色里那火光倒映入江中，如是水中的火焰，烧得众人热血沸腾。船上，弟兄们将那些晕死过去的日本人和金爷的手下一并绑了沉入江中，看此景，船上众人皆拍手称快。王景诚见那星星之火即将熄灭，手一挥，道："走！我们回去！"弟兄们士气正高，亦欢声笑道："这回可有青帮那伙人好看的了！"

"就山泽，铁定是不放过金爷的了！"

"哈哈哈，好戏才开场，耐心看吧！"

"操他姥姥的，最好多来几次，给这'山贼浩武'看看我们斧头帮的厉害！"

王景诚却不禁噙了眉，不知五爷那方已是如何的情况了。不消多时，船便趁了夜色开回港口。因怕巡查的宪兵发现异样，船上的灯火全数熄灭，一靠岸，众弟兄摸黑而上。

却说这五爷拦金爷的这趟镖，闸北火车站是陆路最便捷的选择，料定他金爷除了坐火车，否则插翅亦难上天。

火车刚开不久，五爷便发现金爷与独眼龙都在车中，料定车内必有真货，便灵机一转，在车内制造一起不小的乱子，派几十个兄弟滋事找架。金爷因押镖，不想将事闹大，便压制乱子，而装成混混的兄弟们自然不依，便动手打了起来。五爷见时机已到，迅速带上几十个身手不错的兄弟摸去了车尾装货车厢，又摸黑干掉了盯货的金爷手下，才将那些箱子一一撬开，不出所料，果然不少的烟土。待装好引爆的炸药，点燃引子，五爷又叫武功高强的几个人将那货车车厢与列车掰开。不消多时，便见那远了去的货柜一声震天响，炸成碎片。

金爷被围在闹哄哄的人群里，隐约听见爆炸，暗道一声不好，慌忙掏枪喝开人群，急急往装货车厢赶去，欲看个究竟。待赶到车尾，才见那货柜熊熊大火，被远远抛在后面，渐成一个火苗般大小。金爷这才明白自己中了声东击西之计！他咬牙切齿，回过去寻那伙打架之人，却才发现他们早已趁乱跳车，不知去向。

早候在车站来接应的裴志坤的部下得到货被炸光的消息，大为火光。这趟镖砸了，便意味着日本人会与裴志坤翻脸，再不可联手，无疑对裴志坤是极大的打击。

裴志坤本正意得志满坐在北平大宅院内饮热茶，听得部下报来情况，端着茶杯的手微一颤抖，面色阴沉，问："查到是谁干的好事没有？"

那部下屏息吊胆道："金爷的人说，是斧头帮干的。青帮与斧头帮早些时候结下仇，这次斧头帮有意破坏金爷的镖，让金爷断了活路。"

坐在裴志坤身边的惊黛听罢不由心内暗自惊喜，原来王景诚与五爷干了一单漂亮的活计呢，可谓一石三鸟，日本人、金爷与裴志坤均得以重击。却不知他们是否安全，怕只怕这一单也必得招来杀身之祸！惊黛暗自思量着，不禁为王景诚担了忧来。

裴志坤啪地将茶杯扔在了梨木圆桌上，杯身一歪，茶便漾漾洒了一桌。裴志坤甚是恼怒地在堂内来回踱步，惊黛忙上得前去，玉手抚在他胸上道："裴爷，这单没了还有下一单么，可着什么急呀，我看这金爷也是个饭桶，这般重要的镖也给砸了，裴爷可别轻易放过他，要不你可怎么同日本人交代呢？"惊黛暗中打量裴志坤神色。

裴志坤却不耐烦地将惊黛的手拂开，道："你们女人家懂得什么？这可是关系到政治的大事儿，不是拿了金爷就好交差，钱没赚到，赔了本倒还罢了，最难搞的是政治这东西，你不懂，就别乱说！"

惊黛见裴志坤已是气急攻心，便假意嗔怒，别过身子，摔了绢子，道："好，我不懂，我不碍你眼了，我走，这总行了吧！"

裴志坤看了惊黛一眼，却不由得摇头叹气。

惊黛出得门去，却见院内积雪甚厚，而院中的梅枝却三三两两地结了花蕾，有些甚至已是含苞欲放的模样，不禁一喜，便踏雪看梅，寻嗅梅蕾暗香。

来北平短短时间，却如觉一生般漫长，唯有今天，才觉是希望如是那三月的暖阳透了黑厚的云层间隙照射身上，不甚温暖。春天，大约也是不远了吧？

却说这几百斤的烟土不过一夜之间便悉数全无，除了打死几个滋事的混混外，金爷并作不出更好的交代，山泽浩武只是气得吹胡子瞪眼，疑心是这金爷遭人暗算利用，却又一时不知谁走漏了消息，这裴志坤恐怕也相信不得，便忙与苏州方面的燕又良取得联系，一封电报打了过去。燕又良接到电报自然喜不自禁，久候多时的山泽终是姗姗地来了。燕又良暗自运筹起早有的计划。

而这边厢，山泽浩武已动身去了北平，怀中揣着那方鸳鸯戏水的绢帕。

裴志坤得知山泽浩武正动身前往北平而来，甚是心焦了去，那生意做不成，山泽

第十五章　兴废由人事

浩武定是与自己交恶而来。这烟土生意虽有他裴志坤帮日本人的忙便利许多,而各地帮派与军阀,谁都虎视眈眈盯着这块肥肉,那些庞大的军需开支,如果有烟土作为军需后方支援,显然,自个腰包鼓得更快些。

裴志坤自知这山泽浩武开罪不起,便打定主意在山泽浩武来的这几日时间里,将惊黛打发出去。这日见惊黛正在院中的太阳下细绣女工,远远地看去,美人模样纤弱倩妍,便微笑了走过去道:"天冷,进去屋子里暖和些。"

惊黛看了看这裴志坤,笑道:"也罢。"便起了身施施然往屋内去,裴志坤忙将屋子帘子掀开,屋内果然暖和许多,香炉里正焚着檀香,炕里又有未熄的炭火。裴志坤坐定,看惊黛只是顾着忙活,并不答理世事似的。便咳了咳,笑道:"来北平这么段时日,我还未问过你过得可还习惯?"

惊黛笑道:"不习惯,可又怎么着呢? 北平从今往后便成了我的根了。"话说着,便又伏下头去绣花。

裴志坤道:"北平确也不似上海那般花花世界,沉闷许多,天气尚冷,不然带你去那宫里寻梅,游水划船,却也是一番乐趣。"说罢见惊黛并不答,又笑道:"听副官说北平城郊山上的清平寺最近开门讲授佛法度众生,副官太太正要去清平寺小住几日呢。我想着你在这也是闷着,不如出去多结交几个官太太,也好打发打发时间,跟副官太太去清平寺,我也放心,寺院清静,无闲杂人等,你不正好也能烧香拜佛?"

惊黛听罢忽地一针绣歪,心下想了想,暗笑一声,方才缓声道:"好。"

怕是应得太快,裴志坤迟疑地怔了怔,道:"你什么时候去? 我让副官送送你?"

惊黛头也不抬:"明天吧。"

裴志坤下炕来,作势拍了拍军服,呵呵一笑:"你看你也急性子了,说去便去,东西还需收拾不是?"

惊黛依旧云淡风轻:"也就带两件衣服,碍不了多少时间。"

惊黛果真拾掇了几件衣服,又带了一个老妈子,便上了副官的车。副官太太却是前呼后拥地带了许多物什与几个侍候的丫鬟,形同搬家,相比之下,惊黛便却只是当做寻常出游。

裴志坤在临行前又叮叮嘱咐,让老妈子好生照顾惊黛的起居饮食,天冷添衣诸如等等。待副官的车子远去，裴志坤方才轻松，惊黛一走，山泽浩武来了，亦只能拿烟土说事。

拿准了山泽浩武到达的时间，果真，一个电话打来，便是道迎接皇军去的。裴志坤忙理了理仪容，面无表情地步了出去。军区大楼的阶前站了良久，方才见山泽浩武的车子缓缓开来，众人忙立正站定，那山泽由车内出了来，并不看裴志坤，上了台阶。裴志坤道："山泽先生，裴某代表北平军欢迎您的大驾光临！"

山泽浩武鼻息里只是哼了声，便当做了回应，裴志坤紧随其侧引路，俨然是上司下属般。山泽自然要裴志坤臣服于日军之下，见他如此，不时以点头示意。

一杯上好的龙井端在山泽面前，山泽吹了吹气，看那茶叶被吹了散，茶水碧色清透，饮罢如是清泉润了渴意。

山泽放下茶杯，盯着裴志坤看，裴志坤被看得忙垂下首。山泽的话语里有责斥："裴先生，想必你也知道此次我来北平的道理吧？"

裴志坤道："明白，山泽先生是怪我裴某未能与山泽先生合作良好。"

山泽面无表情："烟土之事，实在是令我失望，请问裴先生有追查凶手吗？"

裴志坤不免惊讶："山泽先生，听金爷的手下说是路上被斧头帮之人所劫持，而斧头帮乃上海的黑帮，我这北平的军阀不好出面吧？我想，如果山泽先生想除掉斧头帮，还不是不费吹灰之力的事么？"

山泽浩武却负手转过身去，威武道："金爷的手下所说之事，谁知是真是假。人没抓到，到底是不是斧头帮行凶作案，裴先生难道就不想追查一下吗？"

裴志坤听他口气，如是将疑问定在了自己身上，看来山泽浩武失去了几百斤烟土也着实惹恼了，见人就咬。裴志坤忙道："山泽先生，这事就算您不说裴某也定要查个水落石出，给您一个交代。山泽先生，我裴某同您合作的诚意您还看不出来么？"

山泽浩武眯了眼看了看裴志坤，那小小的眼睛里透出几分咄咄逼人的精光，却不料这山泽忽地变了面色，方才仍是阴沉可怕，这会子却换上微笑。山泽走近裴志坤，拍拍他肩膀道："裴先生的诚意我是非常欣赏的，全中国，像裴先生这样识时务的俊杰实在不多呀，难得裴先生如此明白，皇军会对裴先生大大地优待。你放心，咱们

这笔生意不成,友情还在嘛!"说罢,呵呵笑了笑。裴志坤见山泽转了面色,正猜疑他用意,山泽又扶了他的肩,亲如兄弟般:"来来来,裴先生,你看这北平这般宽阔的地方,你是这一方的军阀,我说过,我们还需要多多的合作才行!"

裴志坤心想这山泽浩武果然是还需利用他,他手上又有重军,山泽自然不敢轻易妄动。这一想便笑了笑道:"那是那是,山泽先生,皇军哪有用得上我的地方,只需山泽先生开口说一句。"罢了顿了顿,又继道:"北平是我的地盘,山泽先生也是头一遭来吧,我看不如这样,山泽先生这几日便住我府上如何?"

山泽浩武一听,正中下怀,不禁抬手,抚在放着绢帕的胸前那地方,不动声色道:"那还需麻烦裴先生了!"

裴志坤此时方才感到将惊黛送去城外山上的寺院此举有多明智,亲自招待山泽浩武,既消除了日本人对自己的芥蒂,表达了自己的诚意,又保住了这让他惊艳、同时亦让这山泽浩武念念不忘的美女佳人。

【第十六章】山青花欲燃

寒雪冬日之际,北平城自是一片银装素裹,楼台殿阁,白瓦青檐,如是墨点洒在白帛之上,此刻梅林正是嫣然,抬眼便是满眼粉白琼枝。

山泽浩武负手行在宽阔后院,落雪未融,而大好的日头令雪地泛起莹莹寒光。因天寒,院内的水塘反而冒着白气,水面冰块许是被敲碎了清理了去,但见水色深碧,见不着鱼影萍踪。山泽浩武不由轻叹,似呼出一口白烟般。

"山泽先生,可是叹气? 不知是否是寒舍不合山泽先生的意?"身后传来裴志坤的声音。

山泽浩武轻侧了身,便回眼见着了裴志坤那切切笑意的脸。这美景本就令人惆怅难消,又忽地冒出这突兀的脸,山泽摇了摇头,道:"裴先生,你知道我为什么叹气吗?"

裴志坤揣测几回,拿捏不准,亦不敢造次,道:"恕裴某愚昧,却不知是不是裴某府上招待不周?"

山泽先生叹道:"这样美丽的庭院,这样可爱的国家,如今却饱受战火,裴先生难道不觉得可惜么?"

裴志坤当下心中暗自一笑,面容却不改分毫。

山泽抬手去抚那头顶处的梅枝,银枝有雪簌簌扑落,优雅如绅士般道:"中国如

果能放眼未来,与我大日本帝国一起共建大东亚共荣圈,岂不是最好的选择? 如今战火连连,双方你死我活,真让我大感痛心啊!"

裴志坤笑道:"山泽先生说得是,我裴某愿意与山泽先生一道共谋发展。"

山泽浩武笑了笑道:"中国一句俗话说得好,识时务者为俊杰! 我看裴先生便是一个明智的俊杰! 难得!"

两人说笑间游走在裴志坤的大宅后院,却只字不提烟土之事。裴志坤自是在拿山泽浩武的心思,而这山泽浩武看似并无与他再继生意往来的意思,却又不提离开之事,裴志坤亦不便提,只奇怪着这山泽浩武来了北平,多数只留在他裴志坤府上,再不外出,只是一个翻译官走进走出,似在随时报告情况,裴志坤也便只当家中拱个菩萨般地赔着小心罢了。

这日,山泽浩武立在水塘边,正用枯枝拨那碧水,才发觉这水塘原是一处水泉,无怪并不结冰,反而水温,几可冬泳沐浴了。

远处有人语。

"裴太太,你大可唤使府上的丫鬟送上寒衣来,何必大远的自己跑回来呢?"

"倒是不碍,大冷的天,跑跑热热身子岂不更好?"

"虽是这么说,毕竟由清平寺回来府上,路程可不近呢?"

"副官开车,也就一盹觉的工夫罢了,倒是你,还要陪我回来拿寒衣,可难为你了!"

"哪里的话,今儿跟裴太太相识,亦算是缘分,难得的缘,往后可指望着裴太太罩着我们一家子哩,那些大老爷的事儿我们女人理不着那么多,裴太太往后若是闷了,唤一声,我唤上几个脚儿,凑成一桌,便是给你解闷子。"

"我倒是不打麻将,手笨脚笨的,还不输给你们去?"

……

说话的辨那嗓音却是两个女子,其中一个女子,正是妙龄女子方才有的婉转之音,如莺柔啼般的,山泽不由缩了缩,往那假山后藏了去。

两个说话之人迤逦而行,越走越近,山泽定睛,一个是珠光宝气的俗妇,而一个则令人疑是天人,貂绒披风,富贵却不逼人,娇嗔而不媚,仪态万方的模样,若非那服饰，山泽定定以为那是龙彦俊一，他是日本最美的那朵樱花，却是遥不可摘，而眼前而过的这个美人，却是身在他可以触及的地方。

那晚她一身黑衣的燕尾服，如此俊雅，那绅士帽下闪亮眼眸、那举手投足的神情更似那俊一般，几可夺人心魄，他千里迢迢的，不正为这一眼么？山泽不禁又抚向那绢帕所放的胸前，不，绝非只一眼！

惊黛与那副官太太两相言笑着进得府内的房中去，自然不觉身后那追逐的双眼。

惊黛正欲掀帘而入，副官太太停在门口处，笑道："我不便进去，便在大厅处候着你吧。"惊黛点头笑道："也罢，不过些许工夫罢了。"

副官太太一走，惊黛掀帘而入，翻开衣箱找寒衣，只想去去几日便回，岂不料山中比城中更冷了些，终是耐不住，要回来一趟寻衣服。

一件鼠皮内袄握在手心，暖意随来，腕子上戴着一双翠玉镯正相碰着叮叮微响，日光里有漫漫尘埃，一刹那，那尘埃兀地上下飞舞，惊黛心下暗自一惊，一枝正妍的梅枝缓缓递了眼前来。

"芳心向春尽，所得是沾衣。"来人轻声道。

惊黛也不回头，接了那梅枝，笑意逐开，道："踏雪寻梅之人，也一定沾了一身梅香。"说罢，嗅了嗅了那梅花，暗香浮起，又笑道："山泽先生，莫不是特意为了寻梅，而来的北平？"

那山泽浩武玩味般看住惊黛，笑言："中国的踏雪寻梅是古代人做的事，我特意来北平却是为了寻美人踪的，你可相信？"

惊黛转过身去，将花瓶里的旧梅枝取出搁在桌上，并插入新的。她笑了笑道："山泽先生倒真是守约，不枉我一腔热情。"

山泽自胸前取出那素白绢帕，凑近鼻息处，模样陶醉道："你不知道，这个绢帕搅得我日日难安，夜夜失眠，我来这寻绢帕的主人，也是来了结这一个心事的。"

惊黛听罢不禁掩嘴碎笑，道："那我岂不是罪过了？让山泽先生日夜不安的，我便是来赔罪了。"说罢，走近那山泽浩武面前，将那绢帕夺了去，拿将在手里仔细翻看，嗔怪般道："这样素白的绢子，别是脏了，脏了便难看了。"

山泽浩武的手亦抚向那绢子，道："那是圣洁的绢帕，我怎么舍得……"抚向绢子的手竟不知何时抚上了拿着绢子的那双手，那手似比那绢子更是软滑，有莹莹玉般的光泽。

惊黛抽开手去，折身正欲走开，山泽浩武却猛地抓紧了那温润如玉的双手，将那瘦弱的身子扳过来。惊黛怯怯地抬眼，眼前这山泽浩武正是满眼情意，他握住那双手直捧在胸前，笑道："在东瀛，美丽的艺伎若是爱上一个男子，她会将她美丽的信物偷偷地让人捎带给他，让那男子明白她的心意，今日在中国，我有幸得到夜来香小姐的绢帕，实在不得不令我想象与夜来香小姐……"

惊黛猛地抽回了手，意如委屈，道："我还以为山泽先生本领通天呢，本想将绢子给了您，您便能将我从这救出去，却不料还是裴志坤将我送到冰天雪地的山野小庙。我算是明白了，山泽先生不过也是欢场中逢场作戏之人，又哪里能真正依靠得上呢?!"说罢，偷偷瞄了瞄他。

山泽却轻叹："皇军的利益你们女人是无法明白的，我是一名堂堂正正的军人，要以皇军为重，我抛妻弃子离开东瀛已是五六年时间，为的也是国家的利益，你是不能明白军人之苦的，但我可以真诚地向你表白，你是我在中国所见的最美丽的女子，如同龙彦俊一那样令人难忘！"

惊黛鼻息处轻哼了声："原来又是拿我与别人相比的呢，那这人才是山泽先生的最爱了，夜来香请山泽先生回吧，权当这事了了。"

山泽浩武又如何能当此事已了？他如此奔赴千里，就此一眼么？

惊黛已是别过脸去，真真是生气的模样。山泽浩武本欲迈出的步子收了回来。而这女子侧脸时的眼帘，睫毛如是一排振翅欲飞去的蝶翅，轻闪不已，面颊如若是那最美蔷薇，不由心中一动。

惊黛只听得动静全无，正欲看去，却是忽地有人双臂张开，将自己紧紧箍在怀中。山泽浩武压低了声音道："夜来香，想见你多不容易，我绝不让你由我手中再逃走了！"惊黛被那大力窒得直透不过气来，不由用力推开他。

却说那边厢裴志坤正由外面回到府上，正拾级而上，不经意抬眼见副官太太正蹀了小步在厅内看盆景，如是等人的模样。此时这副官太太应和惊黛一块儿方才对,如何竟回了府上?

裴志坤不免气急了疾步向前,问那副官太太:"太太跟你一块儿回来了?"

副官太太见是裴志坤,大气不敢出:"是……是的呢,裴太太说回来拿衣服,正在房间拾掇衣物,我这正是等着她,拿了衣服便回寺院里去。"

裴志坤气急败坏,道:"不是叫你给我好好看住她,不许她回来的么? 你怎么又让她回来了?"

副官太太垂首不语,若非是裴太太坚持要回来拿衣物,她也必得按裴志坤之意将裴太太缠在清平寺,直待到副官来接她们为止。

裴志坤疾步往后院去,院内只是静寂无人,那静,更衬得异样几分。

惊黛摸算了一下时间,越发加大了力气挣脱山泽的怀,声音略是提高了些道:"山泽先生,这毕竟是裴府上,我如今还是裴府姨太太呢!"

山泽浩武见这夜来香忽地变了口气,忙道:"夜来香小姐不愿意么? 我如此迢迢地前往北平,为的就是你呀!"

惊黛笑道:"山泽先生怎么会因为我呢? 山泽先生为的是寻裴爷来的。"

山泽浩武道:"裴先生让我损失了一批烟土,这损失现在还没跟他算呢,我还找他做什么? 裴先生只空有军人的胆量,而缺乏智慧的头脑,用中国的话来说,便是一介莽夫,他对我山泽甚至是皇军而言,意义已并不像当初那般重大了!"

山泽浩武正牙恨恨地又欲言道,却忽地门外有人猛咳两声,惊黛呀的一声退了一步,脸色煞白,山泽浩武明白裴志坤全听见了,却只是冷笑,掀帘出了去,道:"裴先生,想不到你金屋藏娇啊,夜来香小姐竟在你府上?!"

裴志坤脸色极是难看,却强压怒气,道:"山泽先生,这夜来香小姐我是从警察手中救出来的,上海那边怀疑她,着实也是待不下去,我便带了她来北平。"说话间恨恨地看了看山泽,却见山泽对他不过是视若无睹,不觉更是气急,顿了顿又道:"山泽先生真是对夜来香小姐如此痴心呢,千里迢迢由上海一路寻到北平来,呵呵,只是她已经是我裴某的姨太太,不再是那风月场所的女子了。"

山泽仰天大笑,片刻止住,道:"裴先生多虑了,行事总需要讲求个缘分,就如同,是你的总须是你的,不是你的,也无法硬要了来,就像裴先生的这次烟土一样。"说

罢,呵呵着笑了走开去,几步又回了头来道:"裴先生,即日我引荐一位朋友与你,必你也是相识的了。"罢了,便悠闲般地去了。裴志坤不禁眼睛落在山泽口袋处,一角素白的绢帕露出来,尤显突兀。

裴志坤听明白山泽之意,那烟土生意山泽恐已另找他人。又想起方才山泽在屋里的所作所为以及对自己的评价,不禁气得一拳砸在墙上。

裴志坤掀帘进了去,气呼呼道:"你怎么回来了?"

惊黛却是一言不语,只是咬唇。

裴志坤道:"收拾了衣物便回寺院去!"

惊黛一记冷笑:"原来,你让我去清平寺,是这样的打算。这山泽方才不也说了么,他不敢再对我如何,又何必再将我往山上赶?"

裴志坤万般耐住性子,缓声道:"你不知道这个山泽浩武是对你存在了心思吗?他在一天,你就不能待在这里!"

惊黛道:"瞧着吧,明日他便走了。"说罢,便坐在太师椅上,拿起桌上烟盒子,烟盒子上印着含笑的旗袍女郎,叮一声打开,将一支烟叼在唇上,另一手的火柴已擦出豆般的火苗,惊黛吸了吸,悠然吐出烟圈,模样极是冷艳。

裴志坤最爱便是她这般,不由得心软,俯下身来,手指挑起惊黛的下巴。

翌日尚早,便有下人来报,说是副官太太来接惊黛回那清平寺,正门外候着,惊黛便知是裴志坤的意思罢了,仍是半披了衣裳坐起,额上系了一条抹额,才让下人唤那副官太太进屋里来。

副官太太一进屋,便细嗓子极是甜蜜了道:"裴太太,可得宽恕我这般不懂事呀,这么大早的来挠你清梦,我只怕裴太太错过了今日清平寺圣僧讲佛。"

惊黛笑了笑道:"倒是想去呢,却怕是走不动。"

"怎么?"副官太太这才细看起惊黛模样来,小脸苍白,唇无血色,恐真是不适了。这才惊讶道:"哎呀,裴太太你病了么? 可有去叫郎中来?"

惊黛无力一笑,如是弱柳扶风,姿态羸弱纤纤,但见了都怕会疼惜几分,笑道:"怕正是山中天寒,受了寒气,只是小病罢了,不碍的了。"

副官太太声线略略提高了些："那怎么行呢，裴先生知道了必然怪罪与我了，都怪我，没好生照顾好裴太太，你便歇息去，我找郎中来。"说罢便风风火火地出了去。

惊黛并非伪装，想是昨夜里受了寒，确有不适，便又躺回去。一闭了眼，便全世界的声息都入得耳来一般。外头风力可比前些日子缓下了，仍是冷，炕下的炭火半夜里熄灭了，原本睡得人口干舌燥，而一熄了火却徒得冷下，这一冷一热的，便着了寒，终是病倒。

屋外的廊上但听得脚步匆忙，惊黛疑心，支起身子唤来下人，问是何事，那下人支吾着却说不清楚。惊黛披了衣，便下得床来看究竟，一掀帘子，顿感冷意袭来，缓步出了院子，才见裴府中甚是忙碌，门口处停了一辆车，又有不少兵士站岗。惊黛只觉奇怪，这又是什么缘故？裴志坤一向不在家中设岗，保护他的都是家丁，个个身手不凡，何来的这些兵呢！

惊黛踱了前去，却见正厅内坐着几个人，正欲仔细打量，这几个人又已起身作别模样，惊黛并未挪步，只恍惚间，有一个人的身影甚是熟稔，只是厅内暗些，辨不清模样，便又探头。

那几个人已提步欲迈出厅来，为首的正是那山泽浩武。山泽浩武并不曾看见门侧下立着的惊黛，只言道："裴先生，我们就此告辞，你也不用送了！"

山泽浩武身后跟着的两人，其中便是裴志坤，另外的那一个，惊黛待他一走出，忽地如坠真空，灵魂舀去知觉般，心内更是惊涛骇浪。他亦将视线转向惊黛，两下怔立。

燕又良，惊黛万万不想在此地遇见他。他便是自己前世注定的冤家对头，总会狭路相逢，那是宿命里错写的一笔么？

燕又良惊立在原地，如是星月有失，银河倒倾，天际有轰隆的巨响传来。阶下的那女子，何其貌似惊黛，她落花人独立，身形却似比惊黛单薄纤巧，脸色亦过分发白，而那清雅却越加令她出尘脱俗。真是惊黛吗？却并非在上海斧头帮手中？这万千结头解不开，只是郁凝于心。

同行的裴志坤正说道："既然如此，便恕裴某不送！"话说着，却见身旁的燕又良神色异常，顺了他的目光看去，才见是苏澜子，便不由轻咳两声，这姨太太姿色自是

不凡,却引得无数男子都为她神魂颠倒。裴志坤明显的不悦,对燕又良道:"燕先生,请吧! 燕先生已将山泽先生的生意抢去,莫不成也要把裴某的姨太太也抢了去不成?"

听这一言,惊黛方才由恍惚中回过神来,便匆匆忙忙转身而去。

燕又良双眼却不禁追随她的身影而去,直到不见,方才回过神低了低头,看看山泽浩武已上了门口的小车内候着,问裴志坤道:"此女子真是裴爷的姨太太?"

裴志坤鼻息处冷哼一声:"燕先生此话怎讲? 她不是我姨太太,还会是谁的?"

燕又良脸色窘迫,道:"裴先生误会了,我是觉得这女子好生面熟,倒是想知道她是何人? 来自何处? 姓甚名谁?"

裴志坤却越加反感,道:"燕先生,我倒是想知道你有何意图?"

车内山泽浩武催促燕又良,燕又良不得不上了车,裴志坤看那渐远的车,又是冷笑,燕又良,算你狠,抢了我的生意不说,居然想打我裴某姨太太的主意,那一年若非山中有人相救,我早将你治得命丧黄泉!

惊黛回了屋内,只是手足无措,若被燕又良认出,那自己此行目的便成泡影。正思想着,回眸处有日影渐移,窗下的倩影纤瘦,在这般暖阁里,她却只觉得了孤独无依。

而此行并非为得裴志坤与日本人的生意往来巨细之事,惊黛不禁念及上海的王景诚与吴妈,吴妈在她临行前那特意的交代。这般想了想,当下心里便定如湖面。

惊黛正思量着如何进行计划,裴志坤掀帘而入,脸色阴沉,面无表情了道:"你跟那个燕又良认识?"

惊黛扶起滑下肩的衣裳,道:"我与他又怎会相识呢?"

裴志坤坐进椅内,手指敲在扶手处,道:"是么? 他说他觉得你与他的谁甚是相似呢?"

惊黛掩嘴而笑:"你莫不是吃醋了不成? 我原先在大上海那灯红酒绿的地方唱歌,自然有不少人认得我,而我却没得一个个记得他们,我看这燕又良也便是其中一个罢了。"

裴志坤立起身来,一把拉过惊黛,拥在怀中,盯住她一双美目道:"最好是这样,别是有其他什么事，嗯？你要乖乖地待在屋里，没我的允许，不许随便出来见人，你明白吗？"

惊黛扭捏了身子，嗔道："你这是把我当你的犯人来看管不是？我可不是你的犯人！"

裴志坤咬着惊黛的耳垂，轻道："你就是我的，无论如何你也逃不掉！"说罢，一把扯去她的衣物……窗外天光大亮，可惊黛却看到漫长黑夜。

【第十七章】

天高但抚膺

这日里，裴志坤回来不知为何起了兴头，让厨子精烹了几样小菜，又亲拿了收藏的红酒，斟了两杯，递与了惊黛，笑道："来北平许久，何曾似今日这般惬意呢？那些乱七八糟的事儿便不想了，来，我们好好小饮一杯，人生在世，总是得意处时须尽欢！"说罢，便与惊黛碰杯。

惊黛亦是用足了欢颜，尽君一夕欢罢，仰头便饮下那杯中洋酒。两人这般边饮边吃，倒真如寻常夫妻那般模样。惊黛无由心酸，谁与谁才算是真正的夫妻之缘呢？连她亦难得明白。

一瓶红酒这般吃吃饮饮，竟喝掉大半，惊黛只限小口的啜饮，裴志坤军人出身，自然好豪饮干杯，大半瓶洋酒便是他一人饮进，这便显露了微末的醉意。醉意呛呛间，裴志坤仍是把所谓乱七八糟之事搬出口来，只图骂个痛快。

裴志坤舌头打结："山泽浩武……他竟拉拢燕又良……那边去了，真不把我放在眼里，好歹……我也是北平的大军阀，哼……"

惊黛意味深长看了看裴志坤，忙替他续了酒，笑道："山泽浩武这般做法，莫非是要让你与燕又良互起矛盾？他坐山观虎斗，然则取其中利益？"

裴志坤又饮罢一杯，摇动酒杯道："这个……老狐狸。想当年，我追杀燕又良直到苏州山郊，差一点……弄死他，是早已属公开的秘密。我与燕又……早就便是死对头,燕又良现在……已经,已经东山再起,又惹出烟土……的事儿来,我看这山……山泽浩武,实在是不……不安好心!"

惊黛听罢,一刹悚然,原来燕又良当年确是被同僚追杀,方才昏死山野。而今日,这凶手便在眼前!

裴志坤晃晃空空如也的酒瓶子,醉眼迷蒙:"酒,怎么没酒了?……快拿酒来!"说着便一口酒臭喷在惊黛脸上。惊黛忙另开了一瓶,满满地斟上,裴志坤涎着唾沫又灌下半杯,便再也撑不住,撂下酒杯,倒头便伏在桌上。惊黛摇了摇他,看看门外,轻声问他:"裴爷,军部最近与日本可有什么合作?你可知道?"裴志坤似欲睡去,并不答话,只作哼哼呻吟。惊黛又复加力摇晃了几下,裴志坤方才含混道:"日本……日本军火……"话未说完,便呼噜大作,再也唤不醒来。

看来裴志坤口中所说的军火之事,便是近时里国军与日本人要合作的紧要之事了,仍需探听虚实去,打探得真实情报才好报与上海的王景诚。

惊黛唤来下人将裴志坤扶上炕,时辰已是深夜时分,惊黛躲过府内守夜的下人,轻了步子来到偏房内。这间偏房自打惊黛入府,便见无甚作用,只一味上锁空着,惊黛便要了来制胭脂所用。裴志坤只当她是女子所需之物,全不过问。

惊黛开了锁,便进了去,轻轻关门后来到案前,案上皆是胭脂的瓶罐,艳色犹浓,熏香幽然。那一块块美艳的膏脂便是惊黛手下的奇迹,幻出最美的传奇来;而那些又是死亡之花,徒生得云霓芙蓉,也必化作烟灰飞灭去。

惊黛细细研碎那脂块,又生了火,将陶罐放在火上烘烤,幽香如是龙兰,再匀匀地搅动几圈,脂液缓缓浮荡,染得一室皆春。而惊黛自然明白,越是美丽,越是危险,这一手的美不胜收,若不得及时以药相解,必然纠成毒索,直勒她的喉!

一小撮的青丝烧成发灰,撒入那陶罐之内,咕嘟微声传来,再将那陶罐拎入冷水中一放,顷刻间又拎起放在地上,勺子舀了一些流入锦盒,因着天冷,惊黛吹了吹气,那脂液便凝结成块。

一旁案上的铜镜映了微微火光,那抹火光之下,惊黛的脸在镜中渐现真颜,斑驳的蝶纹,如此残酷,如魔鬼的戳印,直戳在惊黛原本清丽的面容一侧。惊黛抹起那胭脂,洇在脸颊,顷刻间,如是酒蒸在肤,微微粉意饰去那可怖的蝶斑。她知道的,她只

是一束盛放在暗夜的神秘之花,这胭脂一凋,便是繁花落尽,萎作残泥。

惊黛缓抬眼来看这镜中人,正怔忪间,只恍神那身后光影沉重里如有模糊的身影。定睛一看,不由悚然,隐在幽暗里的那张脸尤显狰狞,眼若钢珠,在暗里迸出杀气之光来,那是凭空掠过的电光,霹雳炸出那人的真容。

惊黛赫然立起,转身背抵案沿,恐慌了道:"裴爷,你可吓死我了!"

裴志坤缓步移前,火光之下,那张仍饱有醉意的脸此时却异常诡秘。他靠近惊黛,手指挑起惊黛的下巴,通红的双眼玩味般研究起这张精致的脸来。少顷,他才慢条斯理了道:"你真是太美了!原来……是靠这胭脂瞒天过海呀!啧啧啧!"

惊黛当下便蓦然一惊,难道一切他已偷窥得知了?

裴志坤拿起案上的那锦盒,闻后又盯住惊黛道:"可惜,人工终究不敌天工,费尽心机接近我,是为了情报?你这样的人才确是罕有,看似与世无争,与人无争,一副世外佳人的模样,但,我还不一样识破了你?"说罢,脸上一副皮笑肉不笑的模样。

惊黛心里已慌乱作一团,但面上仍强装镇定,假意无辜道:"裴爷,你这是怎么了?莫不是醉糊涂了不成?你所说的,我着实听不明白。"

裴志坤并不理会,只从衣袋里掏出一封信与一张剪报,惊黛接过来一看,正是在百乐门时侍者给自己送来的九爷的信与赤英牺牲的剪报!!竟何时到了裴志坤手里?!而他却一直不动声色!惊黛顿感心如大战之后的荒原,双目如洞穿所有可能,如今落在裴志坤手里,也是在劫难逃,或许,这便是宿命吧!

惊黛这般一想,反而心归平静,笑道:"裴爷,既然你已经知道我的目的,那你何不干脆了断了我?"

裴志坤却一笑:"了断你?你以为我有这么傻吗?"说罢,顿了顿,又道:"不用你引出斧头帮同党,那岂不是太可惜?"

惊黛咬唇,暗道糟糕,如若那王景诚上当,再落裴志坤之手,便真的再难逃出生天了!原已放下的心复又提悬起来。裴志坤见惊黛脸色有变,哼地一笑,接着俯近惊黛耳际暧昧了道:"我的姨太太,我看这里挺合适你的,你便在此过夜吧!"说罢,反身而去,将门上了锁。

裴志坤一走，惊黛自此坐立难安，却是责罪自己，这裴志坤是何等人物，怎么可能酒醉后便轻易漏出情报，总是自己愚笨轻敌，方才落下他的圈套。如今裴志坤拿她作诱饵，去引斧头帮，若这王景诚有个三长两短，便是她的万般不是了。

裴府便是繁华流丽的人间地府，她只身前往，视死如归般，却又是为何？扪心自问，却并非如赤英般的爱国精魂，只是为替赤英报仇！而在这笙歌的炼狱里，惊黛如一夕间学尽人生本领，正义与妖魅，楚河汉界一线之隔，这便是危险的钢丝，惊黛终是如履薄冰中坠身而落。

这一夜，如是漫长的一生，惊心动魄，又揪心断肠。念及不期而遇的燕又良，便是一腔幽恨，若非他薄情，在她失踪后如此仓促重娶，大约，她如今仍在燕府里，日日濯素手，调羹汤，即便与他粗茶淡饭，亦是难以奢望之福。

悲歌当泣，远望当归，她只是旧人，早被抛于浮世红尘中，高楼欢笑有新人，哪闻旧人哭呢？念及他朗朗眉目如今也有人代替了自己去疼惜，总算亦是好事，而他那日里看见自己，不知是否已然认出？

夜越深沉，寒气越重，惊黛来回踱步，不经意瞥见窗外竟扑簌簌飘起雪花，晶莹剔透。推开窗，看那漫天精灵由天而降，美欲摄魂，惊黛不禁冻得抱臂，那日风寒尚未痊愈，这一冻，惊黛已觉难以支持。雪仍无声撒落，便落吧，这是光怪陆离的人间，让这洁白的精灵涤洗去这尘世的肮脏！

昏昏沉沉便是一夜，待得翌日，下人送来莲羹小米粥，开了房门，唤了几声太太，却毫无反应。那下人上前去探个仔细，见惊黛斜倚在贵妃榻上，双目紧闭，面色如纸，这才吓一跳，颠颠地跑去报与裴志坤。裴志坤正欲前往军部，听下人来报，这才去房中视看惊黛，以手试惊黛的额，竟如烫铁般烙手，便让下人请郎中，也就再无话，出了房外，让一名士兵看守房门，又交代了仔细看管，这才离去。

那下人忙出门去寻北平城中有名的郎中，郎中坐了马车便一路赶来。

惊黛躺在床上，摞在身上的层层棉被全无暖意，只是冷，如置身水牢，四周漫漫都是冰霜雪水。哐啷一声巨响，惊黛悚然，见牢门打开，竟是燕又良与裴志坤站在牢前，两人俱是奸诈表情。燕又良指着惊黛笑道："惊黛，你快招出同党，可免你受苦！"而那裴志坤却掏出枪，一杆黑洞的枪口对准惊黛笑道："不招我一枪崩了你！"

惊黛急起挣扎，却动弹不得，好似浑身力气尽数抽干，手脚也被牢牢缚住；她想大声呼喊，喉咙却发不出丁点声响，耳畔只余自己急促而粗重的呼吸。

此时，在床边，郎中按住了惊黛的脉门。

"太太侵染风寒，病根深种，已寒气攻心。如今太太有孕在身，欲保住胎儿，必得全力以赴才可！"

"什么？太太有喜了？郎中你可仔细诊断了？若有误诊，必饶不了你！"

"裴爷请放心，小人乃北平城一带名医，此名绝非儿戏。"

……

惊黛恍惚间醒来，却无力睁眼，只觉头痛欲裂，冰寒之后又是火热，如此冰火两重天的煎熬。迷迷糊糊，似有人扶起来喝东西，却一口苦得不行，哇地吐在被子上，又有人忙碌着换衣服换被子。惊黛终得安静地沉睡下去，无人可扰。

却不知沉睡了多少时候，惊黛缓缓睁开眼来，房内已是暮色四合，光影黯淡，挣扎着欲起身。恰逢一个丫鬟端了清粥进来，丫鬟伶俐，忙道："太太，你别起身了，病得好生重着呢，又有了胎儿，这时正需要静养着才行。"

惊黛疑是听错："什么？你说什么？"

那丫鬟一笑，放下碗，吹了吹腾腾热气，舀起一勺清粥，道："太太，你已有了喜了，老爷让你好好静养着，让我们仔细服侍呢。"

惊黛顿觉五雷轰顶，这又是何来的错笔？！可恨的，可怜的，她如是那砧板上的肉，任由宰割，那强加于身上的屈辱，她要讨回！如数讨回！油然而生悲愤中，惊黛如似火里涅槃的凤，她抬起那顽强的头颅，双目望向窗外远方。

那一穹霞烟般的夕阳，漫染得北平城一城血色。

惊黛定定主意，面上强装平静，接过那碗清粥，缓缓吃了下去。吃罢，又睡了回去。丫鬟见她对有喜一事并无反应，只当她过度虚弱，收拾了碗筷，便退出去。

那裴志坤也是老来得子，自然欢喜，便让郎中每日前来问诊，仔细看护惊黛身子。这日，郎中依时而来，惊黛在罗帷里伸出一只手，那郎中也不说话，只细细按了按脉相，稍时才缓声道："太太身体日渐虚弱，如此下去恐怕……"

惊黛闻声,却不是往日那老郎中的声音,不由狐疑,掀开罗帷,只见床前坐着一位陌生老者,身着青色长衫,头发胡须皆灰白,而往日的老郎中则站立身后。府上下人见状,忙端了脸道:"郎中说此人是济南府名医,也不知是真是假,太太……"一旁老郎中慌忙接腔:"他,他乃我好友,确为济南府名医,且,且医术在小人之上……今日前来探访小人,小人便斗胆请来给太太诊病。"说完,不禁提袖擦去额头渗出汗珠。惊黛见老郎中如此慌张,也觉事有蹊跷,刚欲张口仔细询问眼前老者,却忽见他朝自己暗递了个眼神。惊黛微微一惊,难道……

略一思量,惊黛便对下人道:"你且退下吧,我还要与郎中说些事。""这……"那下人似不放心,狐疑看向老者。"还不快退下!"惊黛提了嗓门。那下人无法,只得退了出去。惊黛起身,轻轻将门关紧,门外不远处仍有士兵把守。

"惊黛,是我。"那老者低了声道,却是年轻人清亮嗓音!

"景诚!我就知道是你!"惊黛欣喜不已,径直上前握住王景诚双手,如见至亲。一时内心百感交集,千言万语却不知从何说起,只问道:"你如何在北平?"

王景诚笑道:"你离开上海不多时,我便尾随而来,隐蔽在裴府附近,暗中保护与你……我岂能让你一人身处险境。"

惊黛眼底热泪再也含不住,随王景诚的话翻滚而出。她拿绢子拭干泪,又道:"这裴府警戒何其森严,你又为何要冒险进来?"

未等王景诚开口,一旁老郎中急道:"先生早两日便请求跟随我一同进裴府见太太,我恐裴爷生疑,只等今日裴爷外出才敢冒死带着来。我不敢问先生同太太有何过往,只是这裴府实在不可久留,先生既已然见到太太还是请速速离开吧。先前那下人已起疑心,若是让裴爷知道,你我二人,甚至连同太太,恐都不能再活!"

王景诚只笑着道:"郎中,多谢你冒险带我混入裴府。你莫怕,我自有办法。若日后裴爷寻你麻烦,你便报上上海斧头帮九爷的名号,他必不敢随便动手。"

正说话间,却听得房外有人声渐近前来,惊黛从门缝处往外一望,急道:"不好,是裴志坤回来了!"老郎中此时早已是六神无主,带着哭腔道:"完了完了,定是那下人把裴爷叫回来捉我们的!"

"你们必须得回避。裴志坤奸诈狡猾,必能轻易将你们识破!"惊黛四下里一看,却无藏身之处,不免焦急万分。

王景诚却淡笑道:"我看不必回避了,与他见个面倒无妨。"说着,便让老郎中藏匿在门后,自己掏出枪,掩住那老郎中。

人声已近在门前,惊黛无法,只得忙坐回房中的圆桌前,正坐定,裴志坤便从外推开门来。惊黛定定神,轻笑柔声道:"裴爷,您回来啦。怎的不让下人禀报一声。"裴志坤滞在门口,小眼睛快速将屋内扫视一圈,然后,呵呵一笑,问道:"苏澜子,今天感觉如何? 郎中可来问诊?"说着便抬步进来。

惊黛还来不及开口,裴志坤只听得身后房门忽地关上。正欲转身,便觉一硬物正抵在背后腰部。不是别的,正是王景诚的枪。

裴志坤心下一惊,不禁倒抽一口气,但毕竟是老奸巨猾见多识广,脸上并不见半点惊慌神色。他缓缓转过身来,只见一白须老者正拿枪指着他,身后躲着那瑟瑟发抖的老郎中。裴志坤见状,低笑道:"你们是何人? 看样子,并非郎中。你们潜入我裴府有何贵干? 老爷子,你想必知道我是谁,却还敢用枪指着我,你可知道后果?!"

王景诚朗声一笑,道:"鼎鼎大名的裴爷,怎会有人不识呢!"

裴志坤一听,眼前的老者发出中气十足的洪亮声音,不由瞪大双眼,问道:"你到底是谁?!"

王景诚扯下脸上粘的白须,道:"听说裴爷您想引上海斧头帮出来,如今不烦劳您设计了,我便是斧头帮的人,您可欢迎?"

"你? 斧头帮?"裴志坤面色微变,稍稍后退一步。

"不错,他就是斧头帮的人!"惊黛忽地站起身来,双目直逼着裴志坤道,"斧头帮专杀汉奸走狗,想必裴爷一定有所耳闻!"

裴志坤听罢,不由得手摸向腰部。王景诚立刻上前一步,枪口直接抵住裴志坤:"别动! 裴爷,你最好让我们安全离开裴府,不然我这手枪可不长眼睛。"

"想走? 出得了裴府,你们出得了北平么?"

"这就不劳你操心了!"

裴志坤不理会王景诚,看向惊黛,道:"苏澜子,我可对你不薄,锦衣玉食,又哪样少了你的？在我裴府安心做姨太太不好么？如今外头战乱不断，而你又……"

"裴爷，你别说了。"惊黛忙打断裴志坤的话。虽然王景诚早已知道此事，但惊黛还是不愿意他从裴志坤口中再将此事听一遍。惊黛接道："我与裴爷你道不同不相为谋。只要裴爷能将与日军的秘密合作全盘托出，我们尚可放你一条生路！"

裴志坤不禁仰天大笑："苏澜子啊苏澜子，原来你进我裴府就是为了这个……送你们出府，我还可帮忙，你方才所说之事，便恕我难从了！"说罢，将脸扭向一侧。

惊黛顿时恼恨成怒，原本苍白的面容被愤怒之火敷了红妆，双目咄咄，发出坚毅之光。她一把夺下裴志坤腰间佩枪，指着裴志坤道："别人不都说裴爷你是识时务的俊杰么？可我看来却只是个不开窍的老顽固！"

在旁的王景诚看到惊黛所作所为，吃惊不小。原本那柔弱女子，事事逆来顺受，如今也变得如此果敢坚强。

裴志坤只冷哼了道："那是国军最高机密，我怎会透露与你？！"

惊黛却笑道："你连自己的国家都出卖了，还在乎什么最高机密？"

"你……"裴志坤不由气噎，却仍口硬道，"我打死也不会说的，你们死了这条心吧！"

惊黛听罢，收了枪，走到床边。裴志坤暗松口气，正想对依然拿枪指着自己的王景诚开口。却只见惊黛抓起床上枕头，包住手枪，一步上前对着裴志坤的腿便是一枪！

谁人都不曾想到惊黛竟果断开了枪。王景诚来不及感到惊讶，一把扼住裴志坤喉咙，将他吃痛的叫喊声硬压了下去。那一旁的老郎中早已吓得跌坐在地。

"既然你死也不说，"惊黛依然举着枪，道，"那留你活路何用？不如快些解决，落得痛快！裴爷，我下一枪可不会再往腿上打！"

裴志坤本便是怕死之流，如今看到惊黛动了真刀枪，忙哭丧起已痛得扭曲了的脸，道："我说我说，你们别杀我，别杀我……"

"快说！"

"国军近日要买……买日本的军火……"裴志坤手捂着伤处，血已洇染出裤子，红黑之色如是肮脏的墨迹般不堪入目。

王景诚不容裴志坤喘息，追问道："什么时候？在哪里动手？国军和日本人都是谁在负责此事？"

"国军方面是……宋开奇，日本的还是……还是山泽浩武……"

惊黛想起那日燕又良，又问："燕又良来北平是为何事？"

裴志坤道："山泽浩武……他把烟土生意转给了燕又良……山泽是存心……存心让燕又良来压我，他明知我与燕……燕又良水火不容……"

话音未落，门外传来踢踏脚步声，惊黛看向王景诚，王景诚示意不要出声。门外有人问道："裴爷，刚才屋里可是什么声响？"

裴志坤一听，喉咙里咕噜着想叫出声来，却无奈王景诚手一紧，又哑着嗓子叫不出声来。王景诚把枪抵住了裴志坤脑袋，压低嗓子道："对他们说，没什么事，让他们备车，我们等会儿一起走！"说罢，扼住裴志坤喉咙的手微微松开。

裴志坤无奈，只得清了嗓子照王景诚所说，冲门外喊道："咳咳，没事儿。你们赶紧给我备车，一会儿我要和太太出门。"

"是，裴爷。"家丁领命而去。

待家丁走远，惊黛对王景诚道："真让他与我们一起走？"

王景诚沉声道："有他，一路也可周全些，他是我们的盾牌。"惊黛听罢，垂了拿枪的手，低头细想。却在此时，那裴志坤趁王景诚转头看向跌坐在地的老郎中之际，以迅雷不及掩耳之势忍痛抬腿一脚踢飞了他手中的枪，并扑身上前，去夺惊黛的枪！

众人皆未料到受了伤的裴志坤竟有如此举动！事发突然，惊黛呆立原地，完全不懂该如何应对，唯知紧紧握住手中的枪，拼了死也不可让扑将而来的裴志坤夺了去。而此时，王景诚已反应过来，顾不得去拾被踢飞的枪，只冲上前去拉住裴志坤手臂。

忽地一声枪响。

王景诚大惊，猛然抬眼望向惊黛，只见惊黛杏目圆睁，神色里皆是愤怒与惊恐。

再看向那裴志坤，他亦是两目瞪若牛铃，身子却缓缓软下去。原来，中枪的是裴志坤。方才慌乱间，惊黛扣动了手中的枪，子弹瞬间穿过裴志坤胸膛。

外面把守的士兵听到枪声，立刻吹响警哨，并端了枪快步向房门跑来。王景诚回过神来，拿过虚握在惊黛手里的枪，在士兵破门而入的当口一枪将其击毙。不远处，脚步密集而来。

王景诚忙拉起呆立一旁的惊黛和瘫软在地的老郎中，道："快，趁他们还未到，我们必须马上离开这里，不然来不及了！"说罢，将两人推出房门，自己则捡起被裴志坤踢飞的枪，也速速出门。

惊黛与老郎中慌忙向前院方向奔去，王景诚在后掩护，只听得脚步声和各种嘈杂逐渐逼近。"抓住他们！别让他们跑了！！"身后喊声响起，王景诚回身，几个带枪

士兵眼见便要冲上来。枪声随即响起。

听得枪声，惊黛吓得骤然住了步，不知发生何种状况，还未回神，便被一人猛抓了手臂，拖住往前。"别停下，快走!!"却是王景诚，方才开枪暂时延滞后面追兵。三人奔命至前院，大门外站岗士兵听见里面响动，亦提了枪进来拦截。王景诚火速挡在惊黛及郎中二人身前，朝来者甩了几枪，顷刻便有人应声而倒。趁其余几人躲避横飞子弹之际，三人一鼓作气穿过前院，逃出大门。

大门外恰有车子驶过，王景诚一个飞身上前，拦下车子，拉开车门，一把将司机拽出，回身朝惊黛与郎中大喊："快上车!"此时，裴府内士兵也已追至大门，端起枪，朝三人射击。王景诚以车门挡身，向大门连开数枪，掩护惊黛与郎中。惊黛顾不得许多，躲闪着跑到车边，回身欲拉一把慢了几步的老郎中。却不想，那老郎中已身中一枪，倒在地上。

此时，王景诚子弹用尽，全然没有了掩护还击之力，去救郎中必然只是送死。无奈，王景诚和惊黛只得飞快钻入车内。他一咬牙，将油门踩到底，车子一下子弹出去。

后面仍追击、射击不止，车后座玻璃砰然碎裂。王景诚由后视镜望去，身后有三三两两士兵追赶着，而另几人则停下手，围住倒在地的老郎中。为躲避飞弹而趴于后座的惊黛见枪战已止，抬起身透过破碎玻璃远望躺在血泊里的老郎中，心生悲恸，不由哽咽。这老郎中昨日还在为自己调理身体，今日便惨遭横祸，竟无端送了命！

王景诚将车开至一偏僻处停下。两人见周围没有异样，并确定没有人追及至此，便弃了车，寻了一处废旧仓库，躲避起来。待天色全然暗下，他们才辗转回到王景诚暂住之地。这暂住之地却离裴府实在不远，当初是为暗中保护惊黛而特意挑选的。从窗子望去，便可见今日那裴府上下乱作一团。有道是：最危险之地也恰是最安全之地。

惊黛怔怔坐着，今日一场，恍然如梦。王景诚递与惊黛一杯茶水，沉吟片刻，道："惊黛，回上海吧，裴志坤已除……"

未等王景诚说完，惊黛紧接道："可我还没有杀了日本人为赤英报仇。"

"你真想豁出命去么?！你一个女子，能拿这些虎狼如何？你也看到，今日这般危急险峻。"王景诚急道。

惊黛淡然一笑，看着他，道："你小瞧了我，以前我与赤英时常翻山越岭地采花，身手可不比你差些。赤英被日本人所杀，这仇，我不能不报。景诚，你相不相信，山泽浩武最后会死在我手里？"

王景诚讶异看着惊黛，眼前这女子，虽依然瘦弱，却完全不复初见时的柔弱和胆怯，闪亮的双眼只有满满的坚毅与勇敢，神情中流露着他并不为知的侠气来。如此女子，不禁令人万分钦佩。

"这仇是必然要报的，只是你一个人的力量与他们相较量总是过于悬殊了些，何必枉搭了性命去呢？"王景诚却是真心劝阻。

惊黛定定看住王景诚，目光炯炯，似信念坚定无比："如若景织落在日本人手中，你怎么做呢？你定会拼尽了全力去挽救。我也一样。景诚，过安逸的生活，也必得让这些日本人卖国汉奸血债血偿了才能安得下这份心思呢！"

王景诚再无话，惊黛所言不无道理，换作是他，也必选择这条路走，哪怕头破血流，粉身碎骨，也在所不惜。

次日，报上便有了爆炸头条，"北平军阀裴志坤命丧家中，疑是地下党所为"。王景诚由外面回来，将报递与惊黛，道："看来这次他们会大力打击地下党了。"

惊黛接过细读，眉头紧锁。

王景诚又道："这对你我倒是好事一桩，他们的目标转移至地下党身上去了。只是不知，他们的黑名单又将增加几条人名，又有多少生命惨死在他们屠刀之下。"

两人沉默不语，心思凝重，悲愤异常，却又备感无奈。

许久，惊黛忽地开口问道："这宋开奇又是个什么人物？"

王景诚道："宋开奇本是国军财政部部长，听闻此人好财如命，女色反倒不见沾染，他本是我们斧头帮的目标人物，如今既然裴志坤亲口招供出他，直接参与日本人的军火买卖，看来我们也将要提前对他采取行动了。"

惊黛又问："不知这宋开奇除了嗜财如命，还有没有其他可以让我们钻营的地方？"

王景诚略一思索，忽地笑了，凤目咄咄有光，沉稳道："你这般一说，我倒是想起

他的一个喜好来。"

　　却说燕又良自裴志坤府中惊见与惊黛何其相似的女子后，虽已回上海，在与山泽浩武详议烟土买卖之事，却日日牵挂欲一查这裴太太底细之事，而副官只带回这裴太太原是歌女出身的消息。燕又良自是不死心，恰时又见报上刊载裴志坤被地下党暗杀在府中的消息。

　　这千头万绪如是乱麻，搅得头痛欲裂。惊黛是裴太太么？那裴志坤已死，裴太太现今又如何？会否同遭地下党的枪杀？现在的惊黛是生是死？究竟又是不是真的地下党杀的裴志坤呢？

　　燕又良紧噙双眉，来回踱步，现今情势正是瞬息万变之时，全国上下风云莫测，日本人撕破伪善的面具，由东三省为突破口直逼南下，而国军态度已彻底激怒国人，他们在街头举标语，喊口号，要誓死捍卫尊严，誓死不做亡国奴。国军高级将领裴志坤却不顾国仇家恨与日本人勾结一处，贩卖烟土，戕害国人，实在死有余辜。又传宋开奇欲与日本人会面，洽商军火事宜，种种，全军上下并无抗日情绪，反而是在利用国难之际大发其财，中饱私囊。

　　燕又良正思索，忽闻副官一旁问道："燕帅，山泽浩武在门外，要不要见见他？"

　　燕又良道："见！"

　　山泽浩武片刻便呵呵笑着进了来，道："燕先生，怎么是心事重重的样子呢？你应该高兴才对，我们合作才刚刚开始呢！"

　　燕又良亦是客套了道："承蒙山泽先生看重，燕某才有机会与山泽先生一同合作。"

　　山泽浩武自顾着落座，笑意满脸："燕先生，你看如今世道，谁笑到最后才是真正的枭雄呀。裴志坤得意一时又有何用，最后还不是落得这样的下场，你当年被他差点害死深山，现在却东山再起，成为一方霸主，所以我看好你燕先生，裴志坤的位子迟早还不是你的？"

　　燕又良本是凝重的脸色忽地一转，笑道："山泽先生，其实你我，也不过是各取所需罢了。"山泽浩武听罢，笑容挂不住，转了话题，顿了顿道："听闻燕先生此次上海之行是带了新娶的姨太太来的？又听闻这位姨太太是一个评弹高手，如何，露两手给我这个中国迷？"

山泽浩武确算是中国迷，中国地大物博，深埋宝藏，对此，山泽浩武深信不疑。在他眼里，中国便好似一个风情万种的东方女子，面纱之下是一副传说中的绝尘容颜，他不但要揭开她神秘面纱，更欲将她占为己有！

燕又良朗声一笑："山泽先生算是找对人了，若论评弹，我的这位太太可谓是名满苏州城。"说罢，便让候在门口处的副官去唤牧莺前来。

燕又良笑吟吟道："想不到山泽先生对评弹亦有如此浓厚兴趣。"

山泽浩武道："中国五千年的文明让我深深为之着迷，所以不远千里来到中国挖掘这些宝贝呀。燕先生你却高明，干脆娶了评弹女子为妻，这样想什么时候听便什么时候听，实在是人生快事！"

燕又良笑道："这苏州评弹还颇有点历史，乾隆皇帝时候便已流行，它确为江南地方曲艺的精粹，也堪称中国一绝啊！我本不是苏州人，但自从进驻苏州，便时常听这评弹，确令人陶醉着迷。"

山泽浩武抚掌笑言："中华之瑰宝呀，我今日非得见识不可了，不然遗憾终生啊！"

话说着，副官打开了门，一名女子袅娜而入，只见她单净素长的眼眸，如若柳叶，眉目似画中山水，素净无尘，清冷有光，这女子一身锦色旗袍，随门开而入，带来了冷冬的风，令人疑是仙子踏波而来。

山泽浩武与燕又良却是一怔，山泽浩武再次见识与浓艳神秘的夜来香不同的女子，不禁感叹中国女子如是那千面女郎，总是每一眼都有不同的韵味流露。

燕又良却是一刹恍惚，如见是惊黛款款而来，牧莺确与惊黛有几分相似之处，都是温婉如水的女子，若说牧莺是精致的工笔，带了古典美的女子，惊黛便是青烟轻泛水乡的婷婷之荷，泼墨挥就，蕴涵诗情，又有潺潺轻愁，令人不禁爱怜。

牧莺略略欠身，垂目含笑道："不知山泽先生是要听哪一出评弹呢？"

两个同是怔忡的男子回过神来，山泽浩武大笑道："哪一出评弹？我倒是讲不出个究竟，门外汉，只听个大约就是了。还劳燕太太辛苦了。"

【第十八章】别后唯所思

牧莺一笑，也不答，琵琶在手，坐在凳上，摆正姿态，便目不斜视地开了唱："沉寂寂，影珊珊，月色朦胧夜已阑，看树影婆娑娑无人在，有谁人荷露立苍苔，原来是凤尾苍松迎风舞，所以儿隔窗儿疑是玉人来，秋风卷起梧桐叶，扑向帘笼入绣纬，又听那铁马檐前叮当响，铜壶滴漏不住催，深秋庭院有萧瑟感，令人儿心意更愁烦，凄凉放下纱窗坐，重剔银灯把书卷翻，只觉得心意彷徨意徘徊……"

只听得牧莺那吴侬莺语，软糯绵柔，琵琶铮铮而上，恰如流水高山，间或又峰回路转，娓娓动听，音韵在那樱口张合间，令魂魄直溺戏中。燕又良辨得，这曲目是《情探》，多少凄凄切切儿女情长之事罢了。

山泽浩武只是梦游逛荡那抑扬顿挫里，一曲渐终，弦音微末，如是金尘洒落孤院，扑簌簌洒一地金光。山泽浩武不禁拍掌叫绝："果然不同凡响，与我们大日本歌伎九美子的演唱有很大的不同啊，中国的评弹好像是一杯清茶，甘香宜人，非常好！"

燕又良听罢，却有些许不悦，如山泽浩武的比较只是污辱了自己般，便对牧莺道："好了，你去休息吧，我与山泽先生还有要事相商。"

牧莺笑道："山泽先生，献丑了，莫笑才是。"

山泽浩武道："唱得太好了，可惜我来中国几年，如今才亲耳听见这样美妙的中国评弹，太可惜了。"

牧莺退出去，正欲关门时，忽闻燕又良道："山泽先生，那批烟土……"牧莺一怔，正关着门的手顿了顿。

山泽浩武道："燕先生，莫急，莫急……"

牧莺终是将门轻轻带上。

燕又良端坐在椅里，一手轻敲青花瓷杯，杯中的碧螺春因着这微力的敲击而颤出圈圈涟漪。他那面容倒端不出什么心思，表情莫测的模样，道："山泽先生要延迟烟土生意？却不知为何？"

山泽浩武哈哈一笑："燕先生，莫心急嘛，近日我需要再赴一趟北平，听闻你们国军对这次的军火生意，更为重视，我分身乏术，只得将烟土押后延期，燕先生莫怪莫怪！"

燕又良端了茶杯，两指捏了茶碗盖子，拨开水中的茶叶，吹了一口气道："山泽先生有这般大的生意怎么也不叫上我？我愿与山泽先生结下长久良好的合作伙伴关系！"

山泽浩武又是笑言："燕先生，来日方长，何必急于一时呢？"

燕又良却道："我倒是不急于一时，怕只怕，山泽先生不信任裴志坤，连带我也一同……"

"不不！燕先生所言差矣，"山泽浩武忙打断燕又良无根据的猜测，"裴志坤那种人我自然瞧不上眼，明着送我夜来香，暗里又抢了去，连一个女人都值得他如此玩阴谋诡计，此人，完全不值得信任，我自然也没有兴趣与他合作。燕先生便不同了，怎能与裴志坤相提并论？"

燕又良却听得狐疑："夜来香？"

山泽浩武眼神里不禁流露神往之色，道："那是中国神秘的女子，有着和日本的龙彦俊一相同的妩媚……当然，后来成了裴志坤的姨太太。"

燕又良不禁心内一紧，如被勒紧："山泽先生所言……那夜来香是个歌女吧？"

山泽浩武手一挥："不值一提，不值一提，不过一个卖唱女罢了。"话刚一出口，山泽浩武便觉说错，燕又良的姨太太虽刚唱了一出绝美的评弹，亦同是卖唱之女罢了。见燕又良面容极不自在，山泽浩武忙打哈哈了道："燕先生，莫不是对夜来香小姐也感兴趣？"

燕又良方知自己失态，于是饮尽杯中残茶，遮去尴尬脸色。

两人又坐一会儿，说些无关紧要的话，山泽浩武便见燕又良无心招待，便起身告辞。待山泽浩武一走，燕又良唤来副官，问道："你查的裴太太，是不是叫夜来香？"

副官忙道："正是。"

"她原来在哪里唱歌？"

"在百乐门，不过听百乐门经理说这夜来香小姐只在那里唱过一夜，是免费表演，所以那经理才答应。"

燕又良抬眼望向那窗外远空，恰时暮霭绯灰，一颗寒星钉在空中，闪烁如钻。燕又良如看见破绽之处，笑而轻言道："我终于找到你了！"

　　裕丰楼在北平算是广有芳名，平时出入皆是达官贵人，陈掌柜的生意逐年做大，店面也在不断扩大。却说这裕丰楼听着如是吃饭的地儿，而实则是古董买卖的地方，世界各地的奇珍异宝，都可在裕丰楼大饱眼福。

　　陈掌柜是精明的生意人，往来皆是非官则贵，便将店堂花钱装潢得高雅趣致，哪怕来客只看不买，陈掌柜也交下朋友，恭敬奉上好茶好水，畅谈古董字画。这样即便头回生意没做成，却交下人情，下回光顾必是有所斩获，又或是将裕丰楼美名宣扬在外，这便让裕丰楼生意即使在战乱时期，也广有江湖上的朋友照应，而得以保全。

　　陈掌柜素爱字画，小有兴趣时便自己研墨临摹名家名帖，饶是像模像样。这日里，日头正好，店堂里只有一两个伙计在小心翼翼为罐瓶瓷器擦尘，便交代他们好生待候，别出了闪失。自己便拿来墨宝，放在店堂中的漆器圆桌上，宣纸一铺，压好，柔韧的狼毫缓缓戳进砚池，上佳的墨宝不臭而香，那黑若漆般的墨汁饱饱附着狼毫，便待执笔之人的下手。

　　陈掌柜望着纸凝神片刻，便提手下笔。笔端下，那字宛若行云，又似流水，一气呵成。待写完，墨亦正好用完。陈掌柜立起身来，端看一番，甚是满意，忽地身后有人在念道："水清鱼望月，下句呢？真是好字配了好句子，陈掌柜的，你的字写得可是越来越好了。"

　　陈掌柜忙回过身来，见是一名甚是威武的男子，提花团纹的衫子，手臂里挽着黑皮大衣。陈掌柜认出这位顾客，虽不常来，却是位有头有面的人物，忙谦恭了道："是宋先生，见笑了，不过是不上台面的字而已，惭愧惭愧。"

　　来人便是宋开奇，他呵呵了笑道："陈掌柜，我可等着你的下一句呢，写好了，赏脸赠与宋某吧？"

　　陈掌柜大惊，忙道："不敢不敢，我这不成气候的字怎么敢说是送给宋先生你呢，这本是入不了眼的东西。"

　　宋开奇却玩味地端看起那幅字，虽只得上联，但已在字里行间渗出静寂清凉来，再看这书法，结构浑然天成，如是铁腕争银钩，甚是古意虬然。宋开奇笑道："陈掌柜过谦了不是？你这字拿出去，绝对的高手之作，谁能挑出半分毛病来？我素爱字画已久，便知陈掌柜的这字绝对出自等闲之辈的手。陈掌柜，再写下联吧。"

陈掌柜听罢，又拿了空白的宣纸，甚是寻意了几分，又是行书而下，顺畅无阻，墨染宣纸晕开便有了些微的醉笔，如此却更添意境与韵味。宋开奇一见，抚掌叹道："花静鸟谈天。好！妙！果然令人一见便爱不释手，陈掌柜，你这幅字我要定了，如何？"说话间，双眼只是贪婪看那上联与下联，所问的"如何"并非要陈掌柜回答，不过告知他的决定罢了。

陈掌柜当这是抬举，时常有达官贵人索取字画，陈掌柜心疼那真迹，便自己临摹了，行家也难分真假，这样倒是送出去不少。如同今天这宋开奇那般，如此普通的联子，陈掌柜自小练就的功夫底子，才可让索赠之人不觉亏待。

宋开奇又复念了念那对联："水清鱼望月，花静鸟谈天。这个裱起来挂在书房最合适不过，陈掌柜果然是高手，宋某在此多谢了！"

陈掌柜欠了欠身笑言："宋先生哪里的话，你这样说得便让老朽惭愧难当了。"说罢，便动手将那纸张卷好，又以明黄的绢带系稳妥了放在宋开奇面前。宋开奇笑道："陈掌柜的裕丰楼，天下谁人不知聚宝盆，藏着天下各种稀奇宝贝，宋某今儿也是来一开眼界的，还需劳烦陈掌柜引荐几样来见识见识。"

陈掌柜一侧身，伸了一只手作请，笑道："宋先生，楼上贵宾房有请。"两人便一前一后拾级而上，这裕丰楼倒是素雅整洁，又带了几分古董的陈年气味，令人恍觉时光倒流。

物事一旦经了年头，又稀有少见，也便身价大涨，玩家行家各出价钱，图个欣赏收藏。这陈掌柜本就出自收藏世家，从小耳濡目染，便有了兴趣，知道这破残器皿里也有奥妙乾坤，那般观察揣摩，触摸、耳闻、鼻嗅、敲打，是宝物还是废物，稍时片刻便见分晓，正是有这般本领，各路古董行家玩家也乐于与他交换又或买卖。裕丰楼由祖上传下，至陈掌柜这一代，已是八代，名声无怪远播在外。

上了楼阶，二楼处临阶前便放着一张漆器的翘头案，这案桌黑漆油亮，雕龙画凤，甚有金碧辉煌模样，应是有些来头的古物，由龙凤揣测去，怕是原来的皇室用品，而陈掌柜只是当陈设放置，令人不得不唱叹。宋开奇一抬眼，又见是天花处悬着几盏点燃后可旋转的花灯，模样是宫灯，即便半旧，那灯笼的纸罩已有些泛黄，但却完

185

【第十八章】别后唯所思

好无损，实在又是奇物。大约这陈掌柜见惯不怪，如此轻易将宝物当做了日常之物。

陈掌柜打开了一扇花门，对宋开奇道："宋先生，里面请。"宋开奇踱入那房中，只见陈设皆是典雅风范，不由令人疑是置身前唐人家中。

墙壁处挂着字画，宋开奇近前去细看，那画是四美图，再看落款，竟是唐寅，宋开奇不禁惊讶了道："唐伯虎真迹？啧啧啧！"再那一扇墙壁，便是草书，又是古时名家王羲之的手笔，宋开奇不禁环顾这房内：太师椅，案几，花架，花架的格子摆满各种器物。

　　宋开奇见这房内陈设，必定每样皆为文物古董，不禁面露猥琐之态，笑道："陈掌柜真可谓是富可敌国哟，在这战乱之时，这些宝贝若不得人去呵护，流落遭劫未免太过可惜了。"

　　陈掌柜听他这般说来，玩味那话中之意，甚是有几分暗示，便笑言："裕丰楼由祖上传到现在，也有几百年时间，再且我们是不问世事的一介书生，素来只与古器打交道，并未在江湖上惹是生非，所以才得以这般传承下来。"

　　宋开奇听罢哈哈一笑，道："陈掌柜说得极是，我宋某与陈掌柜的结识，也正是因为陈掌柜的渊博知识……和与人为善。怕只是怕，那日本人不见得买你的账，见宝便抢，到时裕丰楼数百年基业毁于一旦，岂不可惜？"

　　陈掌柜揣测出宋开奇话中意思，不禁抚须，顿了顿片刻，才道："那按宋先生之意，老朽当是如何呢？还望宋先生指点迷津。"

　　宋开奇并不回话，只是起身，拿起花架上的一只壶揣摩，那壶一身翠碧通透，内隐约雕有锦鲤，再端地细看之下，又有荷花荷伞，小巧精致。陈掌柜见了，便忙上前道："这是碧玉清池壶，是盛唐时后宫妃嫔所用，茶壶乃顶级美玉雕琢而成，这碧玉清池壶妙就妙在工匠的手艺上，壶壁被雕琢得极薄，晶莹剔透，并非一般的匠人可以打造得出来的，再一个妙就是内有乾坤。"

宋开奇赞叹不已，忙追问："是什么乾坤？"

陈掌柜道："待我倒入茶水。"说罢便端起桌上茶盅，将茶水倒入玉壶中，奇事随之而生。若非亲眼所见，宋开奇如何相信这世间真有如此绝技，只见那壶中的锦鲤缓缓游动，荷花舒展盛放，荷叶滚滚露珠，那三两条的鲜艳锦鲤便游在花下水中，甚是趣味。

宋开奇不禁目瞪口呆。这打造茶壶而用的美玉便已是顶级，又是盛唐宫廷之物，且内有如此乾坤，这价值实在难以估算。宋开奇抚掌称奇："陈掌柜，你这宝贝果然令人大开眼界呀！这般宝贝的茶壶你便摆放在此处，不怕遭劫么？"

陈掌柜笑道："宋先生，这些器物美虽美，却讲究个缘分。它也是有生命的器物，只有在有缘人之手，它才可以发挥其不凡之处，若沦落在不赏识它的人手中，它也便是一只茶壶而已。至于遭劫，我对此并没有担忧，算来这壶在我裕丰楼也已摆放了数十年之久，它不是也安然无事么？"

宋开奇笑道："有缘之人，好，我想我今日能得以一见这碧玉清池壶也是一种缘分，想必我就是那有缘之人。这样，陈掌柜的，这只壶我买下了。"说罢，取出一袋银元搁在案桌上。那一袋沉沉的银元又如何能买去这价值连城的壶呢，这宋开奇不过是欺人罢了，以杯水换以车薪。

陈掌柜早知宋开奇此行必有目的，如今已迫不及待要将宝物拿走，只留下一袋银元了事，不禁气涌胸膛，却只是敢怒不敢言。

宋开奇拿起那碧玉清池壶，啧啧般叹为观止，扭头又对陈掌柜假惺惺笑道："陈掌柜，裕丰楼宝物数不胜数，未摆放出来珍藏着的恐怕也多得很，如今世道，日本人横行，哪一日他们一枪一炮打了来，这满楼的宝物岂不是要顷刻灰飞烟灭？"

陈掌柜缓了缓声，道："那还得有劳宋先生在日本人面前替我裕丰楼美言几句，莫要炸了我这裕丰楼。有宋先生照应着，老朽便不怕了。"

宋开奇摇摇头，道："此言差矣。我宋某人还需在日本皇军的眼皮底下寻活路，也不好过！所以我说，这宝物再好，如果没有了性命，那都是扯淡空谈！不过，陈掌柜您放心，择日我便将这壶献给皇军，说是陈掌柜您特将此壶献皇军，以表敬畏之心。到时，皇军一高兴，必然亏不了你我。"宋开奇说罢，瞄了瞄陈掌柜，又道："陈掌柜,你看我说的是不是有道理?"

陈掌柜忙道:"那是那是,宋先生说得极是。"

宋开奇面含微笑,志得意满,他正想象若为山泽浩武奉上这般宝物,那山泽浩武将是哪般的神情。

接着,宋开奇又踱了几步,一对立式花灯引人注目,宋开奇玩古物本已有年头,这花灯看似无奇,但端看之下仍可由不少细处辨出这对花灯的稀奇来。

灯身这乌黑的檀木所雕就,行近便可闻见隐约的木香,灯罩看似是薄纸,实则是犀牛皮所制成,灯罩面上以工笔描出春光乍泄的春宫图,图上男女正行交合之事,面目表情都可辨出,景中又有假山叠水,蝴蝶扑花,再看另一盏花灯,那画中仍是春宫男女的房事,只是景物不同,男女姿势也不相同。宋开奇自然知道这灯的价值,以犀牛皮作灯罩,即便燃上一日一夜,那灯罩仍不会烫手,如果是一般的纸,早已将其烧着了。唯有犀牛皮耐热极佳,在古时觅得这两张犀牛皮恐是极不易,而能以犀牛皮制成灯罩,恐怕非官即贵的人家方才用得起。

宋开奇不禁抚了抚那花灯,念及已将这神奇的壶拿在手,也不好意思再要一样,便转身对陈掌柜笑道:"陈掌柜,宋某还有事在身,先告辞了,他日有时间再一同探究古物。"

陈掌柜只得笑脸将宋开奇送走。待宋开奇一走,陈掌柜不禁看那对立式花灯叹气,莫非这对灯也难逃此厄?

陈掌柜正叹惜之际,小二跑来报,有客人求见。陈掌柜没好气道:"不见不见!"不料一阵朗朗笑声在身后响起。又是谁要打裕丰楼宝物的主意不成?

陈掌柜转身,只见两位清秀公子模样的人物,之前从未见过。小二见掌柜的脸色不佳,便回身欲将两位赶出去。手刚扶了一位公子的手臂,便被那公子极是稀松地轻轻一搡,跌出几步之外。陈掌柜暗道高人,那公子看似轻柔无力的掌,实则暗藏劲风,轻轻一下,小二便站不住,跌开去,但力道又拿捏恰到好处,小二不曾感到推力,只以为自己脚下未站稳。

陈掌柜知来人不凡,生意人不招惹是非,只求笑买笑卖,便未待那两位公子上前,他已拱手上前客气了道:"店中伙计不识体统,还望两位海涵,快里边请。"

其中一位公子西服革履，但身形纤瘦，虽以礼帽遮去半张脸，但仍可见肌肤酥柔，鼻翼嘴唇皆是小巧精致，这公子抱拳对陈掌柜道："掌柜的，我们来，有两件事，其中一件是来买您宝物，另一件么……"说到此，他便停了下来。

陈掌柜年已半百，自然阅人无数，且看这公子俊秀，又听得他的嗓音尖细，便料定这公子实则为女子所装扮。这样的打扮，只好道："两位会客室中有请吧，这大堂里人多眼杂，不是说话的地方。"

两位公子便尾随陈掌柜的身后，进入了清寂的会客处。这会客处，实则也是各种器物的摆放陈设之地罢了，一入了门，迎目便是一张六扇大屏风，皆是漆器，黑亮油光，屏风面皆画有花鸟山水流泉，如此古朴而典雅庄重。

绕过屏风便是一张漆器大圆桌，配的六张镂空圆凳，皆是扇形的凳子，两位公子见了，不禁称奇，这扇形的凳子极是罕见。桌凳皆有雕琢花鸟禽兽，连鸟儿的片羽纹理都一一清晰可辨。

陈掌柜对如数宝物都了如指掌，见两位公子对室内的这桌凳啧啧赞叹，不免又习惯成自然地向他们介绍这桌椅的妙用："这漆器桌凳原是乾隆年间的宝物，传说是鲁班的第一百代传人所制，你们不知这凳子为何做成扇形吧？"

其中一个公子问道："掌柜的说来听听。"

陈掌柜抚须而笑："扇形最易落座，且围桌而坐时，六人必得全是面面相对，不像圆凳那般坐下去时仍可随意转身。"

原来如此！

两位公子落座，果然只得正面对了那桌面，转身须移出凳子方才可出来，可见那匠人的奇思妙想。

一个公子笑了道："陈掌柜，如今这般战乱时候，这些古物不知陈掌柜可有想如何得以保全？"

这话问得与宋开奇所问无差二处，莫非又是打裕丰楼主意的登徒子？

陈掌柜缓了缓声，道："这便不劳两位操这份心思，裕丰楼如若真在炮火中化为灰烬，也都是在劫难逃的宿命，老朽与裕丰楼同存亡，楼在人在，楼毁人亡。"

另一位公子却笑道："陈掌柜，听我一言，今日做了我们这单生意，陈掌柜便将这些宝物运回乡下去吧,越往南越好,广州香港,那些地界如今日本人还未到,陈掌柜还可保全这些宝物。假以时日,将日本人赶出中国,陈掌柜再将裕丰楼东山再起,岂不更好?"

陈掌柜一听煞是讶异,不知这两人是什么主意,而却不似那宋开奇那般百般讨好迎媚日本人,便道:"裕丰楼数百年基业在此,到我这一代如何能抛下这楼让日本人糟蹋了去!"

那公子又道:"世情如此,陈掌柜当务之急是保全这些古物才是至关重要。这楼,炸了塌了,总是比宝物一道毁了好,陈掌柜,你细细思量我这话对错与否?"

陈掌柜掂量几分,不无道理,但一个外人如何对他裕丰楼如此周全考虑?唯恐有诈,且说他们不知前来要做什么生意,不如问清楚了再作打算。陈掌柜便开口问道:"不知两位客官是哪里人士? 如何称呼? 来我处是要与老朽做什么生意?"

那公子气度轩昂,不属凡夫俗子,他笑道:"我是上海斧头帮的王景诚,今日想用一件宝物与陈掌柜换一件宝物,也就是以宝换宝。"

陈掌柜一听是上海斧头帮,早有耳闻,只是北平之地与上海离得虽不甚远,也是不近,竟迢迢千里来到北平裕丰楼换宝,可见那宝非同寻常,便不禁问道:"王公子,是什么宝物,可让老朽亲眼一见?"

两位公子对视一番,其中一人自怀中取出一只布袋,再小心地打开那布袋,缓缓取出一只金光灿灿的凤钗龙链。陈掌柜接过那钗子,细看,那器物凤作头钗,凤嘴处含有金链,链头坠的是红极至黑的宝石,凤眼同是那宝石镶嵌而成,凤翅展翅欲翔,再便是那龙链,极是精细,陈掌柜不禁拿起放大镜,镜下才见翔龙真容,以一条金龙作链,龙身互为咬合衔接,坠头便是龙头,龙头又是宝石以作龙睛,龙嘴宝珠亦同是宝石。掩不住金光四射,直煞得眼睛睁不开。

陈掌柜再将放大镜移至凤身底,那便是真迹所在,一个极细小的"乾"字雕琢其中。这凤钗本是皇宫宝物,再有这"乾"字,可见是乾清宫流落在外的女子头饰,是什么样的女子方得以佩戴这般的器物? 自然必须是一人之下万人之上的地位方可,那人便是母仪天下的皇后了。

陈掌柜这般一辨识,不禁惊呼:"哎呀,宝物宝物!"

王景诚看了看女扮男装的惊黛,惊黛垂目,这正是裴志坤当时给她的凤钗龙链,不想今日竟派上用场。

陈掌柜拿着这金器,再放不下似的,不禁问道:"王公子,不知你想要换我裕丰楼哪一件东西?"

王景诚笑了反问道:"先向陈掌柜打听一个人,宋开奇,陈掌柜可认识?"

陈掌柜揣度不出对方用意,只得如实回答:"宋先生倒是来过裕丰楼,不过不常来,但一来必买下一件宝物。"

王景诚道:"这般说来,陈掌柜认得这宋开奇了。"陈掌柜默然点头。

王景诚又道:"听闻这宋开奇是卖国汉奸,时常向日本人献宝,出手无不是稀世珍品,如今除了裕丰楼有如此宝物外,举目全国,再无二家了。"

陈掌柜怕惹祸上身,忙推托道:"宋先生来裕丰楼买下古董,是有这事,但老朽只管买卖合理公道,至于他用于何处、是送还是收藏、送与何人都与我无关。"

王景诚笑道:"陈掌柜别误会,这自然不能怪陈掌柜,我们来裕丰楼,就是为了宋开奇,与裕丰楼无关,只却是,需要借陈掌柜的一臂之力了。"

陈掌柜听了细想片刻,道:"王公子只管说来。"

王景诚道:"这宋开奇卖国求荣之徒留他只能祸害百姓,他在裕丰楼看中的花灯,我们想以这凤钗以作交换。"顿了顿,他接着道:"不如这样,凤钗我押在裕丰楼,花灯借与我们一用,若他日归还时仍无破损,再将凤钗归还我们,若有破损,这凤钗便归裕丰楼,当然,我们仍会奉上一笔租金。"说罢,又从衣衫处掏出一物,放在桌上,是一块金条。

陈掌柜见了惊诧得说不出一句,这买卖最大利益莫不是自己了,金钗之价已居花灯之上,再加上这金条,实是赚足。陈掌柜咧嘴一笑,道:"好,王公子出手阔绰,焉有不做这单生意的道理?"

王景诚却笑道:"不过我还有一事,便是方才提到的,陈掌柜在我一单生意后,望能将裕丰楼的所有宝物运离北平,不然唯恐日本人与宋开奇将踏平裕丰楼,诸多国宝落入贼人之手,岂不可惜?"

陈掌柜也知如今世道战乱,他又是做这样大生意的家族,险不保真会楼毁人亡,虽多年已交下各路江湖朋友，只是乱世谁照应得多少？或许往南，才真是好的去路了。

陈掌柜又掂量了几番，一路颠簸不计，又有日本人的暴行，加上难民众多，不保遇劫，且各地黑帮虎视眈眈，这般考量下来，甚是为难，走与不走都是难题。

王景诚明白几分陈掌柜的难处，便道："陈掌柜的，如果你怕路上风险，我们斧头帮大可助你一臂之力，护送你安全南下，如何？"

陈掌柜问："不知为何王公子要这般做？"

王景诚笑道："不怕实言相告，我们是找宋开奇和日本人的麻烦，只怕会连累了裕丰楼，所以不得不如此做。"

这下陈掌柜便不再犹豫，道："好，这单生意我做了！"说罢，便领二人上到二楼贵宾处，将那花灯交给王景诚。

王景诚与惊黛拿到花灯，告辞了陈掌柜，回到住处便又详细安排各个环节，再乔装一番便拿着花灯去往宋开奇住处了。

这宋开奇邀了山泽浩武来府中玩赏他的收藏之物，不愿见客，只让下人回绝来人。王景诚笑笑，对宋府下人道："请告知宋先生，就说是颜先生来给他献宝。"

宋开奇正在山泽浩武面前大加卖弄玉壶，谁知当他倒了水进那玉壶时，壶中鱼儿荷花全无动静，如同死物般。宋开奇顿时气恼不已，大呼上当。山泽浩武本想一开眼界看玉壶中的奇迹，却只见一普通玉壶，只气恼着宋开奇的捉弄，不禁面色阴沉。此时下人前来禀报，说是有位颜先生来献宝。

因宋开奇喜收藏宝物，前来府上献宝的不在少数，宋开奇来者不拒。虽纳闷不知是哪位颜先生，宋开奇仍叫下人将他们请了进来。

稍时，只见进来两人，提着的正是在裕丰楼所见的花灯，宋开奇不禁喜出望外，径直走近前去将花灯细细揣摩不已，丝毫不曾想起这献宝的两人。惊黛一眼瞥见一旁立在窗前的山泽浩武，心下一惊。所幸惊黛打扮成下人小厮模样，脸上斑点没有遮去，更涂抹成黄灰面色，已不是山泽浩武能认出来的。

山泽浩武见宋开奇如此痴迷那花灯，也不禁上前来看。他以手抚那灯罩，其质

柔韧,不知是什么皮,薄得可隐隐透视罩内。罩上画的春宫图好不撩人,妇人薄衫褪尽,酥乳硕大,青丝散乱,而神情迷醉,那男子却是肌骨健硕,连那背部蝴蝶骨都清晰可见。

反复细看后,宋开奇拿下灯罩,小心燃上火,再将那灯罩放上去。只见灯罩透出柔柔橙黄的光线,煞是绯靡醉人。忽地,山泽浩武一声惊呼:"哎呀,那人是能动的!"宋开奇忙凑近了看。果然,画中人如同附了灵魂,都有了生气,女子媚脸娇憨,男子则在颠鸾倒凤中表情痴狂。灯罩缓缓转动,景画也随之转动。山泽浩武不禁感叹:"妙呀妙呀!此生能见这样的宝物,了无遗憾啊!"

宋开奇这才回了神来,想起立在一旁献宝的二人,问道:"你们为何要献宝?"

那公子模样的人却不答话,只拿起桌上的玉壶,笑道:"玉壶需要有缘之人方才可以养活壶中的鱼儿和荷花呢。宋先生,看来你缘分未到呀。"

宋开奇一听,忙问道:"你们有什么方法可以养活壶中的鱼儿?快说,如果养活了,皇军有赏。"

山泽浩武也走近前道:"对,皇军大大的有赏!"

王景诚放下玉壶,不无遗憾了道:"可惜,这并非是人力可为之事,我也只能试试。"说罢,便将壶中的水倒干净,取来一杯净茶,吹一口气,缓缓倾入壶中,果不其然,玉壶碧透有光,鱼儿扑打了尾巴游戏不已,荷花也舒茎展叶,山泽浩武与宋开奇看得目瞪口呆。

这玉壶宋开奇本要献给山泽浩武作礼物,却不知为何自己无法展现这玉壶奥妙,惹得山泽浩武心生不快,如今如遇救星,赶忙半央了道:"快说,你到底用的什么法子?"

王景诚笑笑,问:"谁才是玉壶的主人?"

宋开奇踌躇道:"这……自然是山泽浩武先生。"

王景诚便道:"要养活此壶,必得与主人相容,方才能展现这样的奇迹。山泽浩武先生,你来倒水,看这壶能不能活?"

山泽浩武听罢,乖乖倒了一杯净茶,学了王景诚的样,吹一吹气,再将茶缓缓倾注壶中。可惜的是,那壶中本是活着的鱼与荷叶瞬间如僵死而去一般,碧光尽失,成为一只普通玉壶。

山泽浩武不禁气恼了道："八嘎！这是怎么回事?!"

王景诚笑道："山泽先生莫急。这壶显然还未与您相容,所以壶中之物不活。要养活它实则简单,只需要不断以体温煨它。得了主人的人气,它就能活了。"

宋开奇却咧嘴一笑,道："那你方才不是可以养活了它么? 你又如何解释? 难不成你是它的主人?"

王景诚道："很简单,因为我是裕丰楼陈掌柜的儿子,这只玉壶我曾经煨过呀,它识得我的人气,便能活。"

宋开奇不可置信,而山泽浩武却不由捧在胸怀处,搂抱再不放手。宋开奇看了看来人,再看看一旁一直不曾言语的小厮,问道："你们是裕丰楼的人? 为何来献宝?"

王景诚笑道："老父见宋先生为人清奇,必是英雄人物,而此灯宋先生如此喜爱,便命小儿我前来献给宋先生。此灯只有宋先生这般英雄人物才可拥有。"

宋开奇不禁笑容大绽,道："陈掌柜果真不是腐朽之人,极具慧眼哪! 跟你父亲说,宋某人感激陈掌柜的慷慨相赠,若日后有用得着我宋某人之处,只管开口便是。"

王景诚笑道："谢谢宋先生。"

而一旁的山泽浩武怀中揣着玉壶,又两眼紧盯花灯。宋开奇见状略一思量,虽心有不舍,却仍道："山泽先生,你看这样吧,我命人将花灯送到你榻下如何? 这样的宝物赠与山泽先生再合适不过。"

山泽浩武哈哈一笑："宋先生太客气了,那我就恭敬不如从命了,哈哈哈哈。"

宋开奇回头对王景诚道："陈公子请坐。裕丰楼是藏宝名家,今日也算有缘,可与皇军指挥官山泽浩武先生一见,相识无妨。"

王景诚忙上前恭敬了道："山泽先生大名早有耳闻,今日终得一见,幸会!"

山泽浩武眯了眼点头道："这裕丰楼他日我一定要登门拜访。"

此时宋开奇在一旁寻思,似未听闻裕丰楼的陈掌柜膝下有子。顿生疑心,试探道："请问你是陈掌柜的哪位公子?"

王景诚一听,忙道："实不相瞒,我本是裕丰楼的跑堂,跟了掌柜的许多年,掌柜

的见我厚实无欺，便收了做义子，这事并未对外张扬，只是裕丰楼的老相识知晓。"

宋开奇一听，方才打消疑问。王景诚见宝物已送到，便起身告辞："宋先生，山泽先生，我等告退了，回去好复命于父亲大人。"

宋开奇自然不留。王景诚与惊黛转身而去。那山泽浩武忽觉那小厮眼熟，却想不起在何处见过，正要唤住那人，一抬头，两人早已匆匆而去了。

山泽浩武不禁问："他们是裕丰楼的人？"宋开奇本就巴结心切，忙道："这战乱时候，裕丰楼为自保而献宝，也是情理之事罢了。"山泽浩武仍是疑心，而见宋开奇已燃上另一盏花灯。两盏花灯同发柔光，片刻，又似有异香幽幽传来。山泽浩武与宋开奇完全迷醉其中。

由宋府出了来，王景诚一脸舒颜，笑了对惊黛道："快说，你在灯油里放了什么？"

惊黛笑道："我不过在灯油里投了千果花罢了。"

王景诚讶然："千果花配在灯油里？"

惊黛道："千果花可解我的紫罗刹，是因其剧毒，以毒攻毒。我把它放在灯油中，等他们燃起花灯，那毒气便弥漫空中，吸足一宿便足以令人致命，我看明天的这个时候，说不定报上便有新闻了。"

说罢，惊黛又不禁替陈掌柜忧心："不知两日之内陈掌柜能否顺利出城南下，不然若扯上陈掌柜，便是害了他了。"

王景诚道："斧头帮兄弟已去裕丰楼，陈掌柜那边想必不是什么大问题。"

惊黛忽地想起什么似的，问："那只壶果然能养活？"

王景诚笑言："哪能呢，陈掌柜告诉我宋开奇急着拿走了那只壶，而不知那壶倒进开水后需要机关打开才能让壶中的鱼和荷花动起来。如今宋开奇献宝心切，尚未弄明白便献给了山泽。"

惊黛不禁恍然，无怪乎他方才拿着那壶暗笑不已。

却说了那燕又良自回上海与山泽浩武一见，便也打点物什回了苏州。牧莺并未得到燕母的允许，明媒正娶地进燕府，燕又良就干脆免了那烦琐礼节，直接让牧莺入住了燕府，燕母自然对牧莺横眉竖眼，百般挑剔，而牧莺却忍气吞声，逆来顺受，乖巧得令人不忍再挑剔。诗若当牧莺如透明，却常常在燕母面前哭诉。燕又良看在眼里，对牧莺更是疼爱百般，气得诗若更见憔悴。

燕又良为烟土之事思虑颇多，正在书房来回踱步。牧莺端了参茶来，放在案上，见燕又良心事重重的样子，不禁安抚道："又良，军中之事不必忧虑过多，身子保重要紧才是。"

燕又良叹息地落座，闭目养神，缓声了道："山泽浩武越是拖着，我就越不安啊。"

牧莺问道："你又不安什么呢？按我了解你的脾性，你并不会与他们同流合污才是。"

燕又良却苦笑道："同流合污？这词倒是用得好，张正元已经起义了，听说杀出重围也是死伤过半，我倒是也不想同流合污。"

牧莺又问："这日本人的烟土都运往何处去呢？"燕又良听罢，不禁睁眼瞧她，牧莺忽觉唐突，忙垂了首："我多嘴了，只是随口而出。"

燕又良问道："你如何知道是烟土？我正奇怪你说的这个同流合污的词儿呢，你

从哪里听来的烟土?"

牧莺赤红了脸,急了道:"上次在上海,不是给山泽先生弹过一曲的么,我听见山泽先生所说的。"

燕又良听罢,重又闭眼,缓声道:"这种事情,你们女人家不要听得太多了。"牧莺忙闭了口,不再言语。

良久,燕又良方才又开口说道:"牧莺,我是怎么样的人,你应当相信你的判断。"

牧莺在他身前蹲下去,握住他的手,轻声道:"你是怎样的人,我从来便不曾怀疑过。"

参茶饮尽,燕又良甚是疲惫般。牧莺端了茶盅出了书房,正转身关门,似眼角有人影一晃。是谁? 牧莺再看了去,却并无人影,便提脚往厨房去。

行至走廊,牧莺停下,坐在廊中心里打算一番,这才起身径直朝厨房走去。

厨房外,牧莺恍惚听到有滴滴细碎声响,驻足细辨,辨明声响是由旁边那废旧的柴房传出。牧莺轻了手脚行近前去,窗口处望进,只见一个身着翠衣的女子蹲在地上,因背身,牧莺无法看见她在做什么,便推了门进去。那女子啊的一声惊跌在地,正是燕母房里的丫鬟碧绿,她身前是一台机器,牧莺认得,那是发报机。

碧绿跌坐在地,见是牧莺,稍凝神便忙起身道:"三姨太。"

牧莺问道:"你这是做什么呢?"

碧绿料想牧莺唱曲出身,定懂不得这许多,忙牵了牧莺的手,将她拉出柴房,压低了声道:"三姨太,这都是些不打紧的东西,不过是……不过是别人托我存放些洋人的物什。您就当没看见吧。"

牧莺不肯罢休:"当做没看见,怎么可能?"

碧绿又接着央道:"三姨太,这府中我看数您心地最好,您千万不要告诉别人。我……我只是私藏了些东西……绝没有做对不住燕府的事。我以后再也不敢了。"

牧莺严厉了面容,正色道:"不要以为我什么都不懂。如果我没看错,你刚才正在发电报。说,你发给谁? 是谁让你发的?"

碧绿见事已败露,便沉声了道:"好,我可以告诉你,我是日本人派来盯住燕又良的。日本人早就想拉拢燕又良,又不知他的意愿,所以我一直埋伏在府中,看他的动静。张正元曾是他最好的同僚，已经起义抗日。日本人如今不放心燕又良，所以……"碧绿话未说完，抬眼死死盯住牧莺，眼中透出凶光。"我本不想惊动燕府，可是今日你逼我说出真相，只好杀你灭口了！"话说着，已掏出手枪对准了牧莺。

牧莺听罢大惊，碧绿的枪口已抵在她胸口处。牧莺定神道："你杀了我便解决了么，燕帅不找到凶手绝不会罢休，你以为你可以躲得过他的追查么？"

碧绿一想，牧莺所说不无道理，便道："若我此时杀你，枪声必然引来他人，到时还真是不好处理。可是如果让日本人来请了你去呢？让你去弹一曲，然后人间消失。燕又良断然不敢拿日本人怎么样，更不会想到我身上来，这样简直是两全其美。"

牧莺急道："只怕你还没有出去找日本人，我已经把你的真面目揭露出来了！"

碧绿嫣然一笑："怎么会呢，如果你昏迷在这废柴房里，又能向谁去揭露呢？"说罢，便要举手将牧莺打晕。就在这时，一声枪响！碧绿仍抬着手，却两眼圆睁，瞪住牧莺身后不远处现身的人，旋即便缓缓软下身去。

牧莺犹自惊魂未定，回过头去，才见竟是燕又良。燕又良收了枪上前，漫不经心了道："燕府岂能容下一个特务？"那枪声引来不少下人，见躺在地上的碧绿不禁惊呼："碧绿死了！碧绿死了！"几个机灵的，慌忙跑去禀告燕老夫人。

燕母闻讯速速赶来，大声质问道："到底发生什么，碧绿为什么死了？！"未等燕又良开口，燕母便冲到牧莺面前，大骂道："一定是你，你这丧门星！你一到我们燕府，便就搅得上下不得安宁。又良和我终有一日也要被你逼死……"

"母亲！"燕又良打断燕母，"是我开枪打死碧绿，和牧莺无关！"

燕母看向燕又良，满眼不解。

一旁一直沉默不语的牧莺轻道："碧绿是日本人派来的特务，她正在发电报给日本人的时候，被我发现了，她想要杀我灭口，幸亏又良及时赶来。"

恰时，下人由柴房中拿出那台电报机，燕母再无话可说，如是噎了苍蝇，只得喝一旁立着的下人道："既然如此，那还不赶紧动手处理掉？"下人们一听，忙用旧席子裹了碧绿尸体抬了出去。

燕母拂袖而去，立在不远处的诗若见那一幕，亦甚是幸灾乐祸般地冷哼了一声，

随燕母而去了。

　　燕又良扶了牧莺的肩,送惊魂未定的牧莺回房。安慰几句,便让牧莺躺下休息,自己退出屋外。门外,副官候了多时,一见燕又良出来,便急了道:"查到了,太太果然活着,如今跟上海斧头帮一个姓王的人走在一起,两人仍留在北平,不知为何还没有回上海去。"

　　屋里,牧莺悚然起身,直竖耳听,却听得两人交谈声渐远渐低了去,直至不见。

　　燕又良正在副官面前说着什么,副官忽地直了身,笑道:"三姨太。"燕又良一回头,只见牧莺立在不远的身后,手中挂着大衣。牧莺笑吟吟地上前来给燕又良披上大衣,道:"这么冷的天,不要着凉才好。"

　　王景诚与惊黛赶去裕丰楼,见陈掌柜已收拾齐整,准备出发,方才放了心回去。半路上,惊黛感到腹中隐隐作痛,细想下,便知大约是动了千果花,腹中小人被毒去了。一时间,惊黛心中各种滋味翻涌。王景诚只见惊黛手捂小腹,脸色铁青泛黄,心下有些明了,赶忙将其送回住处。之前从那老郎中口中得知惊黛有了身孕,王景诚深知对惊黛而言,这腹中小人必是羞于启齿的,故他也从不提起,平日里只默默留意、照顾惊黛身子,等回上海再做打算。

　　待回到住处,惊黛已是疼得支撑不住身体,倒在床上,原本的瘦容更添了青白,又如是痉挛,枯身簌簌而抖。王景诚急道:"惊黛,你必须要上医院才行。"

　　惊黛猛然摇头:"不……不!如果……山泽浩武和宋开奇……真的出了事,你我就必须,必须离开北平才是……我可以撑得住。"

　　王景诚生平头一次感到了无助,江湖纷争再险恶,他都大有兵来将挡之计,而偏偏此时此刻,他所有计谋胆略都荒废,只落得眼睁睁旁看的份。惊黛蜷缩在被子里,一头青丝散乱,口中不住呻吟。王景诚见状,再也顾不得其他,便掀开被子,要将惊黛背去医院去。

　　而被子一掀,血腥冲鼻而来,只见惊黛的下身已满是红河血水!王景诚大惊,背起惊黛冲出去。背上那身子真如掏空了似的轻,他边跑边对惊黛道:"惊黛,坚持住,我这便送你去医院,坚持住。"

伏在王景诚背上的惊黛,半梦半醒间,只觉魂魄飘荡,如烟般萦萦牵引。烟雾暗浮处,赤英唤她"姐姐,姐姐",声声切切,转眼间,又似见燕又良背身而立,惊黛走上前去,燕又良回过身来,笑意盈盈,他拉过惊黛的双手,一语不发,只是两两相对。惊黛不愿再醒,只愿千古恒永在霎时凝固,将两人化成磐石,再不离弃。

却只是一瞬,燕又良便如烟消失,眼前是裴志坤那奸笑不已嘴脸,他狠狠捉住惊黛双手,不断靠近,淫笑了道:"夜来香……"

惊黛拼命地挣扎逃脱。然而,四周却只有暗夜,漆黑漆黑,惊黛不知该往何处跑去,只拼尽全身之力迈出灌铅的双腿,一步一步,不敢停下。突然,脚下踏空,惊黛直直坠入无尽深渊……

惊黛蓦然而醒。

王景诚呆立在医院廊上,方才医生的那一席言叫他内心颇感复杂。

"病人流产了,你们怎么能让一个孕妇去碰有毒的东西? 幸亏及时送来,晚一点,病人就性命不保……"

上天似乎对惊黛太过不平,小小一女子竟要遭受这许多。

王景诚甚是疲惫了回到病房,见惊黛已醒,不禁欢喜,道:"你可算是醒来了,好在及时来了医院,医生说要迟了,真是难保性命呢!"

惊黛双目无神,空洞无物,直盯着天花板。王景诚忙将方才出去买的热粥打开盖来,舀了一勺,递与惊黛面前,笑道:"你如今虚着,得吃下东西去,来,吃些粥吧。"惊黛回了神,转头望向王景诚,煞白的小脸只是惨然一笑:"谢谢你。"

王景诚道:"这时候什么也别管太多了,先吃下粥去。"

惊黛只觉喉间苦涩,许久以来,心心念念一直记挂的是燕又良,而如今在身危之时,却是王景诚守在身边,燕又良又在何处呢? 心中感喟甚是难言,不由得眼渗泪意。

吃罢小粥,惊黛躺回床上,一时间旧事依依,斑驳眉目里,心下又嗟伤如初。暗想这半生飘零,每一段宿缘皆是残章断句。那个旧影昏黄的故人,连再见都不及说出的故人,匆忙一见却不得相认,而最终都不过是繁花坠去空追忆。

惊黛在医院休养两日，不敢再作更久的停留，便办了出院手续。王景诚与惊黛正收拾物什准备离去，只见医院廊外有匆匆而过的医生护士，又听得他们零星的交谈："山泽先生……昏迷……要紧急处理……"

两人听罢，相视一笑。惊黛轻声了道："即便是昏迷，也怕是再也醒不来了。"王景诚小心走近窗口，见有日本兵在附近，便低声道："我们先离开这里。"

回到住处，惊黛已经累得气喘吁吁，王景诚忙让惊黛躺下休息，见惊黛安然睡下，这才出门去买吃食一并打探消息。

不多时，王景诚回来，惊黛小睡刚醒。王景诚拿了手中的报纸，对惊黛笑道："前天的这个时候，宋开奇的尸体已经运走，山泽浩武便至今昏迷不醒，报上说日方对国军方面产生极大不满，将军火的运输作延期押送了。"

惊黛半躺起来，却一脸忧色："裕丰楼的陈掌柜如今怕已经离开了北平，只是我们如何走呢？"

王景诚道："我收到上海拍来的电报，说是燕又良打死了潜伏在府中的日本特务，而他似乎急等山泽浩武的烟土。"

惊黛听罢，不禁讶然，竟不想日本人对燕又良也潜了心机，问道："你果真在燕又良身边也安插了自己的人马？这是为何？"

王景诚放了报纸，落座，道："燕又良是忠是奸，我拿捏不准，只好派人先查探清楚，如果他真与山泽浩武做了烟土生意，再杀也不迟，惊黛，你不会怪我如此做法吧？"

惊黛泫然："如若，他真是如此，那也是他该有的下场。"若真是如此，曾经旧情不过是春闺一梦粉墨之戏罢了，若他是披羊皮的狼，怪只怪自己有眼不识他真面目。

【第二十一章】 危国将虎须

待到翌日一早,两人乔装收拾了一番,计划搭列车回上海。出来方发现日本兵与国军正封锁加哨,来往人员皆一一查探清楚。四处又发布了布告,将杀害宋开奇与山泽浩武的凶手头像张贴各处。

两人是一对乡下夫妻的装扮,来到火车站,却见日本兵封锁了车站入口,正拿着画像逐个核认进入车站人员。王景诚将头上缠着的汗巾拉下,遮住半张脸,惊黛紧紧挽住王景诚的手,两人缓步而入。

"站住,你们是干什么的?"一进车站,已有日本兵前来拦住去路。

王景诚赔了笑道:"长官,俺们这是去上海哩。"

日本兵走上前来,扯扯两人的包袱,喝道:"屁话,问你是干什么的,没问你去哪里。"

王景诚笑着欠了欠身,道:"俺们是农民,种地的,就住城郊。"

日本人一把扯下王景诚的包袱道:"检查了才可以走。"包袱顿时散落一地,那日本兵用尖刀一一挑开那些衣裳,见并无他物,又扯开惊黛的包袱,检查完后又将画像将二人核认一番。日本兵看着惊黛,起了疑心,问道:"你们真是农民?"

王景诚道:"真是农民。"

日本兵掀掉惊黛的头巾,一头乌发倾泻而落,日本兵顿起淫意,邪笑了靠近惊

黛,道:"农民还细皮嫩肉的?"说着伸手捏了一把惊黛的脸颊。惊黛忙退到王景诚身后,日本兵却更肆无忌惮将惊黛拉近前来,几个日本兵见状也围了上来。王景诚见顺利脱身已实属艰难,正想拼了命救出惊黛,忽地有人窜步上前,拉开那为首的日本兵。那人是国军军服,却是面生,并不曾见过,惊黛一见,却几乎惊叫出来。

那人正是燕又良的副官!副官拉过那日本兵,笑道:"长官,你看天色已晚,是不是差不多收队了?不如这样,我请大伙去喝酒?"

那日本兵一听喝酒,却好似不满:"喝酒的要,还要有小姐!"

副官笑道:"好好,没问题,不早了,不如我们赶紧收队去喝酒找小姐玩乐子去,何必在这里卖命呢?"

那日本兵听罢,哈哈大笑,唤了那几个日本兵,用日语叽咕了一番,那几个日本兵亦举了枪欢呼起来。

一旁的王景诚与惊黛见状,忙拾起地上的包袱,赶紧进了车站去。待上了火车,惊黛方才回过气来,不禁问王景诚:"那人正是燕又良的副官,他如何在这里?又为何要救我们?不会是他已经认出我们了?"

王景诚摸摸下巴,若有所思,道:"我想是的,燕又良应该已经查到了你的行踪。不然怎么会及时出现,可见已是暗中跟踪了。"

惊黛一听,不禁神伤,纵是烟波千里,那人明明已在身后,一垂首,一回眸,那人又回到面前。王景诚忽地轻声问:"若他真的来找你,你是否与他回去呢?"

惊黛默然后一面凄色:"如若他是良人,便不会置信约于不顾而另娶了他人,如若他真是良人,他也不会与日本人勾结一处,他不是,我如何能呢?"

这一言,如是冰透愁肠,木石前盟约已了却,也只是芸芸众生里的物是人非沧桑之变。王景诚听罢,心亦不由地低了下去。她如此近,亦是如此远,远作姑苏城的远山淡水般,唯有梦中方可划船而去。水中央的佳人,他唯有远远驻足观望。

火车到了上海,两人真有了重生之感。北平之行,莫不过是与死神擦肩而过。

回到南京路的王府,五爷已在门口等候。他迎上来,道:"惊黛姑娘,北平的事我都听景诚说了,你受苦了!想不到你这样柔弱竟也是个巾帼英雄!"

惊黛笑了对五爷道:"若非有景诚,我是十条命也已用完了。"

五爷一撩衫子,声若洪钟:"太好了,我们斧头帮又为国人做了件惊天动地的大事。你俩也安然无恙地回来了,我们要好好庆祝一番。"

"你们庆祝什么呢?也别忘了我呀!"一声软糯的清丽之音,惊黛蓦然抬头,却见是一个款款风姿的女子。

王景诚也自是一愣,问道:"牧莺,你竟来了上海?"

那女子掩嘴一笑:"怎么?我就不能来上海了么?"

王景诚却严正脸色,道:"我们在北平车站险些被日本兵困住回不来,是燕又良的副官替我们解了围。而你如今又身在上海,这么说,燕又良已来了上海,或是北平?"

牧莺也收了笑意,道:"燕又良已经获悉你们的行踪,也得知你们杀了宋开奇和山泽浩武。他料想你们铁定难以逃脱日本人和国军的追捕,便安排了人手在北平蛰伏,你们能平安回上海来,也是他的出手了。"

真是燕又良帮他们逃离了北平!惊黛问道:"不知牧莺姑娘是……"

王景诚这才失笑了道:"牧莺是斧头帮派出的,为了查探燕又良,牧莺……牧莺也做了燕又良的三姨太。"

惊黛脸上血色顿然褪去,青白一片。惊黛心下苦笑,原以为这燕又良仍念旧情,不料已是……原来念旧情之人,始终不过是自己。

牧莺自然明白惊黛此时所想,又见她面容阴沉,便道:"惊黛姑娘,你又何必过于执著这男女情意呢,如若真是良缘,他终究会来到你面前。"

见氛围不对,五爷忙大声了笑道:"就是,你们才回来,吃饱了休息一阵再说。"牧莺上前扶了惊黛,惊黛自流产后,身体孱弱,此时更觉精神恍惚,便由牧莺牵着上楼休息去了。

五爷见惊黛一走,便对王景诚道:"景诚,燕又良这次来上海,听说是为了烟土这事。"

王景诚默然,良久,方才缓声对五爷道:"知道了,你继续跟踪查探。让牧莺回去,不然暴露了身份,对她没有益处。"

自上次山泽浩武的鸦片刚出了黄浦江不久便被斧头帮的劫船烧毁后,外埠码头更严加检查守卫。驻上海日本领事欲夺码头大权,与法国领事周旋游说谈判。水上贸易大脉便是在于码头,如若失去对码头的控制,也便失了水上贸易,法国方面自然不愿与日本共同分享这现成利益。于是双方也各自派出高工,各施其法,为码头展开地下式争夺。抢地盘而引发的各种纷争屡见不鲜。

外埠码头各种船只来之往之,如是贸易兴隆的模样,实则不过是运输美法日等外国船只的违禁物品。码头工人多为船运公司的苦力工,每日里忙于搬运各种货物,着实辛苦。除苦力工人外,还聚有许多外地流民,他们流亡到上海,为谋衣食温饱,便聚集在码头寻机做事。如船舶运输货物多且急,工人人手不够,工头便会叫上那些流民帮手,卸一天货只可得几个铜板,少得可怜,可即便如此,只要是工头一来,那些流民便蜂拥而上,渴望工头能挑中自己。

今日码头又到一船特殊货物,日本方面考虑到山泽浩武已昏迷成植物人,便替换了另外的官员板田前往上海。为慎重起见,那板田亲自去挑选码头工人,日本兵个个重弹实荷,警卫森严。

五爷挤开人群,一声断喝:"老子有使不完的力气,老子一人能顶仨!"五爷确在瘦弱饿极的流民中显眼,膀大腰圆,声如雷鸣般,一看便知是一介武夫。

众多流民听罢皆不服气,生怕五爷抢了他们的一口饭,或奚落或不满了嚷开道:"兄弟,有食平分,独食小心噎死你。"又有道:"爷,一天三几个铜板跟我们抢什么呀,有力气拉车去!"众人正怒目相向,五爷嘿嘿一笑:"各大老爷们,兄弟我多有得罪了,我老婆跟我怄气,回了娘家,半个月不见人影,我这不是有火无处泄嘛,来泄力气来啦!"

人群里一个黑面男子走出来道:"这位兄弟,咱们大伙都挣一口血汗饭填个肚子,却不想你是来泄火找活的,这是与我们大伙过不去吗?天底下何愁没有兄弟出火的地方?"

流民紧跟起哄:"他妈的,逛窑子去啊!"

"别在这儿撒疯!给我们滚!"

"你一人顶了我们仨,那我们今天就要有三个人因为你饿着肚子了,这事兄弟们可不答应!"那黑面男子一抬手,众人哄声顿时低下去,多少有这帮蓬头垢面流民的头儿风范。

远远而立的板田见这边人群哄闹,便让翻译官前去探看。那头发油亮发光的翻译官拨开人群,喝道:"都吵什么呢?! 今天这码头有板田先生重要货物运进来,你们一个个都给我退得远远的,滋事者一律就地正法!"话说着从腰间掏出枪来,冲着天做了开枪的手势。众人见状立马噤声。

翻译官见众人静下来,便挨个看过去,见了五爷,道:"你! 在这儿吵什么吵? 待会儿给我挑几个壮实来帮忙卸船!"

五爷听罢,毕恭毕敬地欠身道:"长官,您看大伙都想要给皇军干活,这样吧,我这不缺那两个钱,我今儿卸船不要钱,您多顾几个兄弟成不成?"

那翻译官一听,来了兴趣:"你不要钱? 不要钱你得什么劲? 你既然不要钱,我干吗还要多请几个人?"

五爷呵呵笑了凑近翻译官面前了道:"长官,我不要钱,那是因为我想跟着长官一块跟皇军干活,那才有前途啊,您看我一身横膘子肉,那是铁打的。长官,我就想着等这一船货卸完了,您帮我引荐引荐?"

翻译官听罢啐了一口唾沫在五爷脸上:"你小子还真会打算盘! 该你得劲! 成! 看你干得怎么样,干好了,你便跟着我了,干不好,小心你一家子老小的性命!"

五爷呵呵笑道:"长官,那就拜托您了!"

翻译官又巡视一圈,看看那些流民皆是瘦弱模样,便对五爷道:"给我挑十几个壮力,差不多就抓紧干活了!"

五爷点头哈腰,待翻译官一走远,敢怒不敢言的黑面男子领了众人这才对五爷发起难来:"好哇,敢情是奔日本人去的,怪不得这么蹦乎,兄弟们,我们要不要放过他?"众人齐声道:"揍他! 汉奸卖国贼!"

一伙人已哄然围上五爷,一身短衣褴褛的王景诚由暗处闪身而出,见五爷那样,不由暗笑,与五爷捏好时辰的时机渐已成熟。看来五爷对演戏也有一手。

五爷对那黑面男子道:"得! 兄弟,算上你一个,待会看谁卸的货多,谁输了谁是

小狗,钻大伙的裤裆!"

大伙来了劲,齐起笑哄,黑面男子胚子不输五爷,肌骨健硕,他志在必得了道:
"行,兄弟们作证,待会儿谁输了谁钻裤裆!"

大伙高声:"好!好!"

五爷又点了十几名身体壮实的男子,一同去板田处报到。板田又使了眼色让翻
译官检查一番,翻译官巡视,却停在王景诚面前问道:"这人太瘦弱,不行,换个
人来。"

五爷却又媚笑了上前来道:"长官长官,这是我小兄弟,别看他瘦弱,但却有硬功
夫的,长官我们兄弟俩都不要钱,不要钱!"

翻译官睨眼看了看:"不行!你还以为这是混场子?换个像样的来。"

王景诚见状,正是紧要关头,不可出了差错,便只得乖乖退了出去。正退了出
来,便见一辆小车疾驶而来,嘎一声停了车,身穿国军军服的军人下得车来,替人打
开车门,只见出来的是身形挺拔的男子,王景诚认出来,那正是燕又良。

只见燕又良上前与板田甚是握手言欢的模样,又朝了船只指点一番。王景诚不
由看向蹲在远处的人影,那人影是纤瘦小巧的惊黛,她正盯住板田与燕又良,双手握
成拳头。

见故人近在眼前,那洪荒往事迭迭回转,即便他如此有负于所望,他却是举手投
足间的俨然的王者,乱世中的霸主,不禁令人心折神往。然而,他便是天子下凡来又
如何,若他是助纣为虐,她亦要为如赤英那样的千万受苦人民讨回应有公道与尊严。

货物卸下,皆是沉重无比的木箱,板田和燕又良站在一侧微笑交谈,不时燕又良
的副官指挥军用卡车前来装货。他全然不知远处有一双双紧紧盯住他们一举一动
的眼睛。

码头自是一番忙碌景象。五爷扛起一只只木箱,将它们一一装到板车上,再由
板车运送至卡车处上货。五爷对面正是那黑面男子,正铆足了劲和五爷比拼力气。
趁监督的日本兵一回头,五爷便悄声了对那黑面男子道:"兄弟,别费那么大
劲了……"

黑面男子面容轻蔑了笑道："怎么？还没结束呢你就要认输钻裤裆了？"

五爷环顾四周，更压低了嗓门对那黑面男子道："你们知不知道这里装的是什么？"

黑面男子仍旧卖力搬那木箱，他漫不经心的模样："装的什么不关我们的事，我们只管干活要钱。"

五爷气极了道："你们这是死干活的驴，这里面全是鸦片烟土，这些日本人把毒药卖给我们，又用它来毒害百姓，这样的钱你们拿着不觉烫手么？！"

"你们干什么？给我好好地干活！"忽地一旁日本兵听到交谈之声便对两人喝道。五爷忙噤了口，而这回轮到那黑面男子一脸惊讶与愤怒。

黑面男子偷偷对五爷使了眼色，五爷正纳闷他要做什么去，只见他捂了肚子跑到日本兵跟前哭丧着脸道："长官，拉肚子了，去方便马上就回来！"那日本兵甚是不悦地踢了黑面男子一脚，骂道："快点去，不许偷懒！"黑面男子捂了肚子一歪一歪地跑了。五爷放缓了速度，他正寻望着王景诚，巡视了几回，方才见远远的码头一角，王景诚与惊黛待在一处，再看了各处，皆有潜伏好的兄弟们，不时地张望，伺机而动。

不多时，黑面男子回了来，待日本兵不注意，低了声音对五爷道："他妈的全是烟土！老子不干了！你要不要和我们一起反抗逃出去？"想必方才去方便时就是去查看那木箱里的物什的。

五爷同是低了声道："你不要命了？逃？你逃得出去么？"

黑面男子甚是恼恨："那真为几个钱为他们干这样缺心眼的事儿？"

五爷啐了一口，道："你要是信任我们，跟我们一起，把这些烟土全毁了。我们里外接应！干不干？"

黑面男子满面放光，激昂了道："干！为什么不干！"说罢与五爷一击掌。日本兵听见声响又回了头来骂："快快干活！不许说话！"

黑面男子脸色忽地变了赤红，又忙跑去日本兵处道："长官，又要拉肚子了！"日本兵好一声骂，端起枪来指住他："你是不是在玩花样？"黑面男子哭丧了脸，指了指自己裤裆处，日本兵低头一看，果然湿了一片，只好放了他去。五爷一旁偷偷乐着。

约摸等了一刻钟时间，五爷正焦急那黑面怎的有去无回，忽闻外头起了嘈杂声

响,渐次乱了起来,板田和燕又良远远看见船上起了火,大火正蔓延上岸来。船上仍有货物并没有卸完,板田气得直跺脚,日本兵齐齐拥上扑火。王景诚见势,便趁乱混进搬货人群中,将准备好的炸弹偷偷交给了五爷。五爷在木箱中扔了几颗引线较长的炸弹,王景诚又在军用卡车下扔了几颗。接着,五爷跑出来对混乱的人群大喊:"有炸弹,大家快跑啊,要炸死人了!"

工人们听得有人喊炸弹,忙丢了木箱乱跑起来。日本兵见工人们已大乱,赶忙叫支援,又有不少端枪士兵赶到码头。而此时场面早已混乱不堪。稍时,便果真听到炸弹轰然炸响,再不久,又听得几声炸弹巨响,军用卡车燃了起来。板田见已控制不了场面,气得掏出枪来对着那些可疑的人便开枪,几个工人倒了下去。燕又良正好生诧异,是什么人做了手脚?

五爷寻到王景诚与惊黛,问道:"那板田要不要杀了?"

王景诚道:"吃食也得慢慢吞咽,吞太多了噎着自个,毁了烟土就可以了,小心行事。"五爷听罢点点头,一挥手,潜卧着的兄弟一呼百应。

一时间,枪声爆炸声喊叫声,如是末世的汤锅开了沸腾不已。

板田已然看出是工人中的捣乱分子混杂其中,便下令开枪射杀这些工人,而码头上的其他流民也有些难免其害,被误杀而死。横尸处处,烽烟浓黑升天。枪声大作中,不知谁大喊一声:"法国佬来开战啦!"

众人一看,果然江上、路上皆有法国军队前来,船上竟架了炮,原来这法国租界,一直本就不愿日本人在码头搅和,而这次更是动了火力,直扰得码头一片混乱,法国佬便趁机要灭灭日本人的嚣张气焰,也参与了火拼中来。

板田一见法国佬插进一脚,此事便复杂许多。损失了烟土本就恼火,而法国佬又趁机来教训一番,更是火上浇油,也不理什么大局,总是火拼了来得痛快。

五爷猫身藏在了油布后,手臂处竟不知何时已擦伤,正坐在地上喘气,忽地有一人闪身而入,五爷忙将枪口对准了那人的脑袋。两人定睛看对方,不禁惊讶了齐声道:"是你?!"原来那人正是黑面。

五爷呵呵一笑道:"你小子,怎么溜去船上放的火?"

黑面也是一笑:"若非我尿出来,肯定也出不去。"

五爷一乐，问道："你果真尿出来了？"

黑面赤红了脸："那还用说，不装得逼真些，那些个日本鬼子能相信么？"说罢，又嘿嘿笑了，问道："你们是……怎么会知道那箱里都是烟土？"

五爷道："我们是斧头帮的，专锄奸惩恶，上次我们也捣毁了日本人一批烟土，真是痛快！"

黑面喜出望外，道："斧头帮？我听过！专杀汉奸走狗的！"

五爷笑道："对！"

黑面此时垂下头去，似有言难说出口的模样，吞吞吐吐地："你们斧头帮……我……我也能参加吗？"

五爷一脸讶然："好啊，兄弟，我就看你不错，这次比赛留待下次，我们再拼力气，谁输谁钻裤裆！"

黑面雀跃而起："行！就这么说定了！"

【第二十二章】

生死别经年

昔日码头如今成了战场，日本人那边既需与烧毁烟土的不明身份之人火拼，又需要与法国佬抗衡。情势眼见大为不利，板田深知再顶下去只会吃亏更多，便偷偷撤走。燕又良虽带了足够押运烟土的人马，但面对法国兵猛烈的火力终是难以招架。他正寻思着找板田商议对策，却发现这板田趁势自己逃跑了，不禁气得大骂。

燕又良摔掉军帽，气呼呼地伏在掩蔽处，副官眼见枪林弹雨，场面越会发展得失去控制，便大声地对燕又良道："燕帅，现在怎么办？我们孤军作战，要不要去搬援军来？"

燕又良一低头，几颗子弹嗖嗖擦耳而过。他气极而笑了道："板田都已经跑了，我们还要留下来做冤死鬼么？你去看看还有几辆车能跑的，我们也撤！"

不远处，惊黛猫了身卧在沙包后，小心往四处张望，终是寻到了燕又良。只见得他怒容满面，正与副官说着什么，那副官听罢便猫身而去了。

一时间，那些枪声渐次消隐了去，惊黛只觉自己已跌入那夜的荒山里，夜色浓黑，却有当空的一轮皓月如灯般为她与赤英探路前行，赤英举灯行在前，他只是孩子气地寻狐仙踪迹，而最终一脚踢在燕又良身上，第一眼见他，泥垢与血污满脸，将他趁了夜色背回铺里去，为他悉心照料，他跌断的肋骨如今可会成为旧疾时时提醒他曾经的过往？

惊黛亦清楚记得那时为他制出剧毒紫罗刹,并义无反顾敷在自己脸上。当自己也惊为天人时,她便如此懂得他初见她时那眼内皆是惊艳的目光。他为了什么而娶自己?惊黛如今念来,原来也不过是这张面具的缘故,她以为得到的,经过一番考验,他的真心便经不起推敲,大约,不过是一厢情愿的心意而已,什么如花美眷,凤笙箫管,均是速凋的疾景繁弦,谁点鸳鸯荷中戏?泪痕千点湿红妆。惊黛再不愿以紫罗刹自欺欺人,再也不愿为谁将真正的容貌掩以胭脂,洗净铅华,她只愿与赤英那般,将生命燃烧在前线,开成最美的一朵蔷薇。

那才是真正世上最美的生命之花。

惊黛悄悄举起了枪,对着前方不远的燕又良,手却迟疑着如何放在那扳指上,那一刻瞬息便是千年,那指中似有千斤之重,她拨不动那扳指。

又良,我只是又念起喜烛下你款款深情的眸子,生生地把我沉浸不愿自拔,春宵一刻,芙蓉帐暖,我依在你宽厚的胸膛,那温暖安全的感觉无比令人迷恋,谁愿漂泊无依,自与你失散,我便知道,再难靠近你一步,那一步,便是天涯般的距离,永难跨越。

又良,原谅我,愿下一世里,你便是那良人,鲜衣怒马而来,相约一生一世吧!惊黛猝然泪落,阖上双目,手指狠心按下。

"啪!"

枪响了。一枪,命途兀然而转。

良久,惊黛睁开眼,只见燕又良已伏在血泊之中。

"快跑啊!法国佬打过来了!"一声高喊唤醒了已痴呆过去的惊黛,抬头一看,码头上的法国船已靠岸,船上的法国兵正登了岸来,余下的人扔下枪便四下逃散,惊黛忙起身,随着那奔跑的国军士兵一同逃向码头另一方向。

一辆卡车跑了没多远,便轰然起火,车上的士兵又跳下来,狼狈不堪地逃跑。王景诚与五爷却不知去向,方才惊黛为寻燕又良已独自行动离开了斧头帮行列,如今放眼,斧头帮兄弟们也一个个四下奔逃,唯不见王景诚与五爷,惊黛忙拦住一个斧头帮门下的小兄弟问道:"可有看见五爷他们?"

那小兄弟只急道没见着。惊黛不死心,再问另一个兄弟,他道五爷与王景诚去

堵截逃跑装有烟土的卡车了。惊黛一把扔了没有子弹的手枪,随人逃散。

而法国兵已迅疾追上来,火力凶猛,一众人便又往码头靠江处逃去,许多人为逃生已跳入江中,惊黛深一脚浅一脚地跑着,背后却被人一搡,身子忽地坠向江中……

江水冰冷刺骨,漾漾漫漫中,惊黛挣扎着,仍有人不断掉入江中,号叫声喧天,法国兵把炮向江中的人打去,轰隆的巨响,惊黛只觉眼前一黑,便直坠深渊去。

不知在江水中漂荡有多长时间,全世界沉寂如鸿蒙初辟,偶又听得泠泠水声,惊黛只觉身体轻盈如是水中的一瓣花,随流水而逝……

不知又过了多少时辰,惊黛缓缓睁眼,只觉周身冰冷僵硬,回了神来,原来仍在江中漂浮着,而身下有一段浮木,正是浮木托住了她,方才留下了性命来。惊黛不敢妄自挣扎,她不熟水性,只恐掉入江中。这般漂荡许久,不知身在何处,只看得见身下那黄黄的江水,以及那水天一色的漫漫如烟。若再这般下去,不溺死也必得冻死了。

甚是焦急间,似远远地听得渡轮鸣响,惊黛如见希望的一线光芒,原来是身后的渡轮,惊黛拼命向渡轮游去,因不熟水性,只得手划前行,慢慢靠近渡轮边时,只见船上有人惊呼:"水里有人!"众人围观上来,亦有人七手八脚地放下绳索去,惊黛终是抓住了那抛来的绳索,拼尽全身力气,将绳索捆住自己一圈,船上的人们便将惊黛拉上来。

惊黛已是全身湿透,正是又累又饿,恍惚上了船,只觉有人围上来,耳边听得有人柔声地问她:"可有好点了吗?"惊黛欲张口回答,却毫无气力,再便又是眼前一黑,昏迷过去。

惊黛又梦见燕又良,他只是愤怒地睁圆双眼:"为什么?为什么?你为什么要对我开枪?"说着燕又良狠狠地将自己推向浩浩江水中。惊黛猛然惊醒,却不知身在何处,只觉浑身酸痛,又火烧似的滚烫。惊黛挣扎着支起身,只见一个面容柔和的妇人正端了药走上前来,见她醒了,甚是惊喜道:"你醒过来了?醒了就好了,快起来吃药吧,你正发着烧呢!"

惊黛茫然问道:"这是在哪里?"

妇人慈眉善目,笑道:"这是在广州了,我们在船上发现了你跌在江水里,所以把你救上来了。你都昏迷好几天了，快喝药吧。"

广州？一瞬间，竟漂泊到了广州！

惊黛原是被坐船南下的一名姓莫医生所救，发烧又是烧了几日方才好，那妇人便是老医生的妻子。在妇人细心照料之下，惊黛恢复很快，不日便可下床帮妇人一道做事。

那医生与死去的老郎中甚是相似，旁人都唤他莫医生。夫妻两人无儿无女，惊黛面容虽有缺憾，但是因为宿缘，莫医生夫妻二人视惊黛如己出般疼爱。莫医生研究中医，悬壶济世数十年，对惊黛所中的紫罗刹之毒也有一些了解，便将惊黛所说的配方又研究一番，不料竟研究出这紫罗刹实在是可解之毒！莫医生甚是欢喜，这毒药与良药，往往便是一线之隔，剂量小与大，便会产生效果，同样的，毒药也可转化为良药，为己所用。这世间万物，皆有相生相克之说，配与不同的东西，所发挥功效就大不相同，由此，莫医生便研究出这紫罗刹原是可解的毒药。惊黛经历这许多，早已是心死如灰，索性洗净铅华，恢复原本面目。再美，又可以给谁看呢？她也顾不得体内残留的紫罗刹毒素，只想任它去了，何时毒发，也终将是自己的宿命。莫医生和莫夫人却不肯如此，他们坚持让惊黛服用与外敷所研究出的药物，惊黛不忍拂了两人的一片好意，便也仔细用药。莫医生每隔几日便会为惊黛检查，每一次他都发现，惊黛体内毒素在逐渐减少。

除了体内毒素减少，惊黛也蓦然发现脸上蝴蝶斑痕竟也日渐淡下去。又待一些时日，这脸上斑点竟淡至不易辨认，真真也是如神奇的魔术般。

惊黛犹自不能相信，没有紫罗刹，这长在脸上十多年的斑记也会自此消失了去么？揽镜自照，镜中人虽已无往日敷了胭脂后的香艳之容，却更是清秀出水的恬淡娴美模样。

然而，早已物是人非，再美的容颜也不过只是一副躯壳罢了。

广州倒是平静，没有日本人与法国佬的滋扰，那四平八稳的生活令人心疑家园已失是梦境之事。打开窗户，窗外那陌生的街道、人群，人们不同的打扮，说着陌生

的方言，一切都向惊黛昭示，这不是梦，而是最真切的现实。每每此时，惊黛才知道最不愿直面之事，那是真的已经发生，包括，她亲手杀死了燕又良……现实原是噩梦！

广州不比上海繁华北平大气，却也有它的温婉之意。惊黛挑了件绛色提花旗袍，与莫夫人一同去大新公司。莫夫人直视惊黛如亲生女，两人时常亲昵结伴，行走在广州街，南方天气不冷，且不到梅雨，日头只是终日昏昏沉沉，倒也还是暖和。

大新公司是百货公司，两层高的商楼，货品繁多，一进了去，人也不少，皆是黑压压的人头，不时擦肩而过的是操持各个地方方言的人，想必也是逃难到此地落脚。这般嘈杂之地，无时无刻不在提醒惊黛，流浪漂泊异乡，世上已无亲人，自此孤身在世了。

莫夫人见惊黛只是沉沉闷闷，便做主剪了几尺清素的花布，两人又买了一些物什，回家时方才寻个裁缝给惊黛做一身新衣，惊黛见此自是心头一热，想什么世上无亲人，而莫医生与夫人却是不是亲人胜似亲人，心下打算与他夫妻二人相伴终老也未尝不可。

过了几日，惊黛挽袖洗衣，莫夫人则在帮莫医生抄方子，租住的房子只是在显眼处挂了一个木牌子，上书：莫氏诊所，便也有小病小痛之人寻上门来，也就得以糊口，这日，惊黛正洗衣，忽闻楼下有人唤道："莫太太，街角的裁缝话你去摞衫啊！"

莫夫人一边应着，一边放下手中的活计，探出头去笑道："多谢啊，这就去。"

惊黛洗干净手，拭了拭，对莫夫人道："莫夫人，我去吧。"说罢便咚咚地下了楼去，原本的长发已经剪短，只是简单用手绢束了起来，虽不施脂粉，那蝶斑一退却也素雅宜人。

由老裁缝手里接过那旗袍，谢了付钱，裁缝笑道："姑娘，你姆妈都系好锡你喔（你妈都好疼你哦）！"

惊黛一怔，真是如此么？

待回得去，莫夫人便让惊黛试穿那身旗袍，待一穿好，莫夫人甚是惊艳神色："惊黛，你原本是一个美人坯子的呢！"

惊黛赤红了脸，在莫夫人眼中正是柳眼梅腮的模样，又是啧啧地赞叹："要是我有这么个闺女就太好了！"

惊黛缓缓抬头，面容含笑，拉住莫夫人的手道："夫人，以后我就是你的女儿了，你们救了我，就是我的再生父母，妈妈，你就认下我这个女儿吧！"

莫夫人好不惊喜，不可置信了道："真的？惊黛，你真的愿意做我们的女儿？"

惊黛笑了点头，莫夫人忙是唤来莫医生，莫医生也喜出望外，惊黛轻了声对二人道："爹、妈。"

莫医生与莫夫人齐声欢喜应道。

自此又有了一个体己温暖的家，颠沛流离半生，正疑山穷水尽之时，却是柳暗花明又一村，想必这世上的悲欢离合总是如此，合久必分，分久必合，其中无不是隐含了命数与劫数。

此后，惊黛又操起旧业，偶去山中采草药，又采了些可制成胭脂的野花来，只碍于地理缘故，许多花儿在南方难觅踪影，也便只可研出一盒盒简单的脂粉，与苏州时小桃红铺子里的胭脂自是差了许多。做了出来，给莫夫人留了一盒，剩余便卖给街角的小贩，也可换回一些零钱。

这般小日子虽是清苦，却是难得的平静安稳，惊黛偶然间会忽地念起曾经的人事，恍若一梦般不可重现，王景诚与五爷呢，景织呢，却不知他们如今又是怎样的情境了，一念及此，心便黯然。

莫医生一家租住的房子其实也是在贫民区，由窄小拐弯的巷子进去，那一片矮檐下晾着的都是女人孩子和男子的衣服，大大小小五颜六色，万国旗般挂着，有的仍滴滴淌下水来。进了巷子去，便听得麻将的声响，又交杂叫骂声。莫医生便住在一栋小楼二楼。贫民区里住的大多看病去不起医院，便都知道莫氏诊所，凡有病痛都寻上门去，莫医生的医术一向是药到病除，渐渐便有人称莫医生是妙手回春的神医。

这日里，倒是有军区的人寻上门来，说是家中的老头子病得甚重，指名要莫神医看诊，所以要请莫神医去一趟，惊黛恰逢无事，便帮了莫医生提了药箱前往，军区派有车来接。车子驶进一带皆是洋房住区，待停下，惊黛不免惊叹那三楼洋房的豪华气派，台阶上竟也铺了猩红地毯，可见这居住的人非官则贵。

女仆开了门，领莫医生和惊黛进了那大宅子。主人迎出，是一个头发夹灰的中年男子，只披了件晨褛，那人气宇轩昂，若非是头发灰白，必定是翩翩男子，即使如此，仍不减风度。他笑迎出来，握了莫医生的手道："听闻莫医生是杏林国手，什么疑难杂症皆不在话下，所以我今日特地请莫医生来为我那病重的老父治治。"

莫医生也甚是恭敬了道："顾司令太客气了，只要您一句话，我当定效犬马之劳。"

惊黛自然不识那顾司令为何人，只见那顾司令单身作请，对莫医生和惊黛道："请。"他在前面带路，却回了头来看了看惊黛，问莫医生道："不知这小护士是莫医生的谁呢？"

莫医生恍然大悟："竟忘了介绍，惊黛是我收的义女，如今正是帮忙出诊。"

顾司令朗朗而笑："莫医生真是心慈面善，还收养了个这般标致的女儿。"说罢又是一笑，不知如何，惊黛竟想起燕又良来，这一想，心内忽地一痛。

顾司令打开房门，里面光线昏暗，一个屏屏老者无声无息地躺在床上，只见他余了一身的枯皮瘦骨，那被子盖在他身上，只给人错觉他已然死去了般。惊黛不禁轻了脚步，紧跟在莫医生身后。

顾司令回了头来对莫医生轻声道："父亲已病了十几年了，一直都躺在床上，以前偶有下床活动，而这几年已经不能起身，现在更是连醒也醒不来了。"

莫医生步前去，老人深陷的双眼如是窟窿般，只是眼皮包了眼珠子，那眼珠子听得声响，便转动了几下，莫医生便知道这老者尚有神志，便对顾司令道："顾司令，放心交给我吧，我会尽全力为你父亲救治。"

顾司令微微一笑，遂对莫医生与惊黛点了点头。莫医生把把老人的脉相，若有所思，再又将老人被子掀开，捏捏各个关节和肌骨，只觉僵硬无比，这老者收拾齐整干净，但因缺乏按摩，那肌骨已失活力，莫医生与惊黛一道将老人轻轻扶起身来，背靠床而坐，再以予轻柔的按摩，老人眼睛半睁半闭，那浑浊的双眼空洞无物。

一番按摩后，再将老人扶着躺回床上。莫医生开了方子，惊黛按上面的方子由布袋中取出药材，并按分量各自放好，那晒干的草药弥漫甘涩之气，惊黛将那草药以纸袋装好，顾司令唤来侍候老者的女仆来，莫医生便依照方子吩咐了熬药时间与吃药细节。

　　总算忙毕，顾司令甚是高兴，交给莫医生几个银元道："莫医生不愧是神医，想必老父在莫医生医治下必能很快好起来。"

　　莫医生接过银元一算，即退了多出的几个，笑道："无论给谁看病，我只收应得的费用，多出的请顾司令收回，老先生的病靠养，每日需给他按摩，晒晒太阳，房间光线需充足，这对老先生的精神状态会有所帮助。"

　　顾司令甚是满意："莫医生，这多出的钱是我顾某赏谢莫医生与这位姑娘的，若老父能好起来，我会再付酬金。"

　　莫医生却坚持不收，笑言："顾司令，救死扶伤乃是我的天职，实在不需什么赏谢，他日我会再回来看老先生的进展，请顾司令收回银元。"莫医生将多出的银元塞回顾司令手中，便匆匆离去。

　　惊黛心下不禁为莫医生此举而大加赞赏，只是他怕顾司令又给赏钱，便匆匆离去，惊黛不由一笑，顾司令只得怔愣原地，惊黛忙跟上莫医生，对顾司令道："顾司令，我们先行一步。"

　　身后那顾司令只是失笑："哎，这么快便走了么？"

　　回了家中，莫医生与惊黛说起方才的那幕，莫夫人亦是取笑莫医生太过迂腐，而莫医生却正了脸色，道："我的工作就是救人治病，只收取应有的费用，再多便不能要了，这是为医者应有的职业道德，这是每个为医者应当始终坚守的原则。"

　　惊黛笑了道："妈妈你都不知道，那顾司令没见过给钱不要钱的，都呆在那了。"说着，两人又是嘻嘻笑看了莫医生，莫医生也不理，只顾自己抄抄写写。

　　吃罢饭，收拾停当，惊黛便将胭脂瓶罐取出来洗干净，细细地将采摘来的花草研成汁浆，因上次与莫夫人去大新公司，看见有卖凡士林，便买来一罐，这凡士林不过是液状的润肤品，而只却是掺加物过于单一，惊黛便试将花浆加入其中，加工后那味儿却混了些。惊黛寻思了一晚，将花浆铺在茶叶上，茶叶可除气味，待得两日，气味便失了许多，再加到凡士林中便没有了气味相侵之忧了。惊黛将那加工过的凡士林给小贩卖，小贩见这凡士林市面上没有，也乐得收来卖给姑娘少奶奶们。

　　来到广州也有一段时日，也偶有听闻前方战事紧急，卖报的摊子近几日总是人

群水泄不通，卖报的先生在高声读报中简讯，人群便时时发出纷纷议论声来，这日惊黛只是出来将凡士林售给小贩，回来时见路上报摊热闹不已，便站在人群外围听得那些议论。

"广州眼下也不保了！全国上下都是这样了……"

"快滴逃命去啦，无谓留系度等日本人来杀头啦！"

只忽的一夜间，那战火便蔓延至南边来，令人不及想象的速度。惊黛惶惶地回得家来，恰逢莫医生由顾司令家中回来，他亦忧心忡忡对夫人和惊黛道："广州香港都来了日本兵了，泱泱中华，竟也没我们可以立足的地方了！！"说罢，痛心疾首。

【第二十三章】
还君双垂泪

　　副官扶着燕又良下得火车来，不禁环顾四周，副官甚是焦急了道："顾司令派来的人还没有到吗？"

　　燕又良道："先在站上等等，我们也不急。"副官听罢便搀扶了燕又良坐在站台的长板凳上，不多时，一辆轿车便戛然停在站台外，几个军人打开车后门，里面出来身形魁梧的军官，他大步流星步入站台内，几个卫兵紧随其后。

　　一进了站台，便见坐在板凳上的燕又良，忙迎上来抱了歉意地道："燕兄，让你久等了，近来军务颇是令人头疼，耽搁了时辰，快快随我回府上休息。"

　　燕又良缓身站起来道："顾司令，你百忙之际还抽身出来接我，快别这么说了。"说着两人便往站外的车走去。

　　车子驶回顾司令家中，燕又良下得车来不禁感叹道："顾司令，你们在南边的驻军便是滋润得多呢！这广州气候如此宜人，还真比上海好得多！"

　　顾司令下得车来笑道："燕兄，广州哪里比得上上海那样的大都市热闹，不过上海如今也开了战了，日本兵不日将来到广州了！"

　　燕又良又是感喟一番，与顾司令一同进了屋内去。

　　两人正聊着当下时事，又沟通彼此军中信息，正说着，女仆领了莫医生来，莫医生见顾司令正在会客，便笑了道："顾司令，今日会诊已经好了，我告辞了。"

顾司令亦是恭敬了道："好,辛苦你了莫医生。"女仆又与莫医生走了出去,远处,惊黛正推着那老人的轮椅在草地上晒太阳,莫医生走上前道："我们回家了。"惊黛笑了笑,女仆一边道谢了一边接过惊黛手中推着的轮椅。

燕又良在顾司令家中吃完饭后便与副官二人由顾司令家中出了来,前往顾司令安排好的香江饭店去,顾司令一再要求开车送,燕又良婉言相拒,只道是伤患多时,也需多走动以活动身体。顾司令也便不再坚持。

两人走在灯火初上的广州街头,燕又良不免回想起苏州与上海来,最难以相忘的莫过于苏州,那里便是他遇险后重获新生之地,竟也融入了血肉情深。何来的这情深,燕又良却是苦笑,伊人已逝,再如何有情?

副官只管扶着燕又良,缓步而行,副官道："广州终是保不住了,军部让我们苏城的驻军与顾司令相会又是何意,南京已失陷,我便不明白,来广州又有什么意义?"

燕又良凄凄一笑,道："不管如何,我是太后悔了,张正元当初有意邀我一起去起义,我犹豫不决,如今……也是难了,我不能让军中的兄弟白白去送死。"

这沉若千斤的话题只让两人甚是抑郁难平,正走着,忽地路边有小摊的贩子问道："先生买烟么? 也有瓜子杏仁……"听口音便知并非广州本地人,燕又良不禁问道："你是从哪里来的?"

小贩蹲在街边,缩了缩头笑道："我是从北边来的,日本人一来,家就没了,只好往这里逃。"

以后,这里亦恐怕再不能是个落脚之地了。像这小贩般的千千万万人,他们又要往哪里去呢?

燕又良拿起摊子上的一包烟,副官忙付了钱,打开烟盒,不经意却见摊子上有几罐甚似胭脂的瓶子,燕又良又拿起细看,小贩忙道："先生,买回去送给小姐用,这正合适,许多太太小姐都喜爱用这凡士林呢。"

燕又良只是第一次听说,不禁笑道："凡士林? 是胭脂么?"

小贩道："广州的女子都爱用凡士林,不爱用胭脂,凡士林可比胭脂要好呢。"燕又良如是鬼使神差地,对副官道："买一罐吧。"副官忙又付了钱。

小贩不住地朝他们两人点头："谢谢客官,两位好走。"

翌日一早，莫医生与惊黛又来了顾家为老人做针灸、按摩、开药，女仆将药汁一点点喂进老人的嘴中，不待几时又全然流了出来，与唾沫一道成一条线似的淌在衣服上，女仆忙擦去，惊黛笑了道："让我来试试。"说罢便将老人扶至半躺，再接过药汤，用勺子舀了半口，小心翼翼地喂进老人口中去，老人这才慢慢吞咽下去，一碗药汤半天时间才算喂完。

顾司令正要出去，又过来看看，见惊黛亲自喂药，不禁大加赞赏道："惊黛姑娘，真是个细心体贴的好女子，莫医生，你有这样的女儿实在是福分才是。"

莫医生笑道："顾司令，让小女喂药不过只是芝麻小事罢了，顾司令不必挂怀。"

顾司令忽地想起什么来，问莫医生道："我有个朋友，身中了枪伤，子弹已经取出，只是休养了许久也不见恢复，如今他人又在广州，倒是想请莫医生治治，不知是否治得了？"

莫医生笑道："这枪伤恐怕以中医只能是扶元补气之功，也能帮助他恢复，也不是不可的。"

顾司令听罢高兴了道："那好，我这便去接我那朋友来。"说着便风风火火地坐了车出去。

惊黛喂完药汁，又扶起老人，莫医生褪去老人脚上的裤子，拿出几根细细长长的银针，一一消毒，又看准了穴道扎下去，老人的脚似有反应，微微轻弹了下，莫医生对惊黛道："惊黛，你看这老人的脚便是气血不通所致的僵硬，银针便看准这些穴道扎下去，你细细看看。"惊黛俯了身去，看后便默记在心。

自认莫医生和夫人为爹妈后，惊黛便随了莫医生行医，莫医生也自是教会了惊黛些许医术，抓药开方这般简易之事惊黛也便可一一应付了。

针扎好后，莫医生道："惊黛，你回家中取些金创药来，待会顾司令的朋友可用得着。"惊黛应了声便回去取药去了。

不多时，顾司令回来，还拉着燕又良进来，一边仍在说道："燕兄，你听我一次，莫医生不比那些江湖郎中，不然我能放心让他治我父亲的病嘛，你现在人在此地，最合适不过，快给他看一看，也不碍事啊！"

燕又良只是不情愿似的："顾司令，我这伤又不是内伤，哪能是什么中医可以解

223

【第二十三章】还君双垂泪

的?"而顾司令却不由分说,将燕又良拉进来,莫医生忙出了来,见那顾司令的朋友气度风范皆在极品之列,不由笑道:"先生,承蒙顾司令如此信任,还需先生相信我莫成一的医术。"

燕又良听罢,便只得乖乖在厅中的沙发上坐下,笑了道:"顾司令盛情难却,我再相拒便是不识时务了。"

莫医生在燕又良一侧坐下,示意燕又良伸手,两指按在燕又良的脉上,半炷香工夫,莫医生道:"先生受伤乃是其一,实则还是有心病加重了你元气的损耗,一时间未曾得到恢复,如若心病治好,那皮肉之伤也便不在话下了。"

燕又良一听,也甚是惊奇,果然说得不差半厘。他是心病已纠成顽疾,而无关枪伤,自上次在码头上身受一枪被副官背回来后,因听闻是斧头帮参与其中搅事,斧头帮死伤无数,他这一听,本是受了重创,而因挂念惊黛早已落下心病,这便一直抑郁地旧创无法得以恢复。

顾司令一旁道:"燕兄,你这又是什么道理?心病?什么心病?"

燕又良提不得"惊黛",那两字已成为他内里的隐痛,一提便有许多无奈涌来,他已是心力交瘁。

莫医生见这先生甚是年轻,倜傥不凡的模样,也在一旁道:"先生诸事还需宽心才,这才帮助伤口复元……"正欲往下说去,忽地一名士兵疾奔进来道:"报告司令,惠东军来报惠州区已有日军来犯,要求我方支援。"

顾司令豁然起身,怒道:"这日本兵来得还真快!给惠东军报,说我方即日就到。"说罢,又忙打电话:"命一营二营做好战斗的准备,出发与惠州的东江纵队会合共同巢日!"

燕又良一旁忙道:"日本兵已经是将全国团团包围起来了,顾司令,还需我调动多少人马,我与你们一同并肩作战,再不用理狗屁的军部命令了!"

莫医生见状,忙告辞了回去。

莫医生刚走,又有士兵来报,广州现在混乱得紧,人们都坐上火车欲往香港逃,现在火车站附近已是混乱一片。顾司令摘下军帽,沉了脸道:"香港也怕不久了,到时他们又要逃到哪里去?"

顾司令与燕又良出去,上了车直往司令部去。

车刚要开,女仆急急赶来,道:"司令,燕先生……惊黛小姐把金创药送来了……"

顾司令接过药,便一把塞给燕又良道:"你好生收着吧,现在若是忙起战事,可就顾不了许多了。"

燕又良却直直盯住那女仆,甚是疑心她方才所说的一席话,问道:"惊黛小姐?哪个惊黛小姐?"

顾司令笑道:"正是方才莫医生的女儿。"

莫医生的女儿?难不成是同名而已?但燕又良心自突兀如若鹿撞,似感知那个日寻夜觅的人儿就在身边擦肩而过。

燕又良忙下得车来,摇了摇女仆的肩问:"现在惊黛小姐在何处?"

女仆甚是惊骇,惶恐了道:"惊黛小姐把药送来后她就走了。"

"走了?去往何处?"

"这……我就不知道了……"

燕又良上得车来,定定对顾司令道:"这个人对我很重要,请带我去找她!"

顾司令只是难以置信的表情,便只好让司机往莫医生住的地方开去,燕又良不住地看这地方,人多而杂乱之地,但他必须要记住,这是去找惊黛的途中,再不小心弄丢了她,便是永世不回!

燕又良在那长长窄窄的巷子口下车来,他一步步往里走去,每一步皆是翼翼小心地,只怕是走错了地。

惊黛,果真是你么?果真是你么?

巷子里皆是嘈杂声响,麻将声声,孩子的哭声,又有不住的湿衣服淌下水滴来,路面坑坑洼洼,积水处漂浮着瓜子壳。肥胖的妇女满面愁容地抱着怀里的婴儿,趿拖鞋男子出得门外来,便是一口痰飞吐而出。

燕又良小心地闪开他们,这便是惊黛生活的地方么?

走着走着,便似已走到尽头,再无去路,燕又良退回来问那肥胖妇人道:"请问附近有莫医生吗?"

妇人抬起无神双眼,看了看燕又良,又低下头去,道:"不知道。"

拖鞋男子伸出头来,问:"找莫医生?"

燕又良忙道:"是的,是的。"

拖鞋男子指了指二楼:"上面啦。"

燕又良千恩万谢地又走前去,才见那尽头有个转角处,转角处挂着小小破烂木牌:莫氏诊所。燕又良拾级而上,木楼梯吱吱地响。

上得去,那人家的房门未关,半掩着,燕又良轻轻敲了门问:"请问有人在吗?"

一位妇人听得声响,便出了来打开门,问:"你找哪位?"

燕又良又问:"请问这是莫医生家吗?"

莫夫人微微一笑:"莫医生还没有回来呢。"

燕又良急了道:"不,我不是找莫医生的,我是找……"说着便往屋内瞧。

莫夫人见他眼神直往屋内瞟来,不禁警惕了问道:"你来问是不是莫医生家却又说不是找莫医生,你终究要找谁?"

屋内有曼妙的女声传出:"妈,是谁呢?"

燕又良认得出这嗓音,夜夜婉转在他枕边的声音,往昔瞬间打捞而出,那自是郎情妾意的洛水秦风,两人提步行在枕水人家前,念残诗,你来一句,我去一行,烟波渺渺如梦境逍遥世外的神仙人儿。如今这嗓音越山涉水而来,燕又良的心如是跳上嗓门口,怕只怕,一恍神,那美妙的却不过是化作昏影气泡。

莫夫人却见来人只一个劲往屋内看,又是神色恍惚的模样,便料定大约不是善类,不由将燕又良推出去,怒道:"你看什么看,这里没有你要找的人,你快走,快走。"

惊黛在屋内洗衣,却听得莫夫人赶客的不悦语气,忙拭了手出得来,这一出来,当下雪水倾倒而下,头顶如是分开三块顶阳骨,顿时化石在原地。

燕又良失笑,原来真的是你,原来你真的藏在这里。

惊黛只疑是梦中,他曾经款款的深情,他又欢天喜地新娶,他一副笑脸迎向山泽浩武,他直直倒在自己枪下,再什么都比不得此刻,千年万年都凝固成琥珀,两人隔了几步,如是隔世般遥遥相望。却是望不够,看不够,如欲将那人烙印在生命最深处,这正是盈盈一水间,脉脉不得语……

燕又良轻轻走到惊黛面前,掏出大衣口袋中的凡士林,只是道:"送给你。"

就像是第一次送胭脂盒给惊黛那样,他将那凡士林的瓶子放在惊黛手中。

果真的,如若真是良缘,他始终还是会回到面前。燕又良一把揽过惊黛,"若不是与日本人同流合污,我如何将你引出来,又如何找得到你? ……"

一语未完,两人猝然双双泪落。